KB092669

現代文學賞 수상소설집

2023 제68회

안규철, 「두 개의 빈 의자」, 드로잉

| 현대문학상 기념조각 |

안규철

책은 양면적인 요소들이 중첩되어 있는 물건이다.
책에는 왼쪽과 오른쪽 페이지가 있고, 보이는 앞면과 보이지 않는 뒷면이 있다.
안과 밖이 있고, 시작과 끝이 있다. 흰 종이와 검은 잉크가 있고,
드러난 것과 숨겨진 것이 있으며, 저자와 독자가 있다.
서로 상반되면서 동시에 상호 의존적인 이런 요소들은 책이 닫혀 있을 때는 드러나지 않는다.
책은 상자와 같아서, 책장이 펼쳐지기 전에 그것은 무뚝뚝한 한 덩이 종이 뭉치에 불과하다.
책을 열면 이렇게 하나였던 것이 둘이 된다. 왼쪽과 오른쪽이, 안과 밖이, 저자와 독자가 거기서 생겨난다.
그리고 그 둘 사이에서, 낯선 한 세계의 지평선이 떠오른다.
마술사의 손바닥에서 피어나는 꽃처럼, 작은 책갈피 속에서 세계 하나가 온전한 윤곽을 드러낸다.
문학작품 앞에서 늘 그것이 경이롭다.

제68회 現代文學賞 수상소설집

안보윤

어떤 진심 외

현대문학

심사평

수상소감

수상작

어떤 진심

안보윤

수상작가 자선작

바늘 끝에서 몇 명의 천사가

안보윤

어떤 진심

1981년 인천 출생.
2005년 〈문학동네작가상〉 등단.
소설집『비교적 안녕한 당신의 하루』『소년7의 고백』,
중편소설『알마의 숲』, 장편소설『악어떼가 나왔다』『오즈의 닥터』『사소한 문제들』
『우선멈춤』『모르는 척』『밤의 행방』『여진』.
〈자음과모음문학상〉 수상.

어떤 진심

오유란이 이서를 만난 건 두 달 전 일이었다. 여름 끝 무렵이라 한 낮의 거리는 더웠고 해 질 녘엔 차고 축축한 바람이 불었다. 유란은 가 방에 얇은 카디건과 접이식 부채를 넣어 다녔다. 준비된 사람, 매사에 의연한 사람으로 보여야 했으므로 3단 우산과 생수도 가지고 다녔다. 손바닥만 한 파우치에 방수 밴드와 마데카솔, 인공 눈물과 두통약 또 한 챙겨 다녔다. 유란은 누구에게나 친절할 준비가 되어 있었다. 현기 증을 일으켜 주저앉은 사람은 없는지 더러운 몰골의 고양이에게 마실 걸 주고 싶어 하는 사람은 없는지 늘 살피며 걸었다. 눈에 띄면 다가갔 고 망설임 없이 말을 걸었다. 이서를 만난 날도 그랬다. 유란은 적절히 준비된 모습으로 정해진 장소에 있었다. 모든 것이 예정되어 있었다.

교복 차림의 학생 둘이 카페에 들어설 때부터 유란은 이서를 마음 에 두었다. 저 아이는 척추가 곧지 못하구나. 유란은 한쪽 어깨를 으쓱이듯 걷는 이서를 보며 생각했다. 결이 나쁘고 푸석푸석한 머리칼과 거북목을 꼼꼼히 살폈다. 이서는 시선을 자꾸 바닥으로 떨구며 걸었다. 어느 정도 걸은 뒤엔 몸을 반만 틀어 뒤를 돌아보았다. 체크무늬 스커트에 교복 셔츠, 니트 베스트까지 챙겨 입은 모습이 고지식하고 소심해 보였다. 이서와 함께 온 아이는 품이 넓은 후드티에 교복 바지를 입고 있었다. 후드티는 성큼성큼 걸어 유란에게 왔다. 학생증부터 보여주세요. 유란은 학생증과 주민등록증, 두 아이와 주고받은 채팅 페이지까지 열어 보인 후에야 그들과 마주 앉을 수 있었다.

 ─학원 가야 해서 40분밖에 시간이 없어요.

 이서가 주문한 음료를 들고 오자 후드티가 말했다. 상관없다고 유란은 답했다.

 ─내가 준비해 온 문제부터 풀어볼래? 수업은 오답 풀이 방식으로 진행하면 될 것 같은데.

 유란이 미리 꺼내두었던 프린트를 그들 앞으로 밀었다. 『개념원리』와 『쎈』과 『수학의 정석』에서 몇 문제씩 짜깁기한 프린트였다. 이서와 후드티는 과외 매칭 어플에서 고1 수학/현행 학습을 선택했다. 상담 및 시범 강의 가능(무료) 항목 덕분에 유란은 그들과 만났다. 한 시간 예정의 시범 강의였으나 후드티에 의해 20분이 줄어들었으므로 유란은 마음이 급했다.

 문제는 모두 열 개였다. 이서는 여섯 문제를, 후드티는 세 문제를 틀렸다. 심화 문제만 틀린 후드티와 달리 이서는 두서없이 이것저것 틀렸다. 마지막 이차함수 그래프 두 문제는 손도 대지 않았다. 문제를 다 푼 후드티가 펜을 내려놓자 덩달아 펜을 내려놓은 탓이었다. 채점하는 동안 마저 풀어도 돼. 유란의 말에 이서는 펜을 쥐고 끄적이다 도로 내려놓았다.

　—음악 좀 꺼달라고 할까요?

　후드티가 얼굴을 찌푸린 채 물었다. 천장 모서리에 달린 스피커가 고장 났는지 스릅스릅 소리를 내고 있었다. 잔모래를 절반쯤 채운 페트병을 아주 느린 속도로 흔드는 소리 같았다. 음악이 왜? 이서가 후드티에게 물었다. 넌 안 들려? 엄청 거슬리는 소리 나잖아. 스피커를 쏘아보던 후드티가 벌떡 일어나 카운터로 향했다. 이서는 스피커를 돌아보는 대신 당황한 얼굴로 자신의 귓바퀴를 문질렀다. 아, 그렇네. 이서가 어색한 톤으로 중얼거렸다. 소리가 나네, 정말로.

　—못 끈대요.

　자리로 돌아온 후드티 얼굴이 사나웠다. 유란이 틀린 문제를 설명하는 동안 후드티는 카운터에 선 직원을 틈틈이 노려보았다. 유란은 풀이 과정을 쓰면서 볼펜으로 프린트 가장자리를 콕콕 찍었다. 말하는 도중 무심코, 라는 느낌으로 그러나 상대가 분명히 인식할 정도의 제스처를 겸해서였다. 콕콕 혹은 탁탁 소리가 날 때마다 후드티가 고개를 들었다. 왜요? 후드티가 물었다. 왜 자꾸 탁탁 쳐요? 거슬리게.

　그러나 이서는 달랐다. 목을 길게 늘어뜨린 채 프린트를 들여다보고 있던 이서는 유란이 숫자를 쓰면 숫자의 굴곡대로, 밑줄을 그으면 밑줄 방향대로 눈을 움직였다. 유란이 볼펜을 두드려도 고개를 들지 않았다. 후드티에게 유란이 미안, 하고 짧게 사과하는 동안 이서는 잉크 찌꺼기가 붙은 볼펜 심만을 들여다보고 있었다.

　—저기요.

　후드티가 유란의 말을 잘랐다. 죄송한데 시간이 없어서요. 학원이 여기서 멀거든요. 심화 문제를 설명한 뒤 이서가 틀린 문제로 넘어가려던 참이었다. 유란은 시간을 확인했다. 만난 지 30분가량이 지나 있었다. 어느 틈에 가방을 챙겨 멘 후드티가 몸을 일으켰다.

―문제 풀이만 듣고 가는 건 어떨까? 아직 시간이……

―선생님 수업 스타일이 저랑 안 맞아요.

유란은 잠시 모욕감을 느꼈으나 참았다.

―너도 그러니?

유란이 이서에게 물었다. 이서가 우물쭈물 후드티를 바라보았다. 후드티를 따라 일어서야 할지 말아야 할지 고민하는 눈치였다. 유란은 서둘러 이서를 잡았다.

―친구는 학원 시간이 바쁘다니까 할 수 없지만 너는 끝까지 듣고 가지 않을래? 네가 틀린 문제는 풀고 가야지. 서로 바쁜 시간 쪼개서 만난 건데 마무리는 잘 지어야 하지 않겠어?

후드티가 음료 컵을 반납하러 가버리자 이서는 눈에 띄게 당황한 듯했다. 이서의 눈이 탁자 위를 정신없이 배회했다. 유란은 이서가 푼 수학 문제 중 빗금이 그어진 부분을 볼펜 끝으로 가리켰다. 빗금을 더 길고 선명하게 그어 보이며 유란이 상냥한 목소리를 냈다.

―이서라고 했지? 이서야, 세 문제만 더 듣고 가. 그게 서로에 대한 예의잖니.

이서는 유란에 대한 예의로 오답 풀이를 끝까지 들었다. 이차함수 그래프 문제를 푼 뒤엔 유란이 내민 프린트를 한 장 더 풀었다. 너는 좋은 학생이구나. 선생님도 그렇게 얘기하시지? 존재감이 없다니 그럴 리가. 이서는 어느 학교 다니는데? 아, 그 학교가 좀 보수적이지. 유란은 이서가 문제를 푸는 동안 여러 가지를 물었다. 이서가 다니는 학교와 반, 이서가 사는 동네와 핸드폰 번호는 물론 1학기 중간/기말고사 점수, 모의고사 등급까지 알게 된 뒤엔 두 시간이 훌쩍 지나 있었다. 이서는 핸드폰 진동이 울릴 때마다 몸을 움츠렸다. 후드티가 보내는 건지 메시지 알람이 화면을 뒤덮다 어느 순간 뚝 끊겼다. 내가 그렇게 못 가르치니? 유란이 묻자 이서는 프린트 귀퉁이를 꼬기작댔다. 아니요, 괜찮은데요. 네 친구는 화내고 가버렸잖아. 그건 학원 시간이, 저기, 죄송해요. 내가 그 정도로 최악인가. 큰일이네. 유란이 우울한 목소리를 내자 이서는 어쩔 줄 몰라 했다. 이서야. 유란이 부르자 네, 하고 답했다. 시선을 피하거나 웅얼거리면서도 이서는 꼬박꼬박 답을 했다.

　—부탁이 있는데, 내가 너 과외 해주면 안 될까? 돈은 안 받을게.

　좀 수상쩍은가? 유란은 얼른 목소리 톤을 조절했다. 친근감을 높이려 말을 놓은 건데 이 단계에서는 자칫 가볍게 느껴질 수 있었다. 차분한 어투로 존대하는 게 더 진정성 있게 느껴졌으려나. 유란은 그 부분을 가만히 곱씹었다.

　—아까 학생증에서 봤지? 나 수학교육 전공인 거. 이제 곧 실습 나가야 하는데 도움받을 곳이 없어서 그래. 이서는 공짜로 과외받고 나는 가르치는 노하우를 쌓고, 그럼 서로 좋지 않을까? 아니면 너도 네 친구랑 같은 생각이니? 나한테는 절대로, 절대로 배우기 싫어?

　—아뇨, 그런 게 아니라……

　—시험 삼아 한 달만 해보자. 정말 열심히 할게. 나 좀 도와줘, 이서야.

　그것은 유란의 엄마가 말하는 방식이었다. 엄마 좀 도와줘, 유란아. 제발 한 번만. 유란은 그런 말을 들을 때마다 부채감에 시달렸다. 말은 손쉽게 몸을 바꿔 유란을 공격했다. 네가 도와주지 않으면 모든 게 망가질 거야. 전부 다 엉망진창이 돼버리는 게 네가 바라는 거니? 비난

당하지 않기 위해 노력하면 다음, 또 다음 부탁이 유란을 옭아맸다. 때문에 유란은 이서에게 부탁할 때마다 신중히 말을 골랐다. 엄마가 했던 말이 아닌, 엄마에게서 듣고 싶었던 말을 했다. 이서야, 부탁 들어줘서 정말 고마워. 전부 네 덕분이야. 내겐 정말 너밖에 없다.

이서는 일주일에 두 번이었던 과외를 일주일에 세 번으로, 2주일에 일곱 번으로 바꿨다. 유란은 재빨리 문제 풀이를 끝낸 뒤 이서와 대화하는 시간을 늘려나갔다. 한 달이 지나자 이서는 이차함수 그래프 문제를 풀 수 있게 됐다. 유란은 이서에 대한 이런저런 것들—이서의 집이 재혼 가정인 것과 다섯 살 터울 동생이 있다는 것, 초등학생 때 핸드볼을 했는데 키와 손가락이 자라지 않아 그만뒀다는 것, 엄마는 경제관념이 약하고 아빠는 주말에만 집에 오는데 얼마 전 교통사고를 당한 친할머니가 이서네 가족과 함께 살게 되면서 싸움이 잦아졌다는 것, 반에서 선행학습을 안 한 사람은 이서밖에 없다는 것과 사실은 과외비도 없는데 친구를 따라 나왔었다는 것, 볶은 고사리와 미역 줄기는 냄새만 맡아도 속이 이상해지고, 털이 길고 배가 보드라운 동물을 좋아한다는 것 등등—을 알게 되었다. 힘들겠다. 유란이 말하자 이서가 뭐가요? 하고 물었다.

—가족이 전부 제각각이니까 얘기할 사람이 없잖아. 많이 외로웠겠다, 우리 이서.

이서는 부정도 긍정도 하지 않았다. 쥐고 있는 볼펜 끝을 잘근대느라 답을 삼킨 건지도 몰랐다. 어느 쪽이든 유란에겐 준비된 말이 있었다. 오로지 이 말을 하기 위해 유란은 그간의 시간들을 견뎠다.

—내가 우리 이서 언니 해줄까? 공부도 봐주고 힘든 일 있을 때 돌봐주고 얘기도 들어주고 맛있는 것도 사주는 진짜 언니. 이서가 날

도와줬으니까 이제부턴 내가 이서를 도와줄게. 절대로 혼자 두지 않을게.

*

유란은 정류장에 서 있었다. 유란을 내려놓은 마을버스는 벌써 사라지고 없었다. 유란과 함께 내린 너덧 명의 사람들 역시 순식간에 사라졌다. 도로 양옆으로 폭이 좁고 낮은 건물들이 다닥다닥 붙어 있었다. 유란은 물결무늬 유리가 끼워진 알루미늄 창호와 아랫부분이 삭아버린 하늘색 철 대문, 가장자리에만 철판을 덧댄 나무 문 같은 것들을 둘러보았다. 어느 문이든 손쉽게 열릴 것 같았으나 어느 문도 열고 싶지 않았다. 10여 년 전에도 그랬다. 유란은 이 길을 따라 초등학교에 다녔다. 버스 정류장이 언덕의 정점으로, 아래로는 가파른 비탈길이 펼쳐져 있었다. 비탈길에 선 집들은 대문 아래 삼각형 모양의 구멍이 뚫려 있었다. 간혹 시멘트로 단을 세워 빈틈을 메운 집도 있었지만 대부분이 그랬다. 유란은 삼각형 안으로 돌을 차 넣으며 학교를 오갔다. 깨진 보도블록과 시멘트 담에서 떨어져 나온 조각들이 얼마든지 있었다. 쉽게 부서지는 돌들을 유란은 몇 번이고 걷어찼다. 간혹 돌에 맞은 개가 대문 안에서 사납게 짖었다.

비탈길 중간부는 집들을 지우개로 싹싹 지워낸 것처럼 비어 있었다. 개천을 덮고 주차장을 만들면서 시야가 넓게 트인 탓이었다. 복개천 주위로 들어섰던 신축 빌라들이 세월을 따라 충분히 낡아 있었다. 익숙하면서도 낯선 풍경이었다. 그러나 길을 헤맬 정도는 아니어서 유란은 주차장을 가로질러 망설임 없이 걸었다. 한 동뿐인 아파트와 근방에서 유일한 놀이터를 지나면 목적한 곳까지 금방이었다. 유란은 시소가 있던 자리에 만들어진 자전거 거치대와 재활용 수거장을 지나 한 건물 앞에 섰다.

건물 외벽을 전부 벽돌로 장식한 3층 건물은 이전과 달라진 게 없었다. 반들반들하던 붉은색 벽돌에 검회색 반점이 생긴 게 그나마의 변화였다. 3층 창문에 붙은 암막 필름에 글자 스티커가 그대로 남아 있었다. 믿음샘교회. 창문에 붙은 이름은 그랬으나 교회는 여러 이름으로 불렸다. 교회 입구 현판에는 믿음이샘솟는교회, 주보에는 믿음이샘물처럼솟는교회라고 쓰여 있었다. 황 목사는 그곳을 믿음교회라 불렀고 유란의 엄마는 샘물교회, 교회 신도들은 우리목사님교회라고 불렀다. 유란은 어떤 이름으로도 부르지 않았다.

유란이 건물 안으로 들어섰다. 방금 지나온 비탈길만큼이나 좁고 가파른 계단을 올랐다. 2층에서 3층으로 이어지는 계단 벽에 나무 액자들이 걸려 있었다. 유란은 사진 속 얼굴들을 하나하나 살피며 걸었다. 아는 얼굴과 아는 것 같은 얼굴, 이제는 영영 모르게 된 얼굴들이 그 안에 있었다. 유란은 크리스마스 장식 아래 성가대 옷을 입고 선 아이들 사진을 오래 들여다보았다. 유란은 액자 속 사진을 핸드폰 카메라로 찍었다. 빨간 부직포 양말을 들고 피아노 옆에 선 아이 얼굴이 잘 나오도록 여러 번 찍었다.

―문이 나오는 꿈을 꿔요.

이서는 그렇게 말했다. 흔한 나무 문이에요. 잠금장치도 따로 없는, 방문으로 쓰는 그 문이요. 어쩌다 꿈 얘기가 나온 건지는 기억나지 않았다. 유란은 언제나 이서에게 많은 걸 물었고 많은 걸 들었다. 탁자 위에 변명처럼 올려놓던 수학 문제집은 치운 지 오래였다.

—문 앞에 한 사람이 서 있어요. 어깨가 좁고 키가 작은 사람이에요. 저는 그 사람한테 말해요. 문을 열지 마. 절대로 열면 안 돼. 그 사람은 제 목소리를 못 들어요. 그런데도 저는 계속 말해요. 그 사람이 양손으로 방문 손잡이를 쥐면 저는 고래고래 소리쳐요. 열면 안 돼! 문이 틀림없이 열린다는 걸 알고 있으면서도 저는 계속 소리쳐요. 그래야만 하는 꿈이에요.

　그것이 지루한 꿈인지 무서운 꿈인지 이서는 말하지 않았다. 얘기를 들을 때엔 대수롭지 않게 여겼으나 이후 며칠간 유란은 문에 대해서만 생각했다. 열면 안 되는 문, 그러나 틀림없이 열리고 마는 문에 대해 거듭거듭 생각했다.

　교회 문은 잠겨 있었다. 문고리를 돌릴 때마다 녹슬고 부푼 것들이 으스러지는 소리가 났다. 이곳을 떠날 때 교회 사람들은 환희에 차 있었다. 교회는 세포분열하듯 급격히 성장했다. 구청 뒤편의 넓은 공터를 사들여 4층짜리 교회 건물을 새로 지은 게 시작이었다. 피라미드형 첨탑 오른쪽으로 청소년수련원이, 왼쪽으로 기도원이 지어졌다. 거대한 강당을 품은 체육관은 이제 곧 공사에 들어갈 예정이었다. 믿음교회와 샘물청소년수련원, 솟음기도원이 생겨나던 모든 시기를 유란은 빠짐없이 함께했다.

　유란은 문고리를 두 번 더 돌려보았다. 철문 아래쪽을 발끝으로 두드렸다. 어쩌면 유란은 문이 열리지 않는 것을 확인하려 여기까지 온 것인지 몰랐다. 그러나 이서가 그랬던 것처럼 유란 역시 알고 있었다. 열리든 열리지 않든 유란은 계속 이 문 앞에 서 있어야 했다. 그래야만 하는 꿈이었다.

유란은 처음 문 앞에 섰던 날을 기억하고 있었다. 유란은 아홉 살이었고 빨간색 책가방을 메고 있었다. 메밀로 속을 채운 베개와 헤어드라이어가 들어 있는 가방이었다. 유란의 엄마는 바퀴 달린 트렁크 세 개에 짐을 나누어 담은 뒤 택시를 불렀다. 좁은 골목길을 꺼리는 택시 기사를 어르고 달래 유란의 엄마는 붉은 벽돌 건물 앞에 짐을 내렸다. 유란은 페인트 냄새에 코를 훌쩍거리며 3층까지 걸어 올라갔다.

—이제부터 여기가 우리 집이야.

철문 앞에 선 유란의 엄마가 말했다. 주머니에서 열쇠를 꺼내 문을 열고는 유란의 등을 가볍게 떠밀었다. 유란은 낮은 문턱을 넘어 안으로 들어갔다. 줄지어 선 적갈색 예배 의자가 눈앞을 가로막았다. 유란이 뭔가 물을 새도 없이 유란의 엄마는 바쁘게 계단을 오르내렸다. 엄마가 트렁크를 옮기는 동안 유란은 페인트칠이 된 벽과 암막 필름이 덕지덕지 붙은 창문을 둘러보았다. 그곳은 유란이 알고 있는 집, 적어도 유란이 방금 떠나온 작고 아늑한 집과는 거리가 멀었다. 붉은 융단이 깔린 단 위의 나무 십자가가 특히 그랬다.

유란의 엄마는 익숙한 걸음으로 의자 사이를 가로질렀다. 연단 왼쪽에 검은색 피아노가 자리 잡고 있었다. 유란의 엄마는 피아노 뒤편에 숨겨진 나무 문을 열었다. 천장이 낮은, 삼각형 모양의 작은 방 안에 유란을 앉혀놓고서 다시금 트렁크를 옮기기 시작했다.

—엄마, 엄마 가게 망했어? 우리 집이 없어진 거야?

유란이 텔레비전에서 본 것들을 떠올리며 물었다. 엄마가 보는 드라마에선 갑작스레 가장이 죽은 뒤 사기꾼에게 집과 돈을 빼앗긴 가족들이 아주 작은 방에 모여 사는 일이 흔했다. 엄마의 뜨개 공방이 망하고 나쁜 사람들한테 집을 빼앗긴 거구나. 가까스로 울음을 삼킨 유란을 보며 유란의 엄마가 웃음을 터뜨렸다. 커다란 웃음소리에 작은 방이 우렁우렁 울렸다.

　─여기가 우리 영혼의 집이야. 너도 금방 알게 될 거란다.

그때의 엄마는 누구보다 진심이었을 거라고 유란은 생각했다.

아홉 살 유란이 이상하게 여긴 것들의 답을 스물네 살의 유란은 알거나 미루어 짐작하고 있었다. 이사한 다음 날 유란은 황 목사를 만났다. 여남은 명의 신도들이 들이닥쳐 유란의 몸 이곳저곳을 만져댔고 유란의 엄마에게 성찬의 말을 건넸다. 유란의 엄마는 어쩐지 우쭐해 보였는데 그 이유를 유란은 나중에서야 알게 되었다. 신도들은 유란의 엄마를 사모님이라 불렀다. 유란을 부를 때는 주춤하거나 아가야, 라고 얼버무리다가 어느 날부터 열매라고 부르기 시작했다. 황 목사가 유란을 꼭 끌어안으며 우리 귀한 열매, 라고 말했기 때문이었다. 이후 유란은 우리목사님교회의 첫 번째 열매가 되었다.

사모님으로 불린 것에 비해 유란의 엄마는 삼각형 방에서 오래 살았다. 황 목사 집에서 함께 살게 된 건 교회를 신축한 다음이었다. 황 목사의 아내가 이혼해주지 않아 오랫동안 별거 상태였다는 것과 유란의 엄마가 재래시장에 있던 뜨개 공방과 스무 평 아파트를 팔아 교회에 몽땅 기부했다는 것, 공방 손님이었던 황 목사 신도에게 전도된 뒤 유란의 엄마가 전도한 신도만 십수 명이 넘는다는 것─공방 손님은 물론 부녀회를 함께했던 아파트 주민, 교회가 세 들어 있던 건물주 부부까지─을 유란은 신도들의 수군거림을 통해 알게 되었다.

유란도 진심이던 시절이 있었다. 목사님은 우리를 이끌어주실 분이야. 유란의 엄마는 어린 유란을 품에 안고 매일같이 속삭였다. 우리 영혼이 길을 잃어 헤매고 있을 때 붙잡아주신 고마운 분이고. 방의 특성상 유란은 엄마 옆에 딱 붙어 누워야만 다리를 펼 수 있었다. 조금만 멀리 떨어져도 방 벽이나 서랍장에 몸을 부딪쳤다. 우리를 구원해주실 유일한 분이야. 꾸벅꾸벅 조는 유란의 귀에 주문 같은 말들이 쏟아져 들어왔다. 밤에도 낮에도 유란이 듣는 말은 모두 같았다. 교회에는 늘 사람들이 있었고 누구나 유란을 잡고 같은 말을 했다. 유란은 황 목사를 중심으로 한 공동체에서 의심 없이 자라났다. 그러나 학교에서는 수상쩍은 아이가 되기 일쑤였다.

—우리의 영혼은 불안정해요. 거짓과 욕심으로 얼룩진 영혼을 정화하지 않으면 우리는 영원히 행복해질 수 없어요. 모든 것이 빛나는 세계로 가려면 반드시 인도자, 구원자가 필요해요. 저는 그게 누군지 알고 있어요.

유란의 열띤 말에 선생은 유란의 머리를 꽉꽉 누르듯 쓰다듬었다. 그게 요즘 너희들 사이에서 유행하는 세계관이니? 선생이 장난스러운 얼굴로 물었다.

—만화에 빠져서 숙제를 빼먹었다고 말하고 싶은 건 아니겠지?

—제가 말하는 건 만화 같은 게 아니에요. 이건 영혼의 문제라고요.

—그래, 그래. 판타지 소설도 웹툰도 적당히 보자. 너한테 중요한 건 오늘의 숙제니까.

반 아이들이 와르르 웃는 통에 유란은 더 말하지 못했다. 유란에게 그것은 지극한 현실이었다. 유란이 얼마나 강력하고 절대적인 현실 속에 살고 있는지 유란 외에는 아무도 몰랐다. 유란은 자신이 알고 있는 귀한 말, 거룩한 말들을 입 안에 가둔 채 그들을 저주했다. 너희들은 무지해. 너희들의 오염된 영혼 같은 건 아무도 거들떠봐주지 않을 거야. 땅이 꺼지고 지옥 불이 솟구치는 때에야 알게 되겠지. 내가 얼마나 위대한 비밀을 알려주려고 했는지. 진정한 구원자가 누구였는지를.

*

그때의 진심은 어디로 갔을까. 유란은 이서와 메시지를 주고받으며 생각했다. 밤이 되자 방 안에 눅눅한 기운이 스몄다. 내일은 이불을 말려야겠어. 그렇게 적어 보내자 이서가 땀 흘리는 이모티콘을 보내왔다. 기숙사는 힘들지 않아요? 이서가 물었다. 난 1인실이라 편해. 유란이 답했다. 일찌감치 합숙 생활을 시작하는 열매들과 달리 유란은 성인이 된 뒤에야 수련원에 들어왔다. 직함이 없는데도 8인실이 아닌 1인실에 배정받은 사람은 유란뿐이었다. 언니는 좋겠다. 이서가 말했다.

이서는 유란을 언니라고 불렀다. 언니. 아무 덧붙임 없이 그렇게만 메시지를 보내는 날도 많았다. 유란은 이서가 보내는 메시지들에 꼬박꼬박 답을 보냈다. 점호 시간마다 핸드폰을 반납해야 하는 열매들과 달리 유란은 별다른 제재를 받지 않았다. 유란은 여전히 진심에 대해 생각하고 있었다. 어떤 진심은 왜 그렇게 빨리 변질될까. 이서는 다른 씨앗보다 금세 발아했다. 떡잎이 아닌 넝쿨에 가까운 것을 내밀어 유란을 휘감아왔다. 유란은 그런 이서의 의존과 맹목이 부담스러웠다. 그것은 마치, 진심 같았다. 유란은 쓰고 있던 글자들을 서둘러 지웠다. 어떤 진심은 진심이라서 한심했다. 어떤 진심은 유통기한이 지난 통조림 속 복숭아처럼 쇠 냄새를 풍기며 삭았다. 어떤 진심은 추해졌고 어떤 진심은 다만 견뎌내는 삶으로 전락했다.

이서야. 언니 사는 곳에 한번 와볼래?

이서는 유란의 초대에 낱낱이 해체한 자음들을 연이어 찍어 보내며 기뻐했다.

유란이 고른 씨앗은 늘 좋은 평가를 받았다. 이탈률이 적고 충성도가 높아 금세 핵심 전력이 되기 때문이었다. 열다섯 살부터 지금까지 유란은 한결같이 유능했다. 유란은 씨앗 인계를 위한 보고서를 챙겨 방을 나섰다. 좁고 긴 복도를 지나 유란의 유일한 친구인 민주의 방으로 향했다.

501호 방문에 걸린 팻말은 전에 없던 것이었다. 유란은 작은 손들이 색종이며 스티커를 오리고 붙여 만든 것이 분명한 팻말로 문을 똑똑 두드렸다. 민주는 수련원에서 가장 넓은 1인실을 썼다. 책상과 옷장, 침대를 놓고도 여분의 매트리스를 놓을 수 있을 만큼 넓은 방이었다. 민주는 상담과 선도가 필요한 열매를 데려다 종종 자신의 방에서 재웠다. 열매들과 바닥에 모여 앉아 컵라면을 먹거나 마피아 게임을 하기도 했다. 방을 꾸민 종이꽃과 소품은 대부분 열매들이 만들어준 것이었다.

─민주 쌤이 자고 있어요.

유란이 팻말에 쓰인 문구를 놀리듯 큰 소리로 읽었다. 방문을 연 민주가 팻말을 뒤집어 보였다.

─이것 봐, 여기엔 '민주 쌤이 춤추고 있어요'라고 써 있어. 귀엽지?

아이들 특유의 비뚤배뚤한 글씨를 가리키며 민주가 웃었다. 민주가 담당한 열매들은 작고 무구했으며 자주 춤을 췄다. 유치원생과 초등학생으로 이루어진 신도의 자녀들을 맡아 가르치는 게 민주의 일이었다.

민주는 아이들에게 노래와 춤과 연극과 교리를 모두 가르쳤다. 행사 때마다 민주의 열매들은 가장 중요한 순서를 차지하곤 했다. 촛불을 든 아이들이 말간 얼굴로 합창하거나 알록달록한 옷을 입고 깡충대는 모습을 황 목사가 유난히 좋아했다. 건강하고 활기찬 우리 열매들을 보십시오! 황 목사는 뿌듯한 얼굴로 신도들을 둘러보며 외치곤 했다. 그러면 민주는 맨 앞자리에서 열성적으로 꽃술을 흔들었다.

─이거 사무장님 드리기 전에 네가 먼저 읽어봐. 아마 너네 조로 배정될 거야.

유란이 내민 보고서를 민주가 꼼꼼히 살폈다.

이후의 시나리오는 간단했다. 일대일 멘토 체계를 공동체로 확장하는 것. 이서는 내일 유란이 보내준 약도대로 이동할 것이다. 구청 뒤에 있는 청소년수련원, 이란 설명은 언제나 유효했다. 바로 옆에 교회와 기도원이 있는데도 사람들은 공공 기관에 더 집중했다. 청소년 장기 쉼터를 위탁 운영하면서 보조금을 받고 있으니 완전히 거짓말은 아닌 셈이었다. 이서는 수련원에 와서 유란의 방을 구경하고 이런저런 사정─엄마 재혼 상대가 불편해서 따로 지내고 있어. 여긴 숙식비도 공짜고 또래가 많아서 지내기 좋거든─을 들을 것이다. 유란의 말 역시 완전히 거짓말은 아니었다. 황 목사의 집은 크고 화려했지만 속속들이 불편했다. 황 목사와 그의 아들 때문이었다. 유란은 그들의 상냥함이 어려웠다. 무슨 말을 하든 미소를 짓고 온화하게 양팔을 펼쳐 보이는 게 무서웠다. 무엇보다 불편한 건 황 목사의 사과였다. 황 목사는 유란의 엄마에게, 유란에게 수시로 사과했다. 절망에 잠식당한 얼굴로 가슴을 쾅쾅 두드리며 진심을 담아 사과했다. 사과받는 이가 진저리를 칠 때까지, 더 이상 사과받지 않기 위해 무언가를 실행하고 말 때까지 집요하게 반복되는 사과였다. 유란은 이서와 어깨를 맞대고 앉은 채 적당히 짜깁기한 이야기들을 들려줄 것이다. 시간이 되면 식당에서 잔치 국수를 먹고 지하에 있는 휴게실로 내려가 탁구를 치거나 만화책들을 떠들어 볼 것이다. 대화거리가 떨어질 즈음 휴게실에 온 열매들이 함께 보드게임을 하자고 권해올 것이고, 적당히 턴이 돌아간 뒤엔 열매 중 하나가 우쿨렐레를 꺼내 와 동당거릴 것이다. 그러고는 이서에게 묻겠지. 너도 쳐볼래? 아, 근데 이거보다 드럼 같은 건 어때? 우리 교회에 밴드가 있는데 마침 드럼 교습을 해주고 있거든.

―드럼 배우고 싶어 하는구나. 그럼 정말 내 담당이네.

―꼭 드럼이어야 하는 건 아니고, 두드릴 수 있는 건 뭐든 좋은 거 같아.

―……쉽지 않네.

악기만큼 단순하고 낡기 쉬운 게 어디 있어서? 대꾸하던 유란이 말을 멈췄다. 민주는 벌써 마지막 페이지를 읽고 있었다. 지난 새벽 이서가 보낸 장문의 문자가 그대로 적혀 있는 부분이었다.

―너는 도움이 필요한 사람들을 정말 잘도 찾아내는구나. 황 목사님 딸이어서 그런가?

―진짜 딸도 아닌데 무슨 소리야.

―뭔가 파장 같은 게 비슷한 걸지도 몰라. 황 목사님도 너도 눈이 밝잖아. 우리가 구원해야 할 사람이 누군지 금방 알아채고. 하긴, 나도 그랬다. 그치? 네가 알려주기 전까지 나는 내가 아픈 줄도 몰랐어.

고마움의 표시로 춤 한번 춰줄까? 민주가 장난스럽게 물었다. 대신 너도 같이 춰야 돼. 유란이 손사래를 치며 도망쳤다. 방문을 세게 닫는 통에 덜걱거리는 팻말을 유란은 반대편으로 뒤집었다. 민주 쌤이 춤추고 있어요. 춤추거나 잠들거나, 그렇게 단순하기만 하다면 얼마나 좋을까. 유란과 달리 민주는 점점 더 많은 것을 담당하고 있었다. 붉은 벽돌 건물 안에서 민주는 성가대 피아노 반주를 하는 어린 열매로 충분했다. 교회를 신축한 뒤엔 신도들의 아이 돌보미, 율동 보조를 거쳐 레크리에이션 및 공연 담당이 되었고 수련원이 생긴 뒤엔 청소년 돌봄도 겸해야 했다. 교회가 급격히 커지면서 열매들이 해야 하는 일 역시 몇 배로 늘어난 탓이었다. 유란은 민주의 선량한 눈매와 도무지 요령이라곤 모르는 성실함을 떠올렸다. 민주처럼 신실하고 모든 일에 진심인 열매는 더더욱 복잡하게 착취당할 수밖에 없었다. 언니. 어디서 이서의 목소리가 들리는 듯해 유란은 걸음을 멈췄다. 목소리는 오래전 방문 앞을 서성이던 민주의 것과 닮아 있었다.

이서는 똑같은 내용의 문자를 세 번이나 보냈다. 내용은 같았지만 시작하는 문장과 끝 문장이 조금씩 달랐다. 언니한테 꼭 고백하고 싶은 게 있어요. 언니한테 물어보고 싶은 게 있어요. 언니 제 얘기 좀 들어주실래요. 이서가 말하고 묻고 고백하고 싶어 하는 얘기는 정작 헐거운 문장들로 쓰여 있었다. 뜬금없는 곳에서 생략되거나 의미 없이 중복된 글자들이 수두룩했다. 그날따라 걔가 너무 지겨운 거예요. 이서는 말했다. 실습 시간에 가끔 짝을 하는 게 전부인 애였거든요. 같이 밥을 먹지도 않았고 집에 같이 간 적도 없어요. 수행평가 때문에 연락처를 주고받았는데 그다음부터 매일 전화를 거는 거예요. 그러고는 듣기 싫은 말만 해댔어요. 이서야, 나는 수학이 너무 어렵다. 답이 딱 하나만 있는 게 너무 어려워. 이서야, 텔레비전에 밥그릇을 던지면 어떻게 되는 줄 아니. 밥풀이 천장까지 붙는다. 도무지 뗄 수가 없어. 이서야, 너도 친구가 없고 나도 친구가 없는데 우리는 왜 각자 외롭게 지낼까. 이서야, 우리 엄마 아빠 또 싸운다. 다른 땐 대충 흘려듣고 말았는데 그날따라 걔가 너무 지겨웠어요. 대답하고 싶지 않은데 그날따라 저한테 계속 묻는 거예요. 이서야, 밖이 너무 시끄럽다. 나는 내 방에 숨어 있는데 나가보는 게 좋을까? 그냥 있는 게 나을까? 너무 큰 소리가 나는데 이서야, 너가 나라면 어떻게 할래? 너도 나처럼 무서워할까? 이서야, 갑자기 아무 소리도 나지 않는다. 방금 전까지 소리치고 부수고 깨뜨리는 소리가 났는데 지금은 내 숨소리밖에 안 나. 어떻게 하지? 밖이 너무 조용한데 어떻게 하지? 난 어쩌지?

나가보면 될 거 아냐. 그렇게 말했어요. 진짜 그렇게 생각했으니까. 밖으로 나가봐야 밥풀이 천장에 붙었는지 싸움이 끝났는지 알 거 아녜요. 전화를 끊고 난 다음엔 금방 까먹었어요. 새벽이었고. 내일은 전화가 안 왔음 좋겠다, 그런 생각을 하면서 푹 잤어요. 아주 잘 잤어요. 다음 날 걘 학교에 안 나왔어요. 어떤 애들은 걔가 크게 다쳤다고 하고 어떤 애들은 걔가 죽었다고 했어요. 어떤 애들은 걔가 죽었든 살았든 머리통이 깨진 것만은 틀림없다고 말했어요. 부부 싸움 끝에 일가족 참사, 그런 뉴스가 걔네 집 얘기라고 했어요. 저는 안 믿어요. 애들은 원래 거짓말만 하고 남의 일을 함부로 부풀려서 말하니까. 그런데요, 언니. 걔가 전화를 안 걸어요. 걔는 매일매일 저한테 전화했었거든요. 근데 그날 이후로 전화가, 한 통도 안 와요.

보고서에 쓴 것은 거기까지였다. 유란은 이서가 보낸 마지막 문장들을 떠올렸다. 이서는 고백했다. 제가 걔를 죽인 것 같아요. 유란에게 묻기도 했다. 그게 아니라면 대체 제가 무슨 말을 할 수 있었겠어요? 마지막으로 보낸 문자에서 이서는 무수히 찍어놓은 온점 끝에 이렇게 적었다. ……언니도 가끔 언니를…… 때가 있나요.

*

—난 그럴 수도 있다고 생각해.

—뭐가?

—영혼의 문제 말이야. 네가 전에 말했던 거.

유란이 불퉁한 얼굴로 옆을 돌아보았다. 구원자 이야기를 한 뒤 유
란은 반 아이들 모두의 놀림거리가 되어 있었다. 피구를 할 때도 제일
먼저 공에 맞았다. 유란은 운동장 가장자리에 앉아 얼굴이 새빨개지도
록 소리치고 있는 아이들을 구경했다. 유란 다음에 공을 맞은 아이들
은 유란의 반대편에 모여 앉았다. 유란이 있는 곳으로 걸어온 민주가
옆에 주저앉더니 대뜸 한숨을 쉬었다.

—우리 언니가 진짜 못됐거든. 우주 최강이야. 엄마랑 아빠는 언니
가 사춘기라서 그렇다는데 내 생각엔 좀 썩은 것 같아.

—썩어?

—응, 영혼이 썩은 거 같아.

민주가 너무 진지하게 말하는 통에 유란은 웃음을 터뜨렸다. 아, 미
안. 유란이 얼른 사과했다. 괜찮아. 우리 엄마도 그래. 내가 무슨 말을
하든 대충 웃고 넘겨버려. 언니랑 방을 따로 쓰게 해달라고 졸라도, 피
아노를 사달라고 매일 울어도 그냥 웃고 말아. 더욱 미안해진 유란은
아무에게도 말하지 않은 비밀을 민주에게 알려주기로 했다. 이쪽으로
와줬으니까. 유란은 생각했다. 자신과 나란히 앉은 민주만은 비밀을
알 자격이 있었다.

—걱정 마. 네 언니는 금방 사라질 거야.

—어떻게?

눈을 동그랗게 뜬 민주가 유란에게 물었다. 유란이 우쭐대며 말했다.

—심판의 날이 다가오거든.

민주의 언니는 좀처럼 사라지지 않았지만 유란과 민주는 항상 붙어 다녔다. 서로의 집을 확인한 뒤엔 더욱 그랬다. 민주는 붉은 벽돌 건물 옆 한 동짜리 아파트에 살았다. 너네 집은 어디야? 유란은 벽돌 건물 중간쯤을 턱짓으로 가리켰다. 유란과 민주는 근방에 하나밖에 없는 놀이터에서 만나 놀았다. 기울어진 집의 삼각형 안에 쉽게 부서지는 돌들을 차 넣으며 학교를 오갔다. 서로 다른 중학교에 진학하게 되었을 때에도 유란과 민주는 별다른 걱정을 하지 않았다. 놀이터 주위를 서성이면 반드시 한 번은 서로를 만났다. 교통 카드를 충전하거나 버스를 기다리다가도, 문제집을 사러 간 곳에서도 두 사람은 자주 마주쳤다. 그러나 그뿐이었다. 유란은 민주와 스치고 싶지 않았다. 서로에게 손을 반짝 들어 보인 뒤 지나가고 싶지 않았다. 주말에 같이 놀면 되잖아. 민주는 그렇게 말했지만 유란에겐 주말이 없었다. 금요일 오후도 토요일도 일요일도 유란은 여러 개의 이름을 가진 교회에 묶여 있었다. 유란은 민주와 만나기 위해 예배와 성경 통독 모임을 빠졌다. 기도회도 봉사 활동도 가지 않았다. 유란의 엄마는 불같이 화를 냈으나 황 목사는 유란을 의자에 앉혀놓고 이유를 물었다.

—친구랑 같이 있고 싶어요. 혼자는 너무 외로워요.

홀쩍이는 유란에게 황 목사가 자애롭게 웃어 보였다.

—얼마든지 같이 있으렴. 여기가 너와 네 친구의 집이잖니.

유란은 민주와 함께 있고 싶었다. 그저 그뿐이었다.

민주는 교회 피아노를 좋아했다. 딱정벌레 날개처럼 반들반들 윤이 나는 검은색 피아노에서 좀처럼 떨어질 줄 몰랐다. 민주가 오랫동안 피아노 학원에 다녔다는 걸 알았지만 유란은 민주의 실력이 그 정도인지 몰랐다. 손마디가 분명한 민주의 손가락이 힘차게 건반을 두드렸다. 민주의 피아노는 맑고 울림이 깊었다. 마음속 현에 직접 손을 뻗어 매만지는 것처럼 온몸이 술렁였다. 황 목사는 피아노를 새로 조율했다. 성가대 반주를 시작하면서 민주가 교회에 머무는 시간은 점점 더 길어졌다. 얼굴이 작고 둥근 민주가 성가대복을 입고 피아노 앞에 앉을 때마다 유란은 기이한 상실감에 시달렸다. 민주를 지켜볼 수는 있었으나 나란히 앉을 수는 없었다. 민주와 같은 공간에 있었으나 못된 언니를 흉보거나 비밀 얘기를 나눌 수는 없었다.

―네가 데려온 씨앗이 훌륭한 주님의 열매가 되었구나.

황 목사가 유란을 칭찬한 뒤에야 비로소 유란은 자신이 무엇을 빼앗겼는지 알게 되었다. 그즈음 황 목사는 연단 위에서 자주 울먹였다. 마분지 구기듯 얼굴을 일그러뜨린 채 짐짓 흐느끼기도 했다. 우리는 더 많은 하나님의 자녀들을 구해내야 합니다. 이 혼탁한 세계의 간악한 삶을 견뎌내느라 불타고 더러워진 영혼들을 어떻게든 구해내야만 합니다. 그런데 여러분, 제가 너무 미약합니다. 제가 너무 작습니다. 제게 조금만 더 힘이 있었다면, 조금만 더 큰 성전이 제게 있었다면…… 여러분, 미안합니다. 제가 너무 작고 미력한 존재라 미안합니다. 황 목사는 가슴을 쾅쾅 두드리며 진심을 담아 사과했다. 사과받는 신도들이 진저리를 칠 때까지, 더 이상 사과받지 않기 위해 무언가를 실행하고 말 때까지 집요하게 반복되는 사과였다. 더 많은 재산, 더 많은 열매. 신도들은 전투적으로 재산을 헌납하고 씨앗을 긁어모았다.

유란이 고른 씨앗은 늘 좋은 평가를 받았다. 유란은 유능했으나 다른 신도들과 동기가 달랐다. 유란은 민주를 돌려받기 위해 씨앗을 모았다. 황 목사가 더 이상 사과하지 않을 만큼 교회가 커지면, 모두가 만족할 만큼 열매들이 주렁주렁 열리게 되면 민주가 필요 없어질 거라 믿었다. 그러나 어느 틈에 민주는 진심이 되어 있었다. 민주의 언니가 민주를 찾으러 왔을 때 민주는 천장이 낮은 삼각형 방에 숨었다. 어린애들 꼬드겨서 이게 무슨 짓이야! 이 사이비 광신도들! 민주의 언니는 닥치는 대로 교회 집기를 때려 부쉈다. 부서지고 깨지는 소리가 울릴 때마다 민주는 방문 손잡이를 양손으로 움켜쥔 채 숨을 죽였다. 잠잠해진 틈을 타 민주가 유란에게 속삭였다. 저것 봐, 우주 최강이지? 영혼이 썩었다니까.

유란은 햇볕에 바짝 마른 이불을 거둬들였다. 해가 스민 부분에 얼굴을 묻자 고소하고 따뜻한 냄새가 올라왔다. 오전 예배를 알리는 종소리가 가까운 곳에서 들렸다. 유란은 이서를 마중 나가기 전 마지막으로 방 안을 둘러보았다. 손바닥만 한 성경책 외에 눈에 띄는 것은 없었다. 유란의 방은 평범하고 적당히 인위적인 물품들로 채워져 있었다. 유란은 이서와 나눌 말들을 머릿속으로 점검했다. 이서가 보낸 문자에 대해선 말하지 않을 것이다. 여러 이름으로 불리는 교회 이력에 대해서도 열매들의 밤낮 없는 노동에 대해서도 말하지 않을 것이다. 수련원에서 지내는 동안 숙식비는 필요치 않지만 학교나 직장에 머무는 때 외의 모든 시간을 오직 교회를 위해서만 써야 한다는 사실도 말하지 않을 것이다. 주일 헌금과 십일조, 감사 헌금과 주정 헌금은 물론 헌신예배 헌금이 필요하다는 사실도, 황 목사 탄생일을 기념하기 위한 축하비와 행사를 위한 의상비, 선교를 위한 활동비는 별도 수금이라는 사실도 말하지 않을 것이다. 유란은 실제로 그런 것들에 대해 몰랐으니 완전히 거짓말은 아니었다. 첫 번째 열매이자 사모님의 딸인 유란은 언제나 예외였다. 혹독한 노동과 가혹한 수금에 유란의 이름이 불리는 일은 없었다.

유란은 자신이 수련원으로 짐을 옮기게 된 계기에 대해 아무에게도 말하지 않았다. 유란의 엄마와 황 목사가 어떤 식으로 싸웠는지에 대해서도. 유란의 엄마는 부동산 명의가 왜 황 목사와 황 목사의 전처, 황 목사의 아들 이름으로만 되어 있는지 따졌다. 황 목사는 엄마의 사치와 엉망진창인 경제관념에 대해 따졌다. 날이 밝도록 싸움은 계속되었고 아무도 사과하지 않았다. 아침이 되자 황 목사 아들이 유란의 방문을 두드렸다. 너 유학 가지 않을래. 황 목사 아들이 말했다. 제일 비싼 나라로 보내줄게. 공부를 해도 좋고 여행을 해도 좋아. 나야 교회를 물려받을 거니까 여기 산다지만 너까지 고생할 필요 없잖아. 너 하고 싶은 거 하면서 편하게 살아. 황 목사 아들이 유란의 어깨를 두드렸다. 친밀하고 다정한 몸짓이었다. 유란이 수련원으로 들어가겠다고 하자 황 목사 아들은 순식간에 태도를 바꿨다. 너 교회에 욕심 있어? 지금 나랑 해보겠다는 거야?

―언니, 저 버스에서 내렸어요.

전화 너머에서 이서가 들뜬 목소리를 냈다. 유란은 서둘러 방을 나섰다. 구청 정문에 있는 정류장에서 내린 거지? 그럼 일단 구청을 가로질러서 뒷문으로 나와야 해. 거기서부턴 금방이니까. 유란은 폭이 넓고 깨끗한 계단을 한 층 한 층 내려갔다. 커다란 유리창으로 햇빛이 쏟아져 들어오는 걸 보며 머릿속에 남은 불필요한 말들을 싹싹 지웠다. 매일을 견디는 것, 그저 하던 일을 계속하는 것 외에 어떤 일상이 있는지 유란은 알지 못했다. 유란은 소란한 마음속이 가라앉을 때까지 심호흡을 했다. 그럼에도 아직 지우지 못한 문장이 하나 남아 입 속을 맴돌았다. 이젠 누구도 진심이 아닌 곳에 왜 열매들만이, 오직 열매들만이 진심인 채로 남아 있을까.

유란은 이서에게 어느만큼 왔느냐고 물었다. 거의 다 왔어요. 이서가 말했다. 거의 다 왔어요, 언니. 높고 뾰족한 첨탑이 눈앞에 보여요. 아주 근사한 건물이요. ■

바늘 끝에서 몇 명의 천사가

1

남자는 딱 한 번뿐이라고 말했다.

네가 어떻게 사는지 궁금해 들어갔다 그 **침대** 위에서 딱 한 번 울고 나왔을 뿐이라고.

남자의 말은 하진을 공포에 질리게 만들기 충분했다. 하진은 자신의 집에 누구도 들여놓은 적이 없었다. 가족들조차 하진의 집 비밀번호를 몰랐다. 아니, 하진의 집 주소를 아는 사람 자체가 드물었다. 남자 역시 조교 신분을 남용해 하진의 개인 정보를 뒤져보지 않았다면 몰랐을 것이었다. 남자는 하진의 대학 선배이자 학과 조교였으나 하진에겐 그저 타인이었다. 하진은 행정 조교라는 직함 외에 그의 이름조차 몰랐다. 그런 남자가, 하진의 집 앞에서 불법 침입 혐의로 경찰에 붙잡힌 채 하진에게 '네가 궁금해서 그랬다'고 말하고 있었다.

—네가 날 한 번이라도 봐줬다면 내가 이런 짓까지 했겠냐? 내가 너무 억울하고 슬퍼서, 진짜 딱 한 번, 아무것도 안 하고 진짜 딱 한 번 울고 나왔다.

남자의 목소리는 애원조였으나 내용은 정반대였다. 하진이 마지막으로 남자를 본 건 반년 전이었다. 과 사무실 앞 게시판에 강연 홍보물을 붙이고 있던 남자 옆을 하진이 지나쳤다. 몸을 돌린 남자가 홍보물에 적힌 이름을 가리키며 하진에게 말했다. 다음 학기에 이 사람이 전공 강의를 할 거다. 하진은 짧게 고개를 끄덕여 응수했다. 전 다음 학기 휴학해요. 하진은 휴학했고 연말인 지금까지 학교에 한 번도 가지 않았다. 그 짧은 대화의 어디가 '이런 짓'을 해야 할 이유가 되는지 하진은 알 수 없었다.

경찰은 로맨티시스트였다. 하진에게 그것은 사랑 때문이라고, 사랑은 누구도 어찌할 수 없는 불가항력이라고 말했다. 하진이 남자와는 제대로 얘기해본 적조차 없다고 설명해도 막무가내였다. 짝사랑은 괴롭지. 괴로우면 이럴 수 있어. 머리가 희끗희끗한 중년의 경찰이 뒷짐을 지고 서서 흥얼거렸다. 찬찬히 잘 봐봐요, 인연이라는 게 별거 아냐. 생각지도 못한 곳에서 튀어나온다니까? 하진은 남자가 자신의 집 비밀번호를 어떻게 알았겠느냐고, 어딘가에 숨어서, 며칠이고 숨죽여 자신을 지켜보며 여덟 자리 숫자를 하나씩 빼내지 않았겠냐고 항변했다.

—사랑이 그래. 사랑이, 사람을 아주 끈기 있게 만들어.

경찰이 흥얼대며 남자의 어깨를 툭 쳤다. 이상하게 친근하고 이상하게 여유로워 보이는 행동이었다. 그리고 그들의 기이한 공조가 하진을 주눅 들게 만들었다. 같이 출동한 경찰이 뭐라고 입을 열려는 찰나 남자가 말했다.

—잘못했습니다.

남자가 훌쩍거리며 공손히 고개를 숙였다. 하진이 아니라 경찰을 향해서였다.

—정말 잘못했습니다. 깊이 반성하고 있습니다.

그래, 젊은 사람이 말이야. 진짜 이러면 안 되는 거야. 경찰이 남자를 다독이고, 남자가 경찰의 훈계에 고개를 끄덕이며 굽신대는 모습을 하진은 기가 막힌 채 바라보았다. 경찰이 왜 남자의 사랑을 대변하고 있는지 모를 일이었다. 게다가 남자는 왜 자신이 아닌 처음 보는 경찰에게 잘못을 고백하고 용서받고 있을까. 하진의 집에 불법 침입이 일어났고 하진이 신고해 범인을 잡았음에도 모든 처리 과정에서 정작 하진만이 배제된 느낌이었다.

—집 앞은 현장이 아니래요.

어찌 됐냐고 묻는 옆집 사람에게 하진은 말했다.

—집 안에 들어가 있는 걸 잡으면 현장인데, 집 앞에 서 있는 건 현장이 아니래요.

경찰이 도착했을 때 남자는 이미 하진의 집에서 나와 계단을 내려오고 있었다. 남자는 아무 경고 없이 훈방되었다. 상습범인데도요? 옆집 사람이 놀랍다는 듯 되물었다. 침입 증거가 없대요.

옆집 사람은 어제 음식물 쓰레기를 버리러 나가던 하진을 불러 세

왔다. 복도에서 오래 기다린 듯 뺨이 붉게 얼어 있었다. 괜찮아요? 다 짜고짜 묻는 바람에 하진은 당황했다. 옆집 사람과 마주한 것도, 말을 나누는 것도 그때가 처음이었다.

—낮에, 너무 크게 울길래요.

하진은 오전 10시부터 오후 5시까지 피자집 매니저로 일했고 오후 6시부터 9시까지 일주일에 세 번 과외를 했다. 휴무일에는 종일 도서 관에 있었다. 그런데도 옆집 사람은 한낮에 자주 음악 소리가 들린다 고 했다. 텔레비전 소리가 크게 울리는 날도 있고, 고함 소리가 들리는 날도 있다고. 그런데 아까는 한 시간 넘게 꺼이꺼이 울더라고요. 그. 옆집 사람이 잠시 말을 고른 뒤 덧붙였다. 그, 남자분이요.

하진의 낯빛이 변하자 옆집 사람은 제일 먼저 물었어야 할 것을 뒤 늦게 물었다.

—남자분과 함께 사시는 것 아니었나요?

—나는 아무와도 안 살아요.

하진이 후들후들 떨며 제자리에 주저앉았다. 손에서 놓친 음식물 쓰레기봉투가 바닥으로 떨어져 흩어졌다. 꽁꽁 얼어 있는 밀가루 떡과 단무지 같은 것들을 옆집 사람이 조심스레 그러모아 봉투에 도로 넣 어주었다.

집 안은 서늘했다. 하진은 창문을 모조리 열어 12월의 바람이 집 안 을 휩쓸도록 내버려두었다. 실내는 이미 엉망이었다.

어제 옆집 사람의 얘기를 들은 뒤 하진은 집 안 모든 곳을 뒤졌다. 선반 위와 책장 안, 싱크대 위와 수납장 안의 사물들을 전부 끄집어냈 다. 하진은 전등갓을 벗겨내 안팎을 살폈다. 가전제품을 일일이 뒤집어 보고 선반 아래를 더듬었다. 화장실과 옷이 걸려 있는 행거 주변을 살살이 뒤졌다. 벽지가 들떠 검게 벌어진 구멍과 가구에 박힌 나사못을 손톱이 뒤집힐 때까지 긁고 떼어내고 돌려봤다. 어디에서도 카메라가 나오지 않자 하진은 잠시 안도했으나 이내 새로운 불안에 휩싸였다. 그럼 대체 누가? 왜? 무엇을 하느라 어디에, 얼마나 머무른 거지? 하진은 뜬눈으로 밤을 새우고 날이 밝자마자 도망치듯 집을 나섰다.

지금 하진은 어제의 자신을 원망하고 있었다. 경솔했다. 남자는 엉망이 된 집 안을 보고 서둘러 밖으로 나갔다. 극도의 혼란에 빠졌던 어제의 하진이 오늘의 남자를 현장에서 도망치게 해준 셈이었다.

정신 차려. 하진은 집 안을 정리하며 곳곳에 말을 심었다. 정신 차려, 서하진. 증거를, 증거를 잡아야 해. 하진은 수납 상자 안에서 구형 핸드폰을 끄집어냈다. CCTV 어플을 깐 구형 핸드폰을 책장 꼭대기에 설치하며 하진은 입술을 꼭꼭 물었다. 내일은 외부용 CCTV를 사서 현관 앞에 달자. 남자가 다시 이 집에 침입한다면, 그래서 핸드폰에 증거가 남는다면 하진은 이것을 사랑 운운하던 경찰 면전에 집어 던질 작정이었다. 카메라를 눈치채고 남자가 핸드폰을 부수거나 훔쳐 가버린다면 침입 정황은 오히려 확실해진다. 하진은 카메라 각도가 잘 맞는지 수차례 확인하며 핸드폰 위치를 조정했다.

그러다 문득, 하진은 책장 꼭대기에 매달리듯 기대 있던 몸을 뗐다. 딛고 선 의자가 덜걱거렸다. 다시, 다시라고? 하진이 딱딱하게 굳은 얼굴로 주위를 둘러보았다. 남자가 정말로, 또 이 집에 침입한다면 그때 어떻게 하지? 내가 없는 한낮이 아니라 내가 잠들어 있는 새벽에 저 문을 열고 성큼성큼 들어선다면? 의자에서 내려서던 하진이 크게 비틀거렸다. 침대에 무릎이 닿자 하진은 소스라치게 놀랐다.

남자가 여기, **이 침대**에 앉아서 울었나?

여기 누워서 텔레비전을 보았나? 저 의자에 발을 얹고 누워 고함을 질렀을까? 방 안의 모든 사물이 돌연 낯설게 느껴지기 시작했다. 어딘가에 남자의 흔적이, 체액이, 지문과 체온과 축축한 숨 같은 것이 남아 집요하게 하진을 노려보는 것 같았다. 하진은 뒷걸음질 쳤다. 그러나 어느 곳에도 몸을 숨길 수 없었다. 남자가 여전히 이곳에 있었다. 하진의 집 안 모든 곳에.

현장을 잡겠다는 오기는 순식간에 사라졌다. 이곳은 현장 같은 게 아니라 하진의 공간이었다. 하진이 무방비하게 몸을 펼친 채 시간을 부리고 일상을 누비던, 하진과 완전히 밀착된 삶의 공간이었다. 하진은 온몸을 짓누르는 공포 속에서 깨달았다. 남자의 침입으로 인해 하진은 자신만의 내밀한 공간을 상실했다. 남자는 아무것도 부수지 않는 방식으로 하진의 공간을 완전히 훼손했던 것이다. 그의 말대로라면 딱 한 번의 침입만으로.

비명을 지르며 집에서 뛰쳐나온 하진 앞을 누군가 가로막았다. 옆집 사람이었다. 두꺼운 패딩 점퍼를 입고 있었음에도 복도에서 오래 기다린 듯 뺨이 붉고 입 언저리가 푸르게 얼어 있었다.

—나도 집에 도둑이 든 적 있어요.

옆집 사람은 집으로 도로 뛰어 들어가지도, 자신을 밀치고 밖으로 뛰쳐나가지도 못하는 하진을 바라보며 말했다.

—어느 날 집에 들어갔는데 거실에 새카만 발자국이 몇 개나 찍혀 있는 거예요. 사라진 물건도 없고 어디를 뒤지거나 망쳐놓은 흔적도

없었어요. 그냥 발자국만 남아 있었죠. 근데 그게, 그렇게 무서운 거예요. 내 집 천장과 사방 벽이 통째로 뜯겨 나간 기분이랄까. 한 달 넘게 집에 들어가질 못하다가 결국 다른 집을 구해 이사했어요.

옆집 사람이 뒤로 한 걸음 물러섰다. 어느 방향으로 가도 좋다는 듯 하진과의 사이에 충분한 거리를 벌려둔 상태였다. 그러고는 천천히 손을 뻗어 자기 집 현관문을 가리켰다.

―우리 집으로 올래요?

옆집 사람은 답답하다 싶을 만큼 느리게 움직였다. 현관문을 열고 먼저 집 안으로 들어가서는 하진에게 슬리퍼를 내주었다. 정작 자신은 맨발이었다. 하진은 여러 개의 쿠션과 좌식 탁자가 놓여 있는 거실 안쪽에 앉았다. 하진에게서 멀찌감치 떨어진 뒤에야 옆집 사람 행동에 조금씩 속도가 붙었다.

하진은 옆집 사람이 내놓은 구운 귤을 바라보았다. 가로로 두껍게 잘라 표면이 바삭해질 때까지 구운 귤이었다. 아무것도 타지 않은 뜨거운 물 한 잔과 구운 귤. 하진은 어느 것에도 손대지 않았다.

내가 왜 여기에 있을까. 하진은 다시금 10분 전의 자신을 원망했다. 경솔했다. 옆집 사람에게 아무와도 살지 않는다는 얘길 왜 해버렸을까. 이 사람이 이렇게까지 친절한 건 뭔가를 숨기기 위함이 아닐까. 대체 왜 나를 기다렸나. 애초에 이 사람은 내 집에서 나는 소리에 왜 그렇게까지 귀를 기울였지?

빠르게 잔가지를 뻗는 의심 속에서 하진은 망설였다. 그럼에도 무언가가, 틀림없이 익숙했다.

환한 집 안에 들어와서야 정확히 마주한 옆집 사람 얼굴은 분명 하진의 기억 속에 있었다. 흐리고 끝이 둥근 눈썹과 동그랗게 여문 코끝. 납작한 물음표 모양의 귀가 머리통 쪽으로 바짝 누운 것도, 미묘한 각도의 주걱턱도 분명 기억에 있었다. 어디서 봤지. 하진은 다른 의미로 혼란스러워졌다. 아는 사람과 모르는 사람 중 어느 쪽이 더 위험한지 가늠할 수가 없어서였다.

─노지 귤이라 달지 않길래 좀 구웠어요. 불에 구우면 단맛이 강해지거든요.

옆집 사람은 탁자를 사이에 두고 하진과 대각선 자리에 앉았다. 표정과 움직임이 전부 노출되는 데 비해 하진에게 곧장 손을 뻗을 수 없는 위치였다. 시선이 어긋나도록 상체를 돌려 앉은 통에 하진은 길고 양이라도 된 기분이었다. 나는 위험하지 않아. 네게 손대지 않을게. 자신의 호의가 우월감에서 비롯되지 않았음을 강조하는 듯한 저런 태도를, 하진은 이전에도 본 적이 있었다. 자연스럽고 당연하게 상대방을 배려해주던 행동. 그러나 어딘가 무례할 정도로 천진하고 거침없던 호의. 수십 개로 조각나 있던 기억이 달칵, 소리를 내며 맞물렸다. 얼굴과 장면과 이름이 동시에 떠올랐다.

─유영?

옆집 사람 얼굴에 경계의 빛이 서렸다. 순간적으로 새어 나온 날것의 감정에 하진은 비로소 안도했다. 저 사람도 나를 경계하고 있어. 하진은 잔뜩 웅크리고 있던 몸을 조금씩 풀었다. 상대방의 날 선 경계가 지나치게 견고한 선의보다 훨씬 인간적으로 느껴졌다. 상대방과 비로소 동등해진 느낌이었다.

구운 귤을 향해 손을 뻗는 하진에게 옆집 사람이 물었다.

─나를 알아요?

2

하진의 중학교 시절은 참혹했다. 누구도 직접적으로 괴롭히지 않았으나 그렇다고 해서 참담함이 사라지는 건 아니었다. 하진은 그게 문제라고 생각했다. 뼈가 부러지거나 피부가 뭉개졌다면 하진은 손쉽게 이해받았을 것이다. 보호받고 치료받았을 것이다. 그러나 하진의 고통은 하진만이 알았다. 하진은 사춘기라는 단어를 경멸하며 그 시절을 보냈다. 아무나 손쉽게 내뱉는 무책임한 단어가 하진을 정의하는 게 싫었다. 근본적으로 아무것도 해결되지 않았음에도 사람들은 사춘기라는 단어를 듣는 순간 제멋대로 납득하며 등을 돌렸다.

―거짓말 아니니?

보건 교사가 하진을 불러다 그렇게 물은 것도 같은 맥락일 것이었다. 보건 교사는 검사 결과지를 이리저리 훑어보며 하진에게 물었다. 장난으로 쓴 건 아니지? 사람들한테 관심 끌고 싶어서 이런 건 아니지? 정말, 진지하게 대답한 거 맞니? 하진은 입을 다물었다.

학교에서 의무적으로 시행한 심리검사에서 위험 등급을 받은 사람은 하진의 학년에서 모두 네 명이었다. 두 명은 장난이었다고 떠들고 다녔으므로 오히려 화제가 되지 않았다. 하진과 3반의 누군가를 두고 아이들이 수군거렸다. 그럼 쟤 자살하는 거야? 하진은 수업 시간 도중 자신을 불러낸 보건 교사를 저주하며 복도를 걷고 수업을 듣고 화장실에 갔다. 안 죽어, 안 죽는다고. 하진은 노트에 빼곡히 그런 글자들을 써넣었다. 누가 죽어줄 줄 알고?

보건 교사는 하진의 담임선생에게, 담임선생은 하진의 부모에게 검사 결과를 알렸다. 보건 교사는 청소년심리상담센터로 하진을 보냈다. 걱정스러운 얼굴의 엄마가 당연하다는 듯 따라왔다. 상담실에서 하진은 아무 말도 하지 않았다. 센터장인지 의사인지 단지 직원인지조차 알 수 없는 남자가 피로에 찌든 얼굴로 하진을 바라보며 물었다. 대답하고 싶지 않니? 그럴 기분이 아니야? 하진의 엄마가 하진에게 바짝 다가앉으며 하진을 달랬다. 괜찮아. 괜찮으니까 선생님한테 다 얘기해보렴. 하진은 짧은 시간 동안 많은 질문을 견뎠다. 어휘만 조금씩 다를 뿐 모두 같은 내용이었다. 남자는 전문 병원에서 정기적 상담을 받으라고 권했다. 여기서 해줄 수 있는 말은 그게 전부라고.

상담실을 나온 하진은 노란색과 파란색 벽으로 둘러싸인 대기실에 앉았다. 의자 여남은 개가 놓여 있을 뿐 을씨년스러운 공간이었다. 엄마는 직원에게 무언가를 묻고 어디론가 부산하게 전화를 걸었다. 분한 마음이 솟은 건 그때였다. 분명 자신의 의지로 침묵했음에도 누가 입과 숨을 틀어막고 있었던 것처럼 가슴이 답답했다. 하진이 작게 헐떡이며 상체를 구부렸다.

—웃기지도 않아. 부모하고 같이 상담을 받으라니.

누군가 하진 옆에 털썩 주저앉았다. 다리를 앞으로 쭉 뻗어 발목을 돌리고 발끝을 까닥였다. 3반의 유영. 하진은 유영을 알았다. 아이들이 그만큼 수군대면 도무지 모를 수가 없었다.

—애초에 부모 때문이 아니면 내가 이런 델 왜 오겠냐고. 안 그래?

유영이 투덜거리며 동조를 구하듯 하진을 바라봤다. 상담, 받았어? 하진이 묻자 유영은 고개를 흔들었다. 엄마가 안 왔어. 부모 없인 상담 못 받는대.

둘은 앞을 보고 앉아 가만히 숨을 골랐다. 복도에 울리는 하진의 엄마 목소리가 점차 커지고 있었다. 명치께가 다시금 꽉 조여왔다. 하진이 숨을 몰아쉬자 유영이 하진의 손을 잡았다. 내려다보지 않아도 알 수 있었다. 유영의 손은 아주 희고, 뼈마디가 가늘고, 손톱이 아주 짧게 잘려 있을 것이었다. 거스러미가 뜯긴 자국이 발갛게 달아올라 있을 것이었다. 유영은 하진을 돌아보거나 괜찮으냐고 묻지 않았다. 노랗고 파란 벽의 이음매를 살피듯 그저 앞만 보고 있었다.

엄마는 딱 한 번뿐이라고 말했다.
너를 죽이려 한 건 딱 한 번의 실수였다고.

아빠가 집을 나간 것이 도화선이 되었으나 이전에도 그들은 사이 좋은 부부가 아니었다. 하진의 부모는 집 안 모든 곳에서 모든 문제를 두고 다퉜다. 끊임없이 서로의 자존심을 뭉개고 비난하고 이기죽거렸다. 니 부모, 너네 가족, 니 딸, 네 잘난 자존심, 네까짓 게 어디서 감히, 같은 말들을 주로 썼다. 싸움이 좀처럼 끝나지 않을 때면 그들은 화난 기색을 숨기지 않고 하진을 불러 다그쳤다. 네가 말해. 너 아빠 따라 갈 거야? 엄마랑 살 거야? 너 지금 저딴 인간이랑 살겠다는 거야? 너도 똑같은 년이로구나! 하진이 울음을 터뜨리면 그제야 그들은 할일을 다 했다는 듯 각자의 방으로 흩어졌다. 누구도 하진을 데리고 들어가지 않았다.

하진의 아빠는 철저한 사람이었고 가출 역시 그러했다. 옷가지와 가방, 넥타이는 물론 장식장의 양주들까지 빠짐없이 챙겨 갔다. 신발장 위에 늘어놓았던 향수와 서재의 만년필 보관함까지 전부. 아빠가 챙겨 가지 않은 건 하진뿐이었다. 하진의 엄마는 물건이 빠져나간 빈 공간의 문을 죄다 열어두었다. 하진이 실수로라도 문을 닫으면 길길이 날뛰며 소리쳤다.

한 달이 채 지나지 않아 하진의 엄마는 직장 권유로 휴직계를 냈다. 아빠 직장에 불쑥 찾아가 로비를 서성였고 아무 병원이나 찾아다니며 아프다고 호소했다. 약 봉투가 쌓여갔으나 엄마는 어떤 약도 먹지 않았다. 보다 못한 이모가 집으로 들어와 엄마와 하진을 돌봤다. 언니가 정신 차려야지, 하진이는 어쩌려고 이래. 이모는 때로 엄마를 다그쳤다. 이 모든 과정을 하진은 빠짐없이 목격했으나 누구도 하진에게 이유를 설명해주지 않았다. 넌 방에 들어가 있어. 하진의 엄마도 이모도 하진에겐 한결같이 그렇게 말했다. 아빠가 집을 나간 뒤에도 엄마는 아빠와 끝없이 싸웠다. 하진은 전화기에 대고 소리치는 엄마의 말만을 들었다. 너, 내가 반드시 후회하게 해줄 거야. 네 새끼 죽여버리고 나도 콱 죽어버릴 거야!

그리고 엄마는 그렇게 했다.

하진은 자신의 방문이 열리는 순간부터 깨어 있었다. 아주 어릴 때부터 하진은 깊이 잠들어본 적이 없었다. 오랫동안 뒤척이다 잠들었고 작은 소리에도 쉽게 깼다. 엄마는 조심스레 방으로 들어왔다. 거실 불빛이 방으로 새어 들어 하진은 바들거리는 눈꺼풀을 들키지 않으려고 애썼다. 엄마가 옆에 앉았는지 침대에 누운 하진의 몸이 오른쪽으로 기울어졌다. 이마에 닿은 엄마 손에서 선득한 냉기와 물기가 흘렀다. 눈을 뜰까 말까. 하진이 고민하는 사이 엄마의 손이 아래로 내려왔다.

하진이 눈을 번쩍 뜨자 엄마는 당황한 듯했다. 그러나 손을 떼진 않았다. 반사적으로 몸을 일으킨 엄마가 상체 힘을 실어 하진의 목을 눌렀다. 하진은 돼지 소리를 내며 발버둥 쳤다. 정신없이 할퀴고 잡아 뜯느라 엄마 손이 아니라 자신의 목과 뺨이 피투성이가 되는 줄도 몰랐다. 이모가 뛰어 들어와 엄마를 끌어낼 때까지도 엄마는 양손을 앞으로 뻗고 있었다. 힘을 주느라 가운데로 한껏 몰린 눈코입이 튀어나올 듯 붉었다. 5분, 어쩌면 3분도 되지 않을 시간이었다. 하진은 구역질을 하다 침대 아래로 떨어졌다. 침대 모서리에 코가 찍힌 다음에야 비로소 고통이 밀려들었다.

　뒤늦게 엄마는 하진을 잡고 오열했다. 하진의 코피를 닦아주고 오줌으로 젖은 잠옷 바지와 속옷을 벗겨주었다. 하진을 욕실로 데려가 따뜻한 물에 몸을 씻겨주며 엄마는 계속 울었다. 엄마가 미안해. 엄마가 너무 힘들어서, 너무 괴로워서 그랬어, 정말 미안해. 이모가 불안한 얼굴로 활짝 열린 욕실 문 앞을 서성였다. 그러나 엄마를 하진에게서 떼어놓진 않았다. 엄마는 하진의 뜯기고 긁힌 뺨과 검붉게 멍이 올라오기 시작한 턱 아랫부분에 소독약과 연고를 발라주었다.
　─엄마가 하진이 사랑하는 거 알지?
　하진이 고개를 끄덕였다. 벌거벗은 하진을 엄마가 꽉 끌어안는 바람에 다시금 오줌을 지리면서도 성실하게 고개를 끄덕였다.
　─엄마 다시는 안 그럴게. 한 번만 용서해줘. 응?
　몸이 식어 하얗게 질린 얼굴로 하진이 대답했다. 응. 엄마. 괜찮아요. 나도 사랑해.
　다음 날 엄마는 태연한 얼굴로 하진의 학교 선생님에게 전화를 걸었다. 하진이 심한 장염에 걸려 일주일 정도 결석하게 될 것 같다고 설명하는 엄마의 목소리에 기묘한 생기가 돌았다. 엄마는 하진에게 떡볶

이를 해주고 하진의 옆에 붙어 앉아 같이 동화책을 읽었다. 주말에만 허락하던 닌텐도를 꺼내 텔레비전에 연결해주고는 '엄마 이제 괜찮아. 다 괜찮아'라고 하진의 귀에 속삭였다. 엄마는 정말이지 괜찮아 보였다. 하진은 화장실에 들어가 소리 없이 떡볶이를 토했다. 엄마는 아빠를 사랑하고 하진을 사랑했다. 그것은 의심할 수 없는 진실이었다. 그러나 엄마는 언제든 잠든 하진의 목을 조를 수 있었다. 그것 역시 도망칠 수 없는 진실이었다.

목에 든 멍이 사라지는 데는 꼬박 3주가 걸렸다. 노랗게 흐려진 멍을 폴라티로 가리고 하진은 학교에 갔다. 집에 돌아오니 집 안의 빈 곳이 모두 채워져 있었다. 이모 대신 소파에 앉아 있던 아빠가 하진을 맞았다. 우리 딸 보고 싶었어. 아빠가 미안하다. 그런 식의 사과를 하진은 엄마에게도 이모에게도 받았다. 하진은 달리 할 말이 없어 고개를 끄덕였다.

하진의 부모는 평범해지기 위해 노력했다. 등산복을 맞춰 입고 주말마다 산과 절을 찾아다녔다. 방송에 나온 맛집을 찾아 몇 시간이고 차를 달렸다. 하진의 피아노 발표회와 초등학교 졸업식에 커다란 꽃다발을 들고 와 나란히 서서 손을 흔들었다. 하진은 그들이 하는 대로 잘 따랐다. 그리고 집으로 돌아와선 잠들기 전 몰래 방문을 잠갔다. 하진은 끝이 뾰족한 작은 머리핀을 머리맡에 두었다. 인터넷을 검색해 누군가 갑자기 목을 조르면 얼른 손가락을 끼워 넣으라는 말 따위를 공식처럼 외웠다. 모로 누워 몸을 최대한 둥글게 말고 잤다. 가까스로 잠이 들면 상냥한 얼굴의 엄마가 아주 빠른 걸음으로 하진을 뒤쫓는 꿈을 꾸었다. 아빠는 어디에도 없었다.

중학생이 되면서 하진은 아침 일찍 일어나 잠금장치를 몰래 풀어두는 일을 그만두었다. 하진을 깨우러 온 엄마가 덜컥, 작지만 단호하게 거부당하는 느낌이 좋았다. 엄마가 묻는다면 하진은 무슨 말이든 쏟아낼 작정이었다. 딱 한 번의 실수였다니, 살인과 실수만큼 터무니없고 이기적인 조합이 또 있을까. 하진은 무엇도 잊지 않았고 누구도 용서하지 않았다. 여전히 깊이 잠들지 못했고 쉽게 숨이 엉켰다. 성난 기색에 예민했고 말을 더듬었다.

—어머, 얘가 벌써 사춘기인가 봐.

엄마는 잠긴 문 앞에서 그렇게 중얼거리고는 아무것도 묻지 않았다. 하진은 참담한 기분으로 사춘기를 경멸했다. 노트에 몰래 쓰던 말들을 심리검사지에 쏟아놓은 건 그 때문이었다.

재검사는 보건실에서 이루어졌다. 2교시부터 3교시가 끝날 때까지, 하진과 유영은 보건용 침대에서 검사지를 작성했다. 얇고 질긴 커튼이 둘 사이를 가로막고 있었다. 3학년은 재검이 너무 많아서 시청각실에서 본대. 유영이 소곤거렸다. 보건 교사가 성교육 수업을 위해 자리를 비우자 유영은 커튼을 냉큼 치워버렸다.

—이거 볼래? 나 이거 어제 생긴 거야.

유영이 교복 셔츠 소매를 끌어 올렸다. 팔꿈치 위쪽으로 검붉은 멍이 들어 있었다. 두껍고 각진 형태의 멍을 보는 건 처음이었다. 멍 가장자리가 새까맣고 곳곳에 둥근 점 같은 게 찍혀 있었다. 이런 거 등에도 있어. 볼래? 하진이 고개를 저었다.

—그래서 어제는 종일 엉덩이만 떠올렸어.

—엉덩이?

―오다기리 조의 엉덩이.

하진은 유영의 머릿속에도 검붉은 멍이 있는 게 아닐까 의심했다. 애들이 수군대던 것처럼 정말 정신병자인 게 아닐까. 정신병자, 관심 종자, 자살중독자. 아이들은 어디서 주워들은 말들을 전부 유영과 하진에게 빗대어 쓰고 있었다. 하진의 의심이 표정에 드러났는지 유영이 짧게 웃었다.

　―나 영화 좋아하거든. 집에서는 계속 영화만 봐. 지난주에 웃기는 영화를 봤는데, 히미코라는 사람이 만든 요양원이 배경이었어. 히미코는 늙은 오카만데, 너 오카마 알아? 나도 정확히는 모르지만 여장 남자 같은 건가 봐. 암튼 히미코가 요양원을 만들어. 가족에게 버려졌거나 사회에서 밀려난 게이나 여장 남자들이 거기서 늙어가는 거야. 서로 아무 상관 없는 사람들인데 되게 친하고 서로 엄청 챙겨줘. 가족보다 훨씬 더 가족 같아. 거기서 히미코는 병으로 죽어가고 있어. 히미코를 사랑하는 젊은 게이 역할이 오다기리 조야.

유영의 설명은 너무 어지러웠다. 쾌활한 말투 때문에 귀에는 잘 들렸지만 머릿속까지 내용이 닿지 않았다. 하진은 검사지 문항을 읽으며 대충 고개를 끄덕였다.

　―근데 그 오다기리 조가 엄청 타이트한 바지만 입고 나오는 거야. 영화 속에서 누가 죽고 누구는 이루어질 수 없는 사랑을 하고 누구는 버려지고, 암튼 점점 심각한 얘기가 나오는데, 내 눈에는 오다기리 조 엉덩이만 보이는 거지. 흰 바지에 꽉 낀 엉덩이, 번들거리는 광택 천에 꽉 낀 엉덩이. 멜빵을 해도 저래도 되나 싶을 만큼 바지를 위로 치켜 입고 말이야. 엉덩이가 저렇게까지 바지를 씹어 먹었는데 아무도 얘길 안 해줬나? 저게 컨셉인가? 누가 저 바지를 좀 내려줬어야 하는 거 아

닌가? 그런 생각만 드는 거야, 영화를 보는 내내.

유영이 검사지에 커다랗게 동그라미를 그렸다. 하진이 흠칫 놀라자 괜찮아, 라고 말했다. 열심히 써서 내나 대충 써서 내나 결과는 똑같아. 유영이 동그라미를 한 개 두 개 더 그렸다.

—어제 아빠가 나를 혼내는데 갑자기 그게 떠올랐어. 누가 손을 뻗어서 반 뼘만 바지를 내려주면 저 엉덩이가 숨을 쉴 수 있을 텐데. 그래서 오다기리 조 바지를 반 뼘 내려주는 상상을 했어. 영화 내내 꽉 끼어 있어서 그런지 잘 안 되더라고. 계속, 계속 엉덩이만 생각했어. 그랬더니 상황이 끝나 있는 거야. 이게 남긴 했지만.

유영이 이번에는 작은 사각형을 그린 뒤 새까맣게 칠했다.

—그러고 나니까, 아무래도 상관없다는 생각이 들더라. 아빠가 무슨 말을 하든, 뭘 집어 들고 휘두르든 오다기리 조 엉덩이만 떠올리고 있으면 되겠구나. 이제 그렇게 해야지, 그런 다짐을 했어. 너는? 너는 그럴 때 뭘 생각해?

나는 그 정도는 아니야.

하진은 생각했다. 나는 너 정도로 불행하지는 않아. 너처럼 살고 있지는 않아. 하진은 동조를 구하듯 하진을 향해 내밀어진 유영의 얼굴을 보았다. 미묘한 각도의 주걱턱과 벌름거리는 콧방울, 납작한 물음표 모양의 귀가 머리통 쪽으로 바짝 누운 게 한눈에 보였다. 하진은 얇고 질긴 커튼을 끌어다 유영과의 사이에 선을 그었다. 엄마는 딱 한 번뿐이라고 했어. 미안하다고 했어. 내게는 잡히는 대로 물건을 휘두르는 아빠도 없고 사각형의 멍도 없어. 나는 그냥 사춘기일 뿐이야. 나는 너만큼, 불쌍하지 않아.

하진은 검사지에 그럴듯한 말들을 골라 쓰기 시작했다.

　　나는 내가 가끔 (불행하다고) 생각한다. 그것은 (이번 중간고사 성적이 떨어졌기) 때문이다.

　　내가 가장 자주 떠올리는 것은 (이달의 용돈)에 대해서이다.

　　나는 부모님에게 (저녁을 함께 먹자고) 이야기하고 싶다.

　　나는 혼자 남겨졌을 때 (음악을 듣고 싶다는) 생각을 한다.

　재검사 이후 하진은 어디에도 불려 가지 않았다. 보건실로 불려 가는 일도, 상담센터로 가 무기력한 질문들을 견디는 일도 없었다. 유영과는 어디에서도 마주치지 않았다. 가까스로 일상이었다.

3

　―예전에 같은 중학교를 다녔는데……

　하진이 말끝을 흐렸다. 중학교? 무언가를 가늠해보던 유영의 표정이 부서질 것처럼 건조해졌다. 그럼 아마 기억 못 할 거야. 하진이 삼킨 말끝을 반말로 알아들었는지 유영이 말을 놓았다.

　―그즈음 기억이 왔다 갔다 하거든. 사고 때문에.

　―사고?

　―교통사고나 추락 사고 같은 게 아니었을까 싶어. 그런 게 아니라면.

　유영이 머리카락 사이를 손가락으로 헤집어 열었다. 정수리부터 왼쪽 귀 뒤쪽까지 길게 찢어진 흉터가 드러났다. 울퉁불퉁한 선홍색 단면이 어느 부분은 부스럼처럼 솟아 있고 어느 부분은 움푹 들어가 있었다.

　―머리가 이만큼이나 찢어지는 일이, 일상에서 생길 리 없잖아.

나를 아는 사람이란 말이지. 유영이 작게 중얼대더니 차라리 잘됐다고 말했다. 자신의 신원이 보증되었으니 이제 커피나 차를 내주어도 되겠냐고 물었다.

—무서워할까 봐 맹물을 줬거든. 내 등장이 이래저래 수상했으니까.

유영이 자리에서 일어서며 웃어 보였다. 보건실에서만큼은 아니지만 말갛고 어딘가 바보스러운 웃음이었다. 유영이 나무껍질과 배 향기가 나는 차를 우리는 동안 하진은 주위를 둘러보았다. 하진의 집과 똑같은 구조일 텐데 파스텔 톤을 많이 사용한 유영의 거실은 느슨하고 포근해 보였다. 푸른색 암막 커튼 사이로 얇고 부드러운 시폰 커튼이 내려져 있었다. 하진은 유영을 모르는 채 있기로 했다. 상담센터 대기실에서 네가 손잡아준 사람이 나라고, 보건실에서 냉정하게 커튼을 쳐버린 사람이 나라고 말하지 않기로 했다. 사라진 기억이 유영의 의지라면 하진은 그걸 존중할 생각이었다.

유영이 영화 자막 만드는 아르바이트를 한다고 했을 때 하진은 놀라지 않았다. 기억이 드문드문 사라져도 취향은 변하지 않는구나 정도를 떠올린 게 전부였다.

—내가 영화 좋아하는 것도 알아? 혹시 우리 많이 친했니?

유영이 미안해하는 얼굴로 물었으므로 하진은 냉큼 고개를 흔들었다. 그러나 그건 또 그것대로 겸연쩍은 일이었다. 아르바이트라고 하기엔 페이가 너무 적지만. 유영은 자신이 초벌 작업을 한 몇몇 영화 제목을 댔다. 하진은 본 적도 들어본 적도 없는 영화들이었다. 주로 동물이나 환경 문제를 다루는 독립 영화야. 영화관에서 개봉 못 하는 경우가 훨씬 많아. 유영이 다큐멘터리 이야기를 하며 하진을 이리저리 끌었다. 하진더러 찻잔과 접시를 씻어달라고 한 뒤 거실에 접이식 매트리스를 펴고 이불을 깔았다. 여기 수압이 세서 설거지를 하면 꼭 윗옷이 젖는다. 그치? 유영은 하진에게 코알라가 그려진 커다란 원피스를 내주었다. 방에서 갈아입고 나오자 새 칫솔과 수건을 내밀었다. 하진은 얼결에 이를 닦고 세수를 하고 유영이 시키는 대로 매트리스에 누웠다. 목 아래까지 끌어 올린 이불에서 마른 나무 냄새가 났다.

—내일 CCTV 단다고 했지? 설치하는 거 같이 봐줄게.

—그렇게까지 안 해줘도 돼.

—우리 집이 복도 안쪽이니까 네가 설치하면 우리 집도 안전해지는 거잖아. 아, 그것도 달자. 밖에서 해제 안 하고 문고리 당기면 삐용삐용 소리 나는 거.

—그런 건 그냥 눈속임이잖아. 잠깐 울리고 끝나는 게 무슨 소용이야.

—왜 소용이 없어. 경보음이 울리면 내가 바로 뛰어갈 텐데.

유영이 꼼질꼼질 이불 속으로 파고들었다. 방 안에는 커다란 책상과 책장이 빼곡했으니 거실이 원래 잠자리인 모양이었다. 그건 나랑 같네. 하진은 거실 벽면에 바짝 붙여 설치한 자신의 침대를 떠올렸다. 평온하게 몸을 누일 수 있었던 **그 침대**는 이제 사라지고 없다. 목이 졸리는 것 같은 통증이 하진을 짓눌렀다. 훅훅 숨을 몰아쉬는 하진의 팔꿈치를 유영이 가만히 잡았다. 가만히 그저 잡고만 있었다.

하진은 생강 냄새에 잠에서 깼다. 거실 안쪽까지 햇빛이 제법 밀려 들어 있었다. 너 잘 자더라. 유영이 구운 배와 꿀을 탄 생강차를 내주며 놀리듯 말했다. 너는 배도 구워 먹는구나. 그렇게 말하려는데 목 안쪽이 따끔거렸다. 하진은 잠자코 생강차를 마셨다. 하진이 토스트와 구운 배를 먹는 동안 유영은 거울 앞에 서서 머리를 빗었다. 숱이 적은 단발머리를 뒤로 빗어 단단히 묶는 동안 유영의 뒷모습과 거울에 비친 얼굴이 동시에 보였다. 유영의 신체지만 유영만이 보지 못할 어떠한 각도에 대해 생각하다 하진은 한 가지 사실을 깨달았다. 하진에게는 너무 당연해서 위화감조차 느끼지 못했던 사실이었다.

어제부터 유영은 하진에게 가족 이야기를 단 한 번도 꺼내지 않았다. 가족에게 연락해보라든가 가족 중 누구를 불러 도움을 청하라는 식의 권유 역시 하지 않았다. 하진은 유영을 바라보았다. 어깨에 붙은 머리카락을 집어내던 유영이 싱긋 웃었다.

CCTV 설치는 금세 끝났다. 외부로 드러난 카메라 케이블을 갈무리하던 설치 기사는 사이렌 센서 설치에 대해 묻자 손사래를 쳤다. 그건 상점에서나 쓰는 거예요. 주거 시설 안에다 설치하면 이틀도 못 가서 떼달라고 할걸요. 유영은 설치 기사가 돌아갈 때까지 하진의 집에 머물렀다. 단 이틀 만에 집은 냄새조차 낯설게 변해 있었다. 하진은 유영이 집 안 곳곳을 좀 더 부산하게 오가기를 바랐다. 선반을 건드려 책을 쏟는다든가 식탁에 컵 자국을 남긴다든가 신발장에 무심코 장갑을 두고 간다든가 하길 바랐다. 유영의 흔적이 눈에 보이면 남자에 대한 생각에서 조금은 벗어날 수 있을 것 같아서였다.

유영은 외부 CCTV 실시간 화면을 볼 수 있는 어플을 자신의 핸드폰에도 깔았다. 화소도 낮고 단조로운 기능뿐인 카메라였지만 좁은 복도를 비추기에 충분했다. 유영은 지구대에 전화를 걸어 아파트 근처에 수상한 남자가 기웃대니 순찰 횟수를 늘려달라고 요구했다. 남자가 다시 나타날 리 없다든가 경찰이 도와줄 거란 말은 하지 않았다. 조심하라고 경고하거나 집 안팎을 초조하게 서성이지도 않았다. 유영은 천천히 사물을 쓰다듬고 하진의 침대에 무릎을 모으고 앉아 있다 일어섰다.

—내가 자주 살펴볼게. 놀러도 오고.

유영은 그렇게 말한 뒤 자신의 집으로 돌아갔다.

책상 앞에 앉은 뒤에야 하진은 자신이 코알라 원피스를 아직도 입고 있음을 깨달았다. 그러나 옷을 세탁해 돌려주는 것보다 더 시급한 일이 있었다. 하진은 여러 통의 전화를 걸었다. 피자집 점장은 하진의 집에 스토커가 침입했다는 말을 전부 믿진 않았지만 하루 더 쉬게 해달라는 부탁은 한숨을 쉬며 들어주었다. 과외 일자 변경은 어렵지 않았다. 학과장은 하진의 얘기를 여러 번 되물으며 들었다. 하진의 학번과 이름을 확인하고, 어느 지구대에 언제 접수된 사건인지 물었다.

—징계위원회를 열어주세요. 그리고 다른 학생들 개인 정보에 더는 접근하지 못하도록 당장 조교직에서 해임해주세요.

하진은 똑같은 소리를 학과장뿐 아니라 지도교수, 학생회장, 과 대표, 행정처 직원에게도 했다. 휴학한 뒤로 들어가보지 않았던 학과 커뮤니티에도 게시 글을 올렸다. 통화를 거듭할수록 목소리는 또렷해지고 서사는 간명해졌다. 그러나 하진은 하진의 집 현관문과 텅 빈 복도를 비추고 있는 CCTV 화면에서 한순간도 눈을 떼지 못했다. 고심 끝에 내린 결론인데도 자꾸 자신이 없어졌다. 남자는 조교직에서 해임되면 그뿐이었다. 징계위원회가 열린다 해도 기껏해야 경고일 게 뻔했다. 그것에 비해 하진이 각오해야 할 것들은 너무 많았다. 무엇보다 남자는, 하진의 집을 알고 있었다.

마음을 다잡으려는 찰나 핸드폰이 울렸다. 너무 여러 곳에 전화를 걸어 누구의 전화인지 확인할 길이 없었다. 교수들과 의논한 뒤 다시 연락을 주겠다던 학과장일 수도, 다른 피해 사례가 더 있는지 알아보겠다던 학생회장일 수도 있었다. 하진은 전화를 받았다.

—너, 꼭 이렇게까지 해야겠냐?

남자의 목소리에 하진은 CCTV 화면을 돌아보았다. 복도에는 아무도 없었다. 하지만 아파트 현관에는? 엘리베이터에는? 아래층 복도에도 정말 아무도 없나? 계단에도? 골목에도?

—미안하다고 했잖아. 딱 한 번뿐이었다고, 다시는 안 그러겠다고 했잖아! 내가 너한테 뭘 그렇게까지 잘못했냐, 어?

하진은 그대로 전화를 끊었다.

4

여파는 생각지도 못한 곳에서 왔다.

—너 대체 무슨 일을 벌이고 다니는 거니?

하진의 엄마는 전화를 걸어 대뜸 그렇게 다그쳤다. 하진의 본가로 전화를 건 남자가 다시금 사랑 운운하며 하진의 부모에게 용서를 빌었다고 말했다. 스무 살이 되자마자 독립한 하진은 본가에 한 번도 돌아가지 않았다. 남자는 여전히 하진을 제외한 채 하진과 상관없는 사람들에게만 용서를 빌고 있었다. 게다가 아직도 하진의 개인 정보를 멋대로 사용하고 있었다.

—경찰에 신고도 했다며. 그럼 된 거지 그걸 또 왜 학교에 알리니. 해코지라도 당하면 어쩌려고.

—그 사람이 내 집에 몰래 들어왔어요. 나를 스토킹해서, 내 비밀번호를 훔쳐서요.

—딱 한 번이었다면서.

하진의 엄마가 어린아이를 어르듯 말했다. 이마에 차가운 손이 닿은 것처럼 냉기가 스몄다.

—반성하고 있다고, 앞으로 절대 이런 일 없을 거라고 울면서 빌더라. 너를 쫓아갔다가 정말 우연히 비밀번호를 알게 된 거래. 조교 그만두고 휴학도 하겠단다. 사람이 한 번 실수할 수도 있지 굳이 징계까지 해서 원한 살 일이 뭐가 있니. 요즘 흉흉한 일이 얼마나 많은데. 일단 집으로 와. 집에 와서 얘기하자. 여기 와 있는 동안 새로 집 구해서 이사하면 되잖아.

—……이사한 집에 그 사람이 또 찾아오면요?

하진이 말했다. 물기가 흐르는 선득한 손이 이마에서 뺨으로, 턱으로 움직였다.

—딱 한 번 실수한 거라면서 다음 집에도, 또 다음 집에도 찾아오면요?

하진의 목소리가 속삭이듯 낮아졌다.

—그러다 그 사람도 엄마처럼, 딱 한 번만 나를 죽이려고 하면요?

하진은 세탁한 코알라 원피스를 들고 유영의 집 벨을 눌렀다. 대부분의 시간을 집에서 보낸다던 말처럼 유영은 금세 문을 열었다. 선뜻 옷을 받아주지 않아 어영부영하는 사이 유영은 하진을 끌어다 자신의 거실에 앉혀놓고 구운 호떡을 가져왔다. 정말 뭐든 구워 먹는구나. 웃으려다 말고 하진은 자신의 얼굴이 이상한 형태로 굳어 있음을 깨달았다. 뺨과 입가의 근육이 경련을 일으키듯 빠르게 실룩였다.

—기억이 사라진다는 건 어떤 느낌이야?

하진의 엄마는 비명을 질렀다. 그러고 나서는 곧바로 쉿소리를 내며 하진을 비난했다. 그런 옛날 일을, 지금껏 한마디도 않고 있던 일을 왜 이제 와서 끄집어내는 거야? 너도 엄마 다 이해한다고 했잖니, 사랑한다고, 전부 다 용서한다고 그랬잖아!

—책임을 물을 사람이 분명해지는 느낌.

—책임?

—영화에서 보면 그런 거 있잖아. 지워진 기록을 찾지 못하게 꼭꼭 감추는 놈이 범인인 거. 내 기억이 돌아오지 않길 바라는 사람이 죄를 지은 사람, 책임져야 할 사람이라는 소리야.

—그럼 넌 누가 범인인지 안다는 거네.

아마도, 라고 유영은 대답했다. 표정 없이 견고해진 얼굴이 구운 도자기 같았다. 매끈하고 단단해 보이지만 터무니없이 쉽게 깨지는 흙색의 도자기 가면. 하진은 구운 호떡을 들고 조금씩 베어 먹었다. 잠깐 사이 안에 든 설탕이 미지근하게 굳어 서걱거렸다.

그런 건 용서가 아니야. 하진은 엄마에게 말했다. 10년이 지나고서야 겨우 말할 수 있었다.

엄마, 내 침묵은 용서가 아니야. 내 침묵은 나를 위한 거였어. 나를 지키기 위한 최소한의 방어가 지금까지는 침묵밖에 없었던 것뿐이야. 나는 계속, 계속. 하진이 호떡을 씹을 때마다 서걱서걱 소리가 났다. 나는 계속, 늘, 엄마가 두려웠어요. 정말이지 엄마가 끔찍했어.

하진은 기이한 소란함에 잠에서 깼다. 엎드려 잠든 건 잠깐이었는지 먹다 남은 호떡이 여전히 탁자 위에 있었다. 철판에 대고 발을 구르는 것 같은 소리가 위에서 옆에서 번갈아 울렸다. 무슨 소리야? 방에

서 뛰어나오는 유영에게 하진이 물었다. 유영의 손에 두꺼운 패딩 점
퍼가 들려 있었다.

—사실은 저거 때문이었어.

유영이 점퍼 소매에 팔을 끼우며 빠르게 설명했다.

—보통은 헤드폰을 끼고 있으니까 무슨 소리가 나도 잘 모르거든.
근데 언제부터인지도 모르게 저런 소리가 들리는 거야. 윗집에는 개
한 마리를 데리고 언니 혼자 살아. 토리라고, 유기견 센터에서 데려온
새까맣고 늙은 개인데, 개가 저런 소리를 낼 리 없잖아? 경찰에 신고
해도 별일 아니라고 그냥 돌아가버리고. 지난주에도 신고했는데 부부
사이 일은 간섭할 수 없다면서 사랑은 불가항력이라느니 개소리만 하
더라고. 너네 집에서 나는 소리도 그래서 알았어.

유영이 설명하는 방식은 중학교 때와 똑같이 엉망이었다. 하진은
몸을 일으키려다 바로 위에서 울리는 굉음에 비명을 질렀다. 천장이
울릴 정도로 둔탁하고 커다란 소리였다. 전등이 희미하게 깜빡이며 흔
들렸다. 이렇게 심한 건 처음이야. 112를 누른 유영이 다급히 주소만
말한 뒤 전화를 끊었다.

—가보려고?

—가봐야지.

유영이 내던지듯 슬리퍼를 벗고 신발에 발을 밀어 넣었다. 신고했
으니까 경찰이 갈 거야! 하진이 다급히 유영을 붙잡았다. 머리 위에서
크고 작은 것들이 부서지거나 무너지는 소리가 계속해서 울렸다. 사람
목소리가 하나도 들리지 않는 게 이상했다. 개가 짖거나 우는 소리조
차 들리지 않았다.

—나는 저 소리가 뭔지 알아. 저게 뭘 의미하는 건지, 나는 알아.

유영이 말했다. 하진이 유영의 팔을 끌어안듯 붙잡고 주저앉는 바람에 유영이 휘청거렸다. 하진이 숨을 몰아쉬었다. 머리 위에서는 너무 많은 것이 부서졌고 더 많은 것이 깨졌다. 사물은 쓸모없어졌을 것이고 공간은 결코 안전할 리 없으며 그 안의 누군가는, 그 안의 누군가는. 가지 마. 하진은 그렇게 말했다. 스스로의 비겁함에 몸을 떨면서도 유영을 붙잡았다.

—나는 그때, 매일매일 기다렸어.

유영이 하진을 조심스레 떼어내며 말했다.

—누가 나를 도와주기를, 누가 딱 반 뼘만 문을 열고 안을 들여다봐주기를. 비명을 지르면 더 많이 맞으니까 베개에 얼굴을 처박고 매일 생각했어. 제발 누구라도 와달라고, 아주 잠깐만이라도 나를 숨겨달라고.

유영의 목소리가 읊조리듯 작아졌다. 하진에게서 몸을 빼낸 유영이 현관문을 열었다. 찬바람이 밀려들어 주위를 감싸고 있던 온기가 순식간에 사라졌다. 한낮인데도 복도는 어둡고 건조했다. 그럼 나도 같이 가. 하진이 다급히 몸을 일으켰다.

—나는 금방 올 거야. 그러니까 너는.

유영이 장난스러운 얼굴을 지어 보이며 말했다.

—다른 걸 떠올리고 있어. 오다기리 조 엉덩이 같은 거라도. ▪

---

* 제목은 중세 스콜라 학파의 논쟁 '바늘 끝 위에서 몇 명의 천사가 춤출 수 있나'에서 따왔다.

수상후보작

문진영

내 할머니의 모든 것

1987년 춘천 출생.
2009년 〈창비장편소설상〉 등단.
소설집 『눈 속의 겨울』 『햇빛 마중』, 장편소설 『담배 한 개비의 시간』.
〈김승옥문학상〉 수상.

내 할머니의 모든 것

　버스 창밖으로 그녀를 본 것 같다. 아니, 그녀의 코트를 보았다고 해야 할까. 고급스러운 코쿤 실루엣, 헤링본 무늬의 밤색 울 코트. 내가 잠시나마 탐냈던 것.

　나는 오래된 물건을 좋아한다. 쉽게 가질 수도 없고, 쉽게 버릴 수도 없는 것을. 다만 소재가 좋아야 하는데, 그래야 낡아도 그 낡음이 초라함이 아니라 나름의 멋과 향취로 느껴지기 때문이다. 나의 외할머니, 배정심 여사의 소장품들은 대개 그런 것들이었고, 그 코트도 그중 하나였다. 언젠가 그녀의 허락을 구해 나도 한번 걸쳐본 적이 있다. 내 무릎 정도 오는 기장이었지만, 할머니에게는 발목까지 내려왔다. 그래도 그 코트는 나보다 할머니에게 훨씬 더 근사하게 어울렸다.

　하지만 지금은 4월이고, 부쩍 더워진 날씨에 반소매 차림으로 돌아다니는 사람들도 눈에 띄는 마당에 두꺼운 겨울 코트를 걸친 백발의 할머니라니. 그녀는 20인치쯤 되어 보이는 검은색 캐리어를 끌고 걷고 있었다. 마치 다른 시대, 다른 계절에서 이곳에 막 도착한 사람처럼 보였다. 물론 그녀는 나의 할머니가 아닐 수도, 그 누구의 할머니도 아닐 수 있었으나, 한편으로는 다른 누구도 아닌 배정심 여사일 수밖에 없다는 생각도 동시에 들었다.

그럼에도 불구하고 나는 재빨리 버스를 세우지 못했다. 버스에서 내려 그녀를 향해 뛰어가지 못했다. 내게는 그것이 일종의 침범처럼 느껴졌기 때문에. 이곳은 한낮의 도로, 수십 명이 활보하는 도시의 길거리인데도 그랬다.

그녀에게는 그런 힘이 있었다. 자신을 둘러싼 세계를 자신의 영역으로 만들어버리는 능력 같은 것. 가만히 있어도 눈길을 사로잡는 분위기 같은 것. 본인이 의도한 것이 아니라 그런 에너지를 타고나는 이들이 있다는 걸 나는 알고 있었고, 할머니도 그런 사람 중 하나라는 것을 나는 첫 만남에서부터 눈치챘다.

*

배정심 여사. 1946년생. 정 정情에 깊을 심深 자를 쓴다. 그녀가 본인의 노트마다 붓펜으로 근사하게 적어놓았기 때문에 나도 알고 있다. '정이 깊다'는 뜻일 텐데, 그녀는 오래전에 자식들을 버리고 떠나 40년 가까이 연락 한 번 없었으니 아이러니한 일이다.

엄마와 삼촌은 그들 친할머니의 보살핌을 받으며 자랐고, 그들의 아버지와는 특별히 친밀하지는 않았으나 돌아가실 때까지 원만한 관계를 유지했다. 점잖지만 속을 알 수 없는 사람, 이라는 게 외할아버지에 대한 나의 인상이었다. 한편 외할머니에 관해서라면 누구에게서도, 어떤 이야기도 들은 적이 없다. 가족들은 외할머니가 마치 처음부터 존재하지 않았던 것처럼 굴었으므로, 결국 내게는 존재하지 않는 것과 마찬가지였다. 엄마는 자신이 알에서 태어났다고 했다.

내가 배정심 여사를 처음 본 것은 지금으로부터 불과 2년 전의 겨울로, 그녀는 그때도 그 밤색 코트를 입고 있었다. 체구는 작았지만, 허리가 곧았다. 곱슬기가 있어 자연스럽게 구불거리는 백발의 단발머리. 진녹색의 클로시 해트와 토끼털로 된 목도리. 고가는 아니지만 명품이라고 할 수 있는 브랜드의 로고가 박힌 심플한 가죽 장갑과 클러치. 세월의 흔적이 느껴지기는 했지만 하나같이 좋은 물건이었고, 다른 보석이나 액세서리를 착용하지 않았음에도 충분히 화려해 보였다.

어쨌거나 험난한 인생을 살아오지는 않았나 보다고 생각했다. 그녀는 마치 은퇴한 교수, 혹은 경력이 오래되어 다들 선생님이라고 부르는 화가나 작가처럼 보였다. 그러나 실제로 그녀가 어떤 삶을 꾸려왔는지는 엄마도 나도 전혀 아는 바가 없었다. 그녀는 말수가 적은 사람이었고, 조금 더 가까워진 후에도 본인의 삶에 대해 우리에게 어떤 이야기도 들려주지 않았다.

다만 후에 내가 알게 된 것은, 그날 할머니는 자신이 가진 최선의 것들을 몸에 걸치고 나왔다는 사실이다. 최선의 것들이자 유일한 것들을. 단 한 벌의 코트, 한 개의 모자, 한 장의 목도리, 한 켤레의 장갑. 나는 뒤늦게야 그녀가 살아온 삶의 방식을 감히 짐작해볼 수 있었다. 최소한의 최선. 그것이었다.

*

　그해 가을, 삼촌이 세상을 떠났다. 심장마비였다. 일터에서 쓰러졌고, 갑작스러운 죽음이라 누구도 마음의 준비가 되어 있지 않았다. 삼촌 본인도 마찬가지였을 것이다. 유품을 정리하러 엄마와 함께 삼촌이 살던 빌라에 갔을 때, 그곳은 그날 저녁에 돌아올 것을 확신했던 삼촌의 방심으로 가득했고, 그것이 우리를 슬프게 했다. 채 다 비우지 못한 맥주 캔 하나가 거실 탁자 위에 있었고, 냉장고 안에는 먹다 남은 치킨이 있었다. 침대의 이부자리는 삼촌의 몸이 빠져나온 모양 그대로였으며 개수대에는 설거짓거리가 쌓여 있었다.

　삼촌이 대단한 자산을 소유했던 건 아니지만 그 빌라는 삼촌 것이었고, 애인은 없었으나 결혼 자금으로 모아둔 적금도 액수가 꽤 된다고 들었다. 어쨌든 삼촌은 미혼이었기 때문에, 상속 일순위는 누나인 우리 엄마가 아니라 어머니 배정심 여사였다. 엄마는 삼촌의 죽음을 계기로 오래전에 헤어진 자신의 엄마와 재회하게 될 것이라고는 전혀 예상하지 못했다. 그래도 엄마는 평정심을 유지했고, 외할머니가 도리에 맞게 상속을 포기하기를, 서로 얼굴 붉힐 일이 생기지 않기를 바랐다.

　엄마를 대신해서 법원이 할머니를 찾아주었다. 그리 오래 걸리지 않았다. 놀랍게도 배정심 여사는 엄마와 내가 사는 집에서 차로 불과 15분 떨어진 거리에 있는 조그만 아파트에 살고 있었다. 그 아파트는 이혼할 때 위자료 조로 할아버지가 해준 것이었고, 엄마는 그 사실을 할아버지에게서 들어 알고 있기는 했지만 아파트의 정확한 위치는 모르고 있었다.

다행히도 할머니는 상속을 포기한다는 의사를 밝혀왔고, 서로 만나지 않은 채로 일이 마무리될 수도 있었다. 그런데 엄마는 그녀를 만날 거라고 했다. 그러기로 했다고. 엄마는 엄마와 외할머니 중 누가 만남을 제안했는지 내게 말해주지 않았지만, 나는 그게 엄마일 거라고 짐작했다.

40년 만의 해후를 마치고 돌아온 엄마에게 소감을 물었을 때, 엄마는 나쁘지 않았다, 고 덤덤하게 대답했다. 엄마는 감정에 휘둘리지 않는 침착한 사람이었지만, 할머니의 사소한 행동 하나에도 예민하게 반응할 준비가 되어 있었다. 다시 보지 않을 이유를 만들고 싶었으므로.

할머니에 대한 엄마의 기억은 희미한 편이었다. 생기가 느껴지는, 제법 선명한 편린들도 있었지만 사실로 확신하기는 어려웠다. 무엇보다 인간은 세월을 타고 변한다. 40년은 긴 세월이다. 엄마는 이제 곧 만나게 될 인간에 대해 어떤 예상이나 기대도 하지 않으려고 마음을 다잡았다. 하지만 그런 의지가 무색할 정도로 할머니는, 괜찮았다.

부유해 보이지는 않았으나 행색이 말끔하고 말투가 또렷한 점. 새로 가정을 꾸리지 않고 평생 독신으로 산 점. 특히 엄마에게 생판 남을 대하듯 깍듯했으며, 엄마가 말을 놓으라고 요청할 때까지 반말을 하지 않은 점 등. 그런 것들이 엄마의 마음에 들었다.

할머니는 삼촌의 죽음을 알지 못했으므로 장례에 오지 못한 것이 당연했는데도 그것을 사과했다. 그러나 과거 자신이 한 선택에 대해서는 미안한 감정을 일절 내비치지 않았고, 그 역시 엄마에게 높은 점수를 샀다. 이제 와 눈물로 사죄라도 했다면 참기 힘들었을 거라고 엄마는 말했다.

배정심 여사는 엄마가 어떻게 살아왔는지 묻지 않았고, 엄마도 마찬가지였다. 다만 할머니는 삼촌이 어떤 사람이었는가 물었다. 반듯하고 정이 많은 사람이었다, 고 엄마는 대답했고 할머니는 고개를 끄덕였다.

*

할머니는 마지막으로 집을 나간 뒤 3년이 지나 할아버지를 찾아와 이혼을 요구했다고 한다. 그때도 자식들은 보지 않고 할아버지와 다방에서 따로 만났다. 다른 남자가 생겼냐는 할아버지의 질문에 할머니는 고개를 저었다. 자신은 혼자 살고 싶어서 집을 나온 것이지마는 할아버지의 재혼 길을 막고 싶지는 않으니, 이만 이혼을 하는 것이 좋겠다고 할머니는 말했다. 할아버지는 더는 말을 보태지 않았다. 그러고는 한사코 마다하는 할머니에게 어쨌든 그간 애 둘 낳고 함께 살아준 것이 고맙다며 작은 아파트 한 채를 해주었다고. 그러나 할아버지 역시 평생 재혼하지 않았다.

할아버지는 할머니가 다녀간 후 엄마를 앉혀놓고 말했다. 나는 네 엄마를 미워하지 않는다고. 갈 길이 다른 사람들이 있는 것이다. 서로 잠시 엇갈린 것일 수는 있겠으나 아닌 인연을 붙드는 것은 괴로움만 더할 뿐이다.

그때 엄마는 열두 살이었고, 자신이 할아버지의 말을 이해할 정도로 충분히 어른스럽다고 생각했다. 엄마는 자신을 버린 것이 아니다. 엄마는 엄마의 길을, 나는 나의 길을 가는 것뿐이다. 엄마는 할아버지를 레퍼런스로 하는 이 '갈 길이 다른 사람들'이라는 표현을 좋아해서 종종 사용했는데, 엄마 아빠의 이혼 소식을 내게 알릴 때도 그렇게 말했다. 네 아빠랑 나는 갈 길이 다른 사람들이야.

　엄마는 할머니에 대해 아무런 감정도 갖지 않으려고 줄곧 노력했으나, 노력하는 만큼 앙심도 함께 쌓여가고 있다는 것을 어느 순간 깨달았다. 그때 엄마는 자신에게 물었다. 나는 어머니의 부재로 불행했는가? 결코 그렇지 않았다는 것이 엄마의 결론이었다. 삶이 불행하게 느껴질 때야 있었지만, 그게 어머니 때문이라고는 할 수 없었다. 그렇다면 아내의 부재로 나의 아버지는 불행했는가? 본인의 생각은 어땠는지 알 수 없어도, 엄마가 보기에는 그 역시도 아니었다.
　집을 나간 할머니에 대해서는 그녀를 아는 사람도, 알지 못하는 사람도 한결같이 나쁜 년이라고 욕을 했다. 하지만 할아버지는 재혼하지 않고 자식 둘을 키운다는 이유로 주변 사람들에게 동정과 연민을 샀고, 요청하지조차 않은 도움을 쉽게 받곤 했다. 그러나 실제로 돌봄 노동의 대부분은 증조할머니가 도맡았던 것이다.
　자신도 누군가의 아내가 되고 엄마가 되어 한 시절을 보내면서, 또 이혼을 겪으면서, 엄마는 할머니를 어느 정도 이해하게 되었다. 결정적인 이유 없이도 관계가 끝날 수 있다는 것을, 자식과 연을 끊는다는 건 굉장한 용기가 필요한 일이라는 것을. 할머니는 엄마가 쉽사리 하지 못한 것을 40년 전에, 그렇게 하기가 지금보다 훨씬 더 어려웠던 시절에 해낸 것이다. 그런 면에서는 오히려 존경할 만했다.
　엄마는 내가 없었다면 진즉에 아빠와 헤어졌을 거라는 얘기를 종종 했다. 네가 없었다면, 결혼을 하지 않았다면. 엄마는 내가 말귀를 알아들을 만한 나이가 되었다고 여긴 무렵부터 그런 이야기를 쉽게 했다.

물론 나의 이해와 공감을 바란 것이었을 테고, 엄마에게 다른 의도가 없었다는 것을 알면서도 나는 상처 입었다. 나의 존재를 부정하는 것처럼 들렸기 때문에.

엄마 말대로 결혼을 하지 않고 나를 낳지 않았다면 엄마는 지금보다 훨씬 나은 삶을 살았을지도 모른다. 그러나 그 반대일 가능성도 얼마든지 있었다. 말하자면 배정심 여사의 삶은 엄마에게 '가지 않은 길'이라고 할 수 있었으므로, 그녀의 행 혹은 불행을 확인하는 일이 엄마에게는 나름대로 의미가 있었을 것이다. 외할머니에게 직접 물어볼 수는 없었지만, 엄마는 그녀와의 재회에서 그녀가 결코 초라하게 늙지 않았다는 것, 어느 정도의 예의와 품격을 갖추고 있다는 것을 일종의 답으로 여겼고 안심했다.

내가 보기에 엄마는 엄마대로 아빠는 아빠대로, 두 사람 모두 고유한 장점과 단점을 가진 사람들이었고, 둘 중 누구도 사악하거나 무능력하지 않았다. 굳이 말하자면 합이 좋지 않았던 것이다. 부모님은 내가 어렸을 때만 해도 내가 있을 때는 싸우지 않으려고 노력했는데, 중학생이 되었을 무렵부터는 내가 있든 없든 싸웠다. 고등학교에 입학하자 급기야 서로를 없는 사람 취급하기 시작했고, 3학년 때 드디어 이혼 이야기가 나왔다. 나는 왜 그제야 그 이야기가 나오는 건지 도리어 어이가 없었다.

나는 그해 봄에 가출—이라고 해봐야 친할머니 댁으로 간 것이지만—해 매일 할머니가 차려주는 아침밥을 먹으며 고3 시절을 보냈고 무사히 수능을 치렀다. 대학에 입학한 뒤로는 홀로 자취하다가, 부모님의 이혼이 마무리되고 나서 다시 엄마와 함께 살았다. 엄마는 내게 아르바이트해서 번 돈을 월세에 쓰지 말고 책이라도 한 권 더 사서 읽으라고 했다. 집에 방이 남아도는데 무슨 낭비냐면서. 나는 엄마와 나 역시 '갈 길이 다른 사람들'이라고 생각했지만, 피 같은 돈이 월세로 사라지는 게 아까웠던 것도 사실이기 때문에 마지못해 도로 집으로 들어갔다.

이삿날 저녁, 우리는 식탁에 마주 보고 앉아 계약서를 썼다. 나의 조건은 이러했다. 사생활에 일절 간섭하지 말 것. 즉, 서로를 하우스메이트처럼 대할 것. 엄마는 가만히 듣고 있다가 말했다. 좋아, 그럼 나도 조건을 걸지. 모든 공과금과 식비의 절반을 낼 것. 엄마는 매달 말일 내가 지불해야 할 액수를 포스트잇에 적어 내 방문에 붙여놓았다. 다른 조건도 있었다.

과거를 인용해 엄마를 비난하지 않을 것.

각자의 불행은 각자가 책임질 것.

엄마는 그동안 자신의 불행을 내게 전염시킨 것에 대해 진심으로 사과했고, 앞으로는 그러지 않겠다고 했다. 그리고 배정심 여사를 다시 만나게 되었을 때, 엄마는 자신과 자신의 엄마에 대해서도 동일한 조건을 적용해야겠다고 생각했다.

그렇다고 해서 이제 와 그녀와 특별히 가까운 관계를 유지할 의사도 없었다. 다만 손녀딸인 나를 할머니에게 소개하는 것 정도는 괜찮지 않을까 생각했던 모양이다. 나는 할머니가 유일하게 한 번도 본 적 없는 핏줄인 셈이니까.

룸이 있는 고급 한정식집이었다. 이미 도착해 있던 할머니는 엄마와 나를 보자 자리에서 일어났다. 할머니는 별다른 인사 없이 내게 손을 내밀었고, 우리는 악수했다. 다른 손님이 없는지 식당은 그야말로 적막했고, 나는 무슨 이야기를 해야 할지 몰라 진땀이 났다. 옆에 앉은 엄마는 눈을 내리깐 채 먹는 데만 집중하고 있었다.

나도 먹는 데 집중하기로 했다. 하지만 자꾸 외할머니 얼굴을 훔쳐보게 되었다. 미인이라고 하기는 어렵겠으나 묘하게 시선을 끄는 구석이 있었다. 화장을 하지 않은 것 같은데도 주름살 외에는 피부가 깨끗했다. 눈썹과 입매 어디쯤이 엄마와 닮은 것 같은데, 콕 집어 말하기는 어려웠다.

무엇보다 할머니는 음식을 아주 조심스럽게, 천천히 먹었는데 내가 본 사람 중에 가장 품위 있었다. 심지어 엄마보다도 더. 옥돔구이의 가시를 젓가락으로 섬세하게 발라내는 할머니를 보고 있자니 엄마가 식사 예절을 중시하는 건 어쩌면 어린 시절 본인도 모르게 할머니의 영향을 받은 게 아닐까 싶었다.

엄마는 내가 어렸을 때 친구를 데려오면 꼭 그 애에게 밥을 먹였다. 그래서 밥 먹는 본새가 엉망이면 가정교육을 제대로 받지 못한 게 분명하니 친하게 지내지 않는 게 좋겠다고 하는 것이었다. 나는 엄마와 상관없이 내 맘대로 친구를 사귀었다고 생각했지만, 결국에는 내가 엄마의 영향권 안에 있었다는 것을 깨달았다. 나이가 들면서, 누군가에게 호감을 느꼈다가도 함께 밥을 먹다가 순식간에 마음이 식어버리는 경우가 왕왕 있었기 때문이다. 젓가락질을 엉망으로 한다든지, 입에 음식을 넣은 채로 말을 한다든지, 식사 후에 물로 입 안을 헹군다든지 하는 걸 보게 되면 말 그대로 정이 뚝 떨어져버리는 것이었다. 그런 엄마가 쩝쩝 소리를 내며 음식을 먹는 아빠와 사랑에 빠진 것은 알다가도 모를 일이었다. 물론 그것이 이혼 사유 중의 하나인 것은 분명했다.

할머니도 나를 힐끔거리는 게 느껴졌다. 그러다 서로 눈이 마주쳤고, 어색하게 웃었다. 순간 일종의 유대감이 짧게 스쳤다. 엄마와 달리 나는 그녀와 공유하는 어떤 과거도 없었고, 그래서 별다른 감정이 없었으며, 오히려 그녀에게 깊은 호감을 느꼈다. 일흔다섯의 나이가 믿기지 않을 정도로 총기 있는 눈빛, 몸가짐과 차림새에 깊이 배어 있는 자기 존중 같은 것에 마음이 끌렸다. 내게 '할머니'라는 존재는 친할머니의 모습으로 정의되어 있었는데, 친할머니와는 거의 정반대처럼 보이는 이 사람은 도대체 어떤 삶을 살아온 걸까 싶었던 것이다.

배정심 여사가 고양이와 닮았다면, 나의 친할머니는 마치 골든레트리버 같았다. 실제로 그녀는 나를 '내 강아지'라고 불렀다. 나는 그녀에게서 조건 없는 환대와 사랑을 받았다. 그녀에게 안기면 푹신하고 따뜻했다. 할머니가 나를 싫어할지도 모른다거나, 나를 떠날지도 모른다는 생각은 단 한 번도 해본 적 없었다. 그런 상상조차 할 필요가 없는 안전한 관계. 그런 관계는 아무나 가질 수 있는 것이 아니다.

엄마는 내가 할머니의 사랑을 듬뿍 받고 자란 것을 감사하게 생각한다면서도, 시어머니라면 고개를 절레절레 저었다. 할머니는 직장을 다니는 엄마 대신 나를 돌봐주었는데, 단걸 많이 먹이지 말라는 엄마의 요청에도 불구하고 내게 다섯 개들이 요구르트를 매일 한 줄씩 사다 먹였다. 내가 요구르트에 빨대를 꽂아 차례대로 한 통 한 통 비워가는 걸 보는 게 할머니의 기쁨이었다. 나는 영구치가 나기 전에 이가 전부 새까맣게 썩었다.

할머니는 좋게 말하면 경계가 없었고, 나쁘게 말하면 쉽게 선을 넘어버리는 타입이었다. 길에서 내게 뭔가를 묻는 노인들은 실례합니다, 혹은 저기요, 로 시작하는 법이 거의 없었고, 대부분은 본인의 궁금증이 해결되면 고맙다는 말도 없이 등을 돌리곤 했다. 나의 할머니도 정확히 그런 노인 중 하나였다. 우리 엄마와는 거의 상극이라고 할 수 있었다.

한때 나는 엄마가 정말로 알에서 태어났을 수도 있다고 생각했다. 엄마는 누구보다도 자기주장이 강한 사람이었고, 때로는 지나칠 정도로 판단력이 좋았다. 비꼬는 듯한 독특한 유머가 있었으며, 차가우면서도 다감했다. 엄마 같은 사람은 세상에 흔치 않았고, 그런 엄마를 낳은 사람은 도대체 어떤 사람일지 궁금했다. 나는 배정심 여사에 대해 더 알고 싶었다.

*

며칠 후, 나는 할머니에게 전화를 걸었다. 처음에는 어색했지만 친할머니에게서 배운 친화력 덕분에 얼마 지나지 않아 할머니와도 수다를 떨 수 있었다. 나는 그녀가 묻지도 않은 나의 직장 생활과 연애에 관해, 나의 취향과 가치관에 대해 떠들었고 할머니는 적절히 반응하며 들어주었다. 나는 이렇게 나의 이야기를 꺼내놓다 보면 언젠가 할머니도 자신의 이야기를 조금쯤은 들려주지 않을까 내심 기대했지만, 그런 일은 일어나지 않았다.

그런 점에서는 성과가 없었으나, 그래도 할머니와의 대화는 즐거운 편이었다. 엄마는 모든 이야기에 자기 의견을 덧붙이는 버릇이 있었기 때문에 나는 엄마에게 속 얘기를 잘 하지 않았다. '꼰대력'에 있어서만큼은 나와 나이 차가 50살인 할머니보다 엄마가 한 수 위였다.

우리는 가끔 직접 만나기도 했다. 주로 조용한 찻집에서였다. 할머니는 영국 여왕 스타일의 니트 투피스나 바바리코트를 즐겨 입었고, 시럽을 넣지 않은 커피 혹은 허브 차를 마셨다. 디저트는 두 입 이상 먹지 않았다. 나는 그때마다 할머니의 패션 감각과 고급스러운 취향을 칭찬했고, 할머니는 겸손하면서도 자연스럽게 그것을 받아들였다. 나는 할머니 취향의 총체일 것이 분명한 그녀의 아파트가 궁금했다. 하지만 할머니는 나를 자신의 집에 초대하지 않았다.

돌아보면 나는 그때 할머니가 정말로 어떤 사람인지를 궁금해하기보다는, 그녀가 어떤 삶을 살아왔기에 지금과 같은 모습에 이르렀는지, 그것이 궁금했던 것 같다. 그러니까 어떻게 그렇게 우아하게 나이 들 수 있었는지, 이 험한 세상에서. 그녀의 '혼삶'이 그녀에게 충분했는지, 외롭지는 않았는지, 어땠는지. 나는 애인이 있었지만 이왕이면 결혼하지 않고 평생 혼자 살고 싶었다. 70대쯤 접어들었을 때 내가 만약 배정심 여사 같은 모습이라면 스스로 만족스러울 것 같았고, '가지 않은 길'에 대해 후회가 없을 것 같았다. 나 역시 할머니에게서 어떤 해답을 찾고 있었던 것이다.

엄마는 내가 할머니와 자주 연락하고 만나기도 한다는 것을 알고 있었지만 내버려두었다. 그러다 보니 자연스럽게 할머니 이야기가 자주 화제에 올랐다. 엄마는 때때로 자신이 알고 있는 할머니의 과거에 대해 내게 들려주기도 했다.

배정심 여사는 6남매 중 넷째 딸로 태어났다. 증조할아버지는 젊은 시절 험한 일을 하다가 다리 한쪽을 못 쓰게 되었고, 그것을 희생의 증표로 삼아 남은 평생을 손가락 하나 까딱하지 않고 지냈다. 증조할머니는 식모살이를 비롯해 할 수 있는 모든 노동을 하면서 가족의 생계를 책임졌다. 할머니의 언니들 역시 초등학교를 마친 후 곧바로 생활 전선에 뛰어들었고, 이른 나이에 도망치듯이 결혼했다. 자매들 가운데 중학교까지 졸업한 사람은 할머니가 유일했다. 그러나 오빠와 남동생도 고등학교에 가지 못했으니 딸이라 특별히 차별받은 것은 아니었다.

할머니는 어렸을 때부터 읽고 쓰는 걸 좋아했고, 대단한 장래 희망은 없었지만 공부를 더 하고 싶은 마음은 늘 있었다. 봉제 공장에서 일을 하면서도 홀로 검정고시 공부를 했다. 대학에 가고 싶다기보다는 뭔가를 배우는 게 좋았다. 동네에 할머니가 문제집이나 소설책을 사러 종종 들르던 작은 서점이 있었는데, 그 집 둘째 아들이 바로 할아버지였다. 그는 서점을 물려받기 위해 아버지의 일을 돕고 있었다. 할아버지는 할머니에게 첫눈에 반했다. 할머니는 공장 여공이 아니라 양반집 딸처럼 보였다. 그 반대라는 사실을 알게 되었을 때도, 할아버지는 공장에서 일하면서도 투르게네프나 스탕달을 찾아 읽는 할머니를 특별한 여자로 여겼고, 그렇게 대우하고자 나름대로 노력했다.

머지않아 할아버지는 할머니에게 청혼했다. 무슨 일이 있어도 검정고시를 치르게 도와주겠다고, 할 수 있으면 대학까지 보내주겠다고 약속했으나 할아버지가 한 거라곤 해를 거르지 않고 임신시킨 게 다였다. 할머니는 스물두 살에 결혼해 스물셋에 엄마를 낳았고 이듬해 삼촌을 낳았다. 할머니는 삼촌이 젖을 뗀 후에 처음으로 가출했다. 일주일이 채 안 되어 돌아왔으나, 얼마 지나지 않아 다시 집을 나갔다. 할머니의 가출은 이후로 대여섯 번쯤 이어졌다.

할아버지는 성실했으며 폭력적이지 않았고, 술과 여자를 가까이하지도 않았다. 당시의 기준으로는 전혀 하자가 없는 남편이었기 때문에 사람들은 할머니를 이해하지 못했다. 이해하려고 하지도 않았다. 할머니는 감사한 줄 모르는, 분수를 모르는, 자기밖에 모르는 여자였고, 다른 무엇도 아니었다.

여기까지가 엄마와 내가 알고 있는 할머니의 과거다.

*

삼촌의 죽음과 모녀간의 재회는 그해 일어난 큰 사건이었지만, 이후로는 별다른 소동 없이 1년이 지나갔다. 이듬해 10월은 할머니의 일흔여섯 번째 생일이 있는 달이었다. 할머니 생신 잔치를 하자는 나의 제안을 엄마는 생각보다 순순히 받아들였다. 당일에는 일정을 맞추기 어려워서, 그 전 주말에 할머니를 집으로 초대했다. 엄마와 나 둘 다 요리에 소질이 없었기 때문에 음식은 집 근처 이름 있는 이탈리안 레스토랑에서 주문했다. 일종의 서프라이즈 파티로, 당신의 생신 잔치를 할 거라는 이야기는 하지 않았고, 할머니 역시 우리가 자신의 생일을 기억하리라고는 생각하지 못했을 것이다.

생일 케이크를 앞에 두고 할머니는 어쩔 줄 몰라 하는 모습이었고, 전에 없이 당황한 것처럼 보였으므로 오히려 미안할 정도였다. 그래서 생일 축하 노래는 부르지 않았다. 엄마와 내가 반반씩 돈을 모아 할머니에게 잘 어울릴 듯한 짙은 보라색 카디건을 선물했지만, 할머니는 그것을 입어보지 않았다.

도리어 그날 할머니는 사이즈가 맞지 않아 더는 입을 수 없게 되었다며 자신의 옷 몇 벌을 가져와 내게 주었다. 할머니가 아가씨일 때 입었다는 잔잔한 꽃무늬 스커트는 내 마음에 꼭 들었지만, 허리 사이즈가 23~24인치 정도에 불과해서 나도 입을 수가 없었다. 종아리까지 내려오는 날렵한 디자인의 펜슬 스커트, 칼라에 꽃 자수가 장식되어 있는 실크 블라우스도 있었다. 요즘 흔하게 볼 수 없는 스타일인 데다가 재질이 탄탄해서 나는 그것들이 무척 마음에 들었다.

초반에는 분위기가 다소 경직되어 있었으나, 저녁이 깊어가면서 할머니와 나는 와인 반병쯤을 나눠 마셨고 조금 웃기도 했다. 술을 마시지 않은 엄마가 차로 할머니를 댁까지 모셔다드렸다.

그게 마지막이었다.

*

할머니가 전화를 받지 않았다. 엄마는 기다려보자고 했다. 일주일이 지났다. 나는 할머니가 집 안 어딘가에 쓰러져 홀로 생을 마감한 게 아닐까 불안했다. 그게 아니라면…… 나는 할머니와의 기억을 하나씩 되짚어보았다. 평생을 혼자 잘 살아왔는데, 잊었던 딸과 손녀가 나타나서 그녀의 영역을 지나치게 침범한 게 아닐까? 나의 관심과 호기심이 폭력으로 느껴졌던 건 아닐까? 혹은 생신 잔치? 그날의 뭔가가 할머니를 견딜 수 없게 만든 건 아닐까?

한편으로는 나 자신에 대한 의문도 들었다. 만약 배정심 여사의 가정사가 평범했다면, 그녀가 자식들을 키워 모두 결혼시키고 빈 둥지를 지키다가 남편과 사별한, 나의 친할머니 같은 사람이었다면 과연 어땠을까? 첫 만남에서 그녀가 근사한 밤색 코트가 아닌 진달래색 윈드브레이커를 입고 나타났다면? 그녀가 공원에 있는 운동기구에 거꾸로 매달려 있기를 좋아했다거나 선팅 캡을 애호했다면? 그래도 나는 할머니의 삶을 궁금해하고, 그녀와의 관계를 유지하고 싶어 했을까?

그 주말, 엄마와 나는 할머니의 아파트로 찾아갔다. 아파트 입구에 '안전 진단 부적격 판정 축하합니다'라고 쓰인, 일견 말이 되지 않게 느껴지는 플래카드가 걸려 있었다. 복도식 아파트였고 할머니 집의 문은 잠겨 있었다. 아무리 두드려보아도 안에서는 아무런 인기척이 없었다. 그때 쇠창살이 달린 창문 아래 나란히 놓인, 흙만 담겨 있는 화분 세 개가 눈에 들어왔다. 나는 화분을 차례대로 들어보았다. 세 번째 화분 밑에서, 너무도 간단하게 열쇠를 발견했다.

문을 열자 죽음의 냄새는커녕 더없이 향긋한 냄새가 났다. 아파트 내부는 넉넉히 잡아 16평쯤 되어 보였다. 살림은 단출했다. 거실은 부엌을 겸하고 있었는데 식탁 대신 꽃무늬 테이블보가 덮인 낮은 원탁이 중앙에 놓여 있었고, 누비로 된 방석이 하나 있었다. 소파는 없었고 벨벳 천으로 된 겨자색 1인용 안락의자에 알록달록한 보헤미안풍 쿠션이 놓여 있었다. 텔레비전이 있을 법한 자리에는 나무로 마감된 낡고 커다란 전축이 있었으며, 재킷의 모서리가 해진 낡은 엘피판들이 플라스틱 박스에 차곡차곡 정리되어 있었다. 주로 클래식 음반들이었다.

냉장고 안은 텅 비어 있었다. 가재도구들은 있을 것이 다 있었고 하나같이 깨끗하게 정돈되어 있었지만, 모든 것이 전부 한 벌씩이었다. 밥그릇 하나, 국그릇 하나, 찻잔 세트 하나. 수저도 한 벌밖에 없었다. 누군가 가꾸고 돌본 것이 분명한 살림살이였지만, 온기가 느껴지지 않왔다.

방은 두 개였다. 그중 한 방의 구석에 잘 개켜놓은 이불과 베개가 놓여 있었으므로, 할머니가 분명 여기서 잠들고 깼음을 알 수 있었다. 옷장을 열어보니 할머니의 옷가지들이 잘 다려진 채로 가지런히 걸려 있었다. 전부 내가 보았던 옷들로, 다 합쳐봐야 열댓 벌이 되지 않았다. 코트는 없었다.

다른 방은 서재처럼 보였으나, 서재라기에는 책장이 하나뿐이었고 창가에 호두나무로 만든 듯 보이는 아담한 책상과 의자 하나가 놓여 있을 따름이었다. 책장에는 총 60권 정도 되는 하드커버 세계문학전집이 번호 순서대로 꽂혀 있었다. 제목에 한자가 섞인, 아주 오래되어 보이는 것이었다. '傲慢과 偏見' '누구를 위하여 鐘은 울리나' 하는 식이었다. 그 아래에는 크라프트 표지의 무선 제본 노트가 빼곡히 꽂혀 있었는데, 몇백 권은 훌쩍 넘어 보였다. 그중 한 권을 꺼내 펼쳐보니 페이지마다 글씨가 빼곡히 적혀 있었다. 전집의 내용을 그대로 필사한 것이었다. 멋스럽고 가지런한 글씨체였다.

손때 묻은 책상 위에는 낡은 트랜지스터라디오와 앤티크한 스탠드 조명이 놓여 있었다. 그리고 할머니의 돋보기안경이 천으로 직접 만든 것 같은 안경집 안에 들어 있었다. 할머니가 그 책상에 앉아 코허리에 안경을 걸치고, 천천히 노트에 문장을 옮겨 적는 모습이 머릿속에 그려졌다.

모든 것이 제자리에 있었고, 그 어떤 것도 삶 쪽으로 혹은 죽음 쪽으로 기울어져 있지 않았다. 할머니는 자신의 거취에 대해 어떤 단서도 남겨놓지 않았다. 그녀가 어딘가로 영영 떠나 돌아오지 않을 셈인지, 잠시 여행을 떠난 것인지, 아니면 당장 오늘 저녁에 돌아올 것인지 우리는 전혀 알 수 없었다. 엄마와 나는 조용히 문을 닫고 그곳을 떠났다.

집으로 돌아와 주차장에 차를 세운 엄마가 문득 말했다. 기억이 났어, 하고.

엄마가 다섯 살 때쯤이었으니, 할머니는 지금의 내 나이였을 것이다. 배정심 여사는 엄마를 데리고 기차를 탔다. 어디로 가는지는 몰랐지만 처음으로 사이다를 마셨던 기억이 난다고 엄마는 말했다. 어느 역에서 할머니는 엄마를 대합실 의자에 앉혔다. 잠시 기다리라던 할머니는 사위가 깜깜해질 때까지 나타나지 않았다. 그 기억은 새로운 것이 아니었다.

엄마가 새로이 기억났다고 한 것은, 바로 그때 엄마가 갖고 있었던 확신에 관해서였다. 그때 몇 시간을 혼자 앉아 있으면서도 엄마는 할머니가 나타나지 않을 거라는 생각은 조금도 하지 않았다. 그래서 무섭지 않았다. 이윽고 할머니가 헐레벌떡 나타났고, 두 사람은 다시 기차를 탔다. 그리고 함께 집으로 돌아갔다.

엄마는 그 후로는 그 무엇에 대해서도 그날 느꼈던 만큼의 확신을 가져본 적이 없다고 말했다. 할머니는 엄마의 모든 믿음을 앗아 갔지만, 한편으로는 엄마에게 누군가를 완전히 믿는다는 것이 무엇인지 가르쳐준 사람이기도 했던 것이다.

*

겨울이 지나고 해가 넘어가도록 할머니는 돌아오지 않았다. 그날 우리가 목격한 할머니의 집 안 풍경이 누군가에게는 지나치게 쓸쓸해 보일는지도 모르나, 할머니 자신도 그렇게 느꼈는지는 알 수 없는 일이다. 분명한 것은, 할머니는 할머니에게 딱 맞는 1인분의 삶을 꾸리고 있었다는 사실이다. 그래서 나는 그녀가 왜 그 모든 것을 버려두고 사라졌는지, 그게 나 때문인 것은 아닌지 노심초사했다.

나는 어떤 단서라도 발견할까 싶어 할머니의 노트를 한 장 한 장 넘겨보았다. 그러나 아무것도 없었다. 배정심 여사는 틀린 글자를 수정액으로 꼼꼼히 지우고 새로 썼다. 그렇게 많은 필사 노트를 남겼으면서도, 일기는 단 한 줄도 쓰지 않았다.

나는 할머니가 사라지고 나서야 할머니의 과거를 찾아 나섰다. 내가 알아낸 것은 그녀가 서울 끝자락에 있는 직업전문학교 행정실에서 오랫동안 근무했고, 실장까지 승진했다가 다소 이른 은퇴를 했다는 사실뿐이었다. 수소문 끝에 할머니와 함께 일했던 여직원 중 한 사람을 만날 수 있었는데, 그녀는 배정심 여사가 한때 결혼했으며 자식이 있다는 사실에 대해서는 전혀 모르고 있었다.

그녀는 배정심 여사를 똑똑하고 우아한 사람으로 기억했다. 맡은 업무를 완벽하게 처리했고, 태도에 늘 여유가 있었다. 고독해 보였으나, 그 고독함이란 오랫동안 혼자 산 사람이 흔히 풍기는 종류의 것은 아니었고, 범접하기 힘든 느낌을 주는 그녀 특유의 분위기에서 비롯한 것으로 여겨졌다. 직장 내에서도 특별히 가깝게 지내는 사람은 없었고, 말수가 적었으며 감정을 거의 드러내지 않았다. 그래서 은퇴하는 날 그녀가 눈물을 보였을 때, 직원들 모두가 놀랐다고 했다. 그리고 얼마 가지 않아 모두 그녀를 잊었다.

*

　나는 다음 정류장에서 내렸다. 버스와 반대 방향으로 걸었다. 마음은 달려가고 있었지만 다리는 천천히 움직였다. 길가의 벚나무들이 꽃잎을 떨구고 있었다. 아까 그곳에 다다랐을 때, 밤색 코트를 입은 할머니는 없었다. 그런 할머니는 어디에도 없었다.

　어디선가 또다시 세찬 바람이 불어왔고, 벚꽃잎이 후드득 쏟아져 내렸다. 그때 나는 내가 이미 알고 있다는 걸 알았다. 나의 할머니, 배정심 여사는 그녀와 가장 어울리는 장소에 있을 거라는 걸.

　그게 어디라도. ▪

박지영

쿠쿠, 나의 반려밥솥에게

1974년 서울 출생.
2010년 『조선일보』 등단.
장편소설 『지나치게 사적인 그의 월요일』 『고독사 워크숍』.
〈조선일보 판타지문학상〉 수상.

쿠쿠, 나의 반려밥솥에게

1

7월이 되면서 예쁜 치매 노인상을 신설했다. 후보는 어차피 강만석 뿐이지만. 포도알 스티커를 냉장고에 붙여두었다.

아버지, 보세요. 착한 일을 할 때마다 포도알 스티커를 하나씩 붙여드릴 거예요. 그러니까 착하게 굴어야 해요. 똥은 변기에 앉아서 싸는 거고요. 혼자 변기에 앉아서 똥만 싸도 포도알 스티커가 하나 늘어나니 얼마나 좋아요? 나도 누가 똥만 잘 싸도 착하다고, 잘했다고 스티커를 붙여주면 좋을 텐데 말이죠. 열두 개의 포도알을 다 채우면 이달의 예쁜 치매 노인상을 드릴게요. 이달의 예쁜 치매 노인상을 네 개만 받으면 연말에 올해의 예쁜 치매 노인상도 받을 수 있어요. 그때는 아버지가 좋아하는 장어를 먹으러 가요. 자연산 장어를 배가 터지게. 계산은 누나나 형보고 하라고 하고요.

당연히, 강만석은 강선동의 말을 이해하지 못한다. 다만 중얼거릴 뿐이다. 염병.

지난 주말 오랜만에 방문한 강진경은 냉장고에 붙여놓은 포도알 스티커를 보고 강선동에게 말했다. 너 말이야, 즐기는 거 같다?

그러고 보니. 강선동은 자신이 즐기고 있다는 걸 인정했다. 치매에 걸린 아버지를 돌보는 일이 게임기 속 다마고치를 키우는 것과 같지는 않지만 이왕이면 게임처럼 즐기면서 하는 게 나쁜 건 아니잖아?

최근에는 〈세상에 나쁜 개는 없다〉와 같은 반려견 행동 교정 프로그램을 자주 보기 시작했다. 개나 고양이는 귀엽지만 그뿐, 귀찮아서 키울 생각은 해본 적 없는데 치매에 걸린 아버지와 살기 시작하면서 동물 관련 방송들을 유심히 보게 됐다. 뭐랄까, 치매에 관한 다큐멘터리보다 훨씬 참고할 만하달까. 다른 형제들에게는 말하지 않았다. 강진경이 안다면 아마도 아버지를 반려동물로 생각하는 거냐고 어이없어할지도 모르니까. 그럴 리가. 강선동은 강만석을 절대 개나 고양이로 생각하지 않았다. 귀여운 구석도 없고 똑똑한 녀석들처럼 똥오줌도 못 가리는데 그럴 리가. 밥솥이라면 모를까.

전기밥솥의 평균 수명은 5년에서 7년. 강만석의 집에 있는 밥솥은 10인용이고 7년이 되었다. 바꿀 때가 되었다는 의미다. 강만석이 처음 치매 진단을 받은 것도 7년 전이었다. 집에서 치울 때가 된 것이 밥솥만은 아니다. 그러나 아직은 둘 다 집에 있다. 밥솥은 낡았지만 그럭저럭 쓸 만하고 교체하는 데 비용이 들어서, 강만석은 쓸데도 없고 고장 난 지 오래지만 강선동의 아버지이기 때문이다.

그러나 강만석은 완전히 고장 난 후 새로운 쓸모가 생겼다. 혼자서는 먹고 싸고 말하는 것도 못 하게 되면서 강선동의 2인용 밥솥으로 기능하게 된 것이다. 강선동은 돌봄 비용이 입금되는 날이면 매운 족발에 생맥주를 시켜 먹으며 그 어느 때보다 상냥한 목소리로 강만석에게 이렇게 중얼거렸다.

아버지, 따라 해보세요. 잘 따라 하면 포도알 스티커를 붙여줄게요. 요즘 말도 못 하는 밥솥이 어디 있어요. 그러니까 이렇게 말해보세요. 지금부터 보온을 시작합니다, 쿠쿠.

2

강선동의 한자는 선할 선善에 아이 동童, 착한 아이의 마음으로 살라고 강선동의 할아버지인 강욱이 지어준 이름이었다. 강만석은 그 이름이 마음에 들지 않았다. 착한 아이의 세계란 얼마나 좁고 답답한가. 수많은 삶의 가능성을 차단하는 선한 억압에 대해서 강만석은 누구보다 잘 알았다. 자신은 그렇게 살았으나 자식은 그렇게 살지 않기를 바랐다. 그러나 착한 아들답게 강만석은 강욱의 뜻을 거스르지 못했다. 그 대신 선동의 이름을 부를 땐 늘 거꾸로 불렀다. 강동선. 혹은 강똥선.

아들은 아버지의 기대를 저버리는 쪽으로 자랐다. 그러니까 강선동은 강만석의 바람과는 달리 착한 아이로 성장했다는 뜻이다. 초등학교 4학년인 강선동이 교실 뒤편에 붙여놓은 마흔여덟 개의 포도알 스티커를 빈틈없이 채우고 처음으로 선행상이란 걸 받아 왔을 때 강만석이 한 말은 이런 것이었다. 염병, 너무 애쓰지 마라.

그날 이후 강선동은 한층 더 착한 아이가 되었다. 그것이 강만석이 틀렸다는 걸 증명하는, 아버지와 불화하는 아들의 방식이었다. 자신은 애쓰는 게 아니라 태생적으로 착한 아이였다. 다만 착함을 표출하기 위해 다른 누군가에게 염병할 일들이 생기는 걸 반길 뿐이었다. 다행히 염병할 일은 언제 어디서나 일어났다. 그리고 마침내 은유가 아닌 직유로서 염병의 시대가 도래했다. 코로나바이러스의 확산으로 모든 사람의 삶이 재편되기 시작한 것이다. 타인은 나를 위협하는 거대한 염병 집단이 되었고 나 역시 누군가의 염병이 될 가능성을 지닌 존재였다.

강만석이 다니던 주간보호센터에도 확진자가 발생했다. 중증 치매로 장기 요양 등급을 받은 후 일주일에 6일간 여덟 시간씩 머물며 하루 세끼의 식사까지 해결하던 곳이 폐쇄되었다. 혼자 거주하는 집으로 방문 요양을 신청했으나 하루에 세 시간의 돌봄으로는 부족했다. 한 달 사이에 세 번의 실종 사고가 있었고, 세 번째가 되자 경찰들은 치매 노인에 대한 가족의 학대와 방치를 의심하며 요양원 입소를 권했다. 요양원이라고 즉시 입소가 가능한 것도 아니었다. 믿을 만한 국공립 요양원은 남자 노인의 경우 대기 인원만 스무 명이 넘었다. 대기를 걸어놓고 언제 자리가 날까요 물었더니 그걸 제가 아나요란 답이 돌아왔다. 노인 한 명이 죽어야 노인 한 명이 들어갈 수 있는 시스템이라고 했다.

누군가 죽어 나가기를 기다리는 동안 요양원을 중심으로 한 집단 감염과 치매 노인에 대한 간병인들의 학대 기사들이 새삼 눈에 들어왔다. 강선동은 요양원에서 학대당하는 치매 노인의 영상이나 기사를 볼 때마다 가족 단톡방에 올려 정보를 공유했다. 마침내 강진경이 물었다.

─그래서, 어떻게 하자는 거야. 네가 돌보기라도 할래?

강진철은 큰아들이지만 강만석의 수원 집과 멀리 떨어진 세종시에 근무하며 남매를 키우는 맞벌이 가장이라서, 강진경은 주로 독박 돌봄의 역할을 맡게 되는 비혼의 장녀지만 학원을 운영하며 가장 경제 능력이 출중한 자녀라는 점에서 일찍이 돌봄 노동에서 제외되었다. 남은 건 서른여덟의 미혼, 가족 내에서 잉여로 분류되며 최저 시급 이하의 값싼 노동력을 가진 막내아들 강선동뿐이었다.

　―걱정하지 마. 내가 해볼게.

　강선동은 착한 아이였다. 초등학교 4학년부터 6학년까지 마흔여덟 개의 포도알 스티커를 학기마다 모두 채운 학생은 강선동뿐이었다. 포도알, 강선동에겐 언제나 더 많은 포도알이 필요했다. 착한 아이는 그렇게 착한 어른이 되어 착실히 독박 돌봄 가족의 길을 걷게 되었다.

3

　강선동이 극단 일을 접고 강만석의 집에 들어가 스물네 시간 돌봄을 전담하기로 결정한 후 형제간에 협의된 건 강만석을 위한 돌봄 비용은 큰형 강진철과 둘째 딸 강진경이 분담한다는 것이었다. 문제는 그 적절한 비용의 결정에 있었다.

　한 명의 자녀가 개인의 삶을 희생하며 돌봄을 전담할 경우 일련의 부작용이 따르는 것은 당연했다. 따라서 발생 가능한 모든 부정적 현상을 제거하기 위해서는 선제적인 예방이 필요했는데 가장 일차적이고 효과적인 예방책이란 강선동이 생각건대 적절하고 충분한 보상, 즉 높은 수준의 부양료 지급이었다.

　강만석의 기본 생활비와 병원비를 제외한 적정한 돌봄 비용 산출을 위해 강선동은 다음과 같이 추가로 고려할 사항들을 제시했다.

돌봄 자녀의 심리적 부담감을 고려한 정신 건강 관리 비용/육체적인 건강 유지 비용/반복되는 간병에 따른 무기력과 피로 해소를 위한 소확행 비용/사회적 고립에 따른 인지 기능 하락 방지를 위한 취미 생활 비용/돌봄 기간 경력 단절에 따른 불안 제거를 위한 재취업 교육 비용/간병 능력 향상을 위한 치매 안심 학습 비용/기본적인 케어 외에 다정함과 상냥함을 가능케 하는 추가 복지 비용/다른 자녀들의 자식 된 도리를 대신하는 데 따른 대리 효도 비용 등등.

"야, 내 착한 동생이 어쩌다 이렇게 돈만 아는 괴물이 된 거야"

강선동이 내민 부양료 산정 내역서를 보고 강진경은 중얼거렸지만 이 모든 것은 사실 전적으로 강선동의 착한 마음에서 비롯된 세심한 배려였다. 강선동은 사람의 선한 의도가 상황에 따라 얼마나 쉽게 변질되는지 알고 있었다. 치매에 걸린 강만석 곁에서 그를 미워하지 않고 과중한 부담으로 다른 형제들을 원망하지 않으며 계속 착한 돌봄을 지속하기 위해서는 '내가 이 정도 돈을 받아도 되는 걸까?' 수준의 넘치는 금전적 보상이 필요하다는 것을 익히 파악했다. 강만석을 돌보며 짜증이 나다가도 돌봄 비용으로 사고 싶던 한정판 게임팩이나 나이키 신상을 사고, 배달료 3000원을 아까워하지 않으며 치킨과 맥주를 시킬 여유, 프리미엄으로 결재한 넷플릭스의 19금 시리즈를 보며 분출되지 못한 욕망을 해소함으로써 자기 안의 선량함을 보호할 정도의 적절한, 그러니까 '염병, 이 정도 돈을 받는데 이것도 못 견디겠어' 수준의 돌봄 비용이 필요하다는 이야기였다. 이른바 염병 비용이었다. 직장인에게 스트레스 해소를 위한 씨발 비용이 필요하다면 강선동에게는 염병 비용이 필요했다. 더구나 숨 쉬듯 염병 소리를 입에 달고 사는 치매 노인이 아닌가 말이다.

언어장애부터 시작된 강만석의 치매는 그에게 캬카쿠크커처럼 의미 불명의 음성들, 녹슨 기계가 겨우 작동할 때 내는 소음과 유사한 소리 외의 모든 소통 가능한 말을 앗아 갔다. 그런 그가 유일하게 본래의 의미대로 사용하는 말이 염병이었다. 이는 강만석의 마지막 말로 꽤나 적절했다. 모든 것이 다 망가져버린 지금 강만석에게는 살아서 겪는 모든 일이 염병할 노릇일 터였다. 더구나 이 말은 코로나 시대에 꽤 유용해지기까지 했다. 엘리베이터에서, 병원 대기실에서, 협소하고 인원이 밀집한 곳일수록 강만석은 침을 뱉듯 끊임없이 염병을 내뱉었고 사람들은 자연스레 그와 거리두기를 실천하는 것이다. 이제 이 말은 강만석 인생의 최고의 농담이 되었다. 누구에게도 염병할 인간이 되지 않기 위해 스물네 시간 엄격한 규율을 세워두고 일흔아홉 평생 성실하게 살아온 노인이었다. 50여 년을 함께 살아온 아내 김아녜스가 죽은 다음 날 장례식장에서 쪽잠을 자다가도 새벽 5시 50분 알람에 깨어 오랜 습관대로 휘적휘적 기체조를 하는 강만석의 뒷모습을, 그 염병할 쓸쓸한 몸짓을 강선동은 기억했다. 그런 그에게 끝까지 남은 단 하나의 말이 염병이라니. 이게 염병할 세상이 건네는 농담이 아니면 무어란 말인가.

그리하여 강선동은 염병 비용을 고려한, 어디까지나 객관적인 부양료 산정에 도움이 될 만한 자료를 가족 단톡방에 올렸다.

—대형 병원에서 추천하는 열 개의 간병 협회에 문의한 결과. 개인 간병의 경우 하루에 12만 원이 기본. 치매나 중증 환자는 하루 1만 원의 간병비 추가. 식대는 별도로 하루에 5000원 추가되거나 햇반 세 개

제공. 햇반은 300그램 기준.

김아녜스가 췌장암으로 죽기 전 개인 간병인을 일주일간 쓴 적 있었다. 4년 전이었는데 그때도 하루에 10만 원의 간병비가 들었다. 강진경도 기억할 터였다. 지금은 개인 간병인을 쓸 경우 한 달이면 30일×13만 원, 식대를 제하고도 390만 원이 든다는 이야기였다. 그러자 잠시 후 강진경이 이런 댓글을 달았다.

―요양보호사 자격증이 있는 자녀가 집에서 노인 장기 요양 등급을 받은 부모를 요양 보호할 경우 1일 60분, 월 최대 20일까지의 방문 요양을 제공한 것으로 인정받아 해당 수가 2만 790원×20일을 받을 수 있다.

그걸 기준으로 하면 한 달에 강선동이 받을 수 있는 돌봄 비용은 고작해야 40만 원 남짓이었다. 그런데 넌 요양보호사 자격증도 없잖아가 강진경의 주장이었다. 찾아보니 돌봄 대상자의 폭력 성향 등 부적절한 행동이 인정될 경우에는 1일 2만 7880원×월 20일을 초과하여 산정 가능하다고 되어 있었다. 말하자면 법적인 근거가 있는 염병 비용이었는데 위험에 노출되는 육체적, 감정적 노동에 비해 그 보상이 매우 미비하다는 점에서 실로 염병 비용이라 할 만했다. 강선동은 책에서 본 이런 내용을 다시 올렸다.

―가족을 간병하는 사람 10명 중 6명은 우울증 치료가 필요한 것으로 나타났다. 일반 사람보다 10배 이상 높은 비율이다. 특히 간병 기간이 5년을 넘거나, **월 소득이 300만 원 이하**일 때 우울감을 호소하는 사례가 큰 폭으로 늘어났다.[1] 또한, 2006년부터 2018년 8월까지 발생한 간병 살인 108건을 분석한 결과 사건 절반 이상인 53.7퍼센트가 치매 환자를 간병하는 과정에서 발생했다.[2]

강선동은 특히 월 소득이 300만 원 이하라는 부분을 강조했다.『간병살인, 154인의 고백』이라는 책에서 발췌한 문장이었다. 며칠 전 강만석의 부양료 문제를 상의하러 온 강진경이 식탁에 놓인 책의 제목을 보고 넌 무슨 저런 책을 보니 짜증을 내던 게 생각났다. 그때 감지했다. 적정 수준의 부양료를 결정하는 데는 믿고 맡겨도 좋다라는 신뢰감을 바탕으로 적당한 불안감을 심어주는 편이 협상에 유리하게 작용하리라는 것을.

침묵 끝에 자정이 넘어서야 올라온 강진철의 댓글은 이런 것이었다.

ㅡ염병하네.

일주일이 지났지만 모두가 만족할 만한 선에서 부양료를 결정하기란 쉽지 않았다. 미친 새끼와 착한 동생아 사이를 오가는 동안에도 돌봄을 미뤄둘 수는 없었다. 일단 한 달간의 체험 기간을 가지기로 하고 강선동은 임의로 네 개의 케어 등급을 나누어 각각의 비용을 산출해 단톡방에 올렸다. 두 사람의 기본 생활비를 제하고 가족 특별 할인이 포함된, 최저 시급도 안 되는 순수 돌봄 비용만을 계산한 것임을 강조했다.

ㅡ기본 케어 170만 원

ㅡ세심한 케어 190만 원

ㅡ다정플러스 케어 220만 원

ㅡ하나뿐인 가족 케어 240만 원

당연하게도 강진철과 강진경이 선택한 건 비용이 가장 저렴한 기

---

1 유영규 외,『간병살인, 154인의 고백』, 루아크, 2019, 101쪽.
2 같은 책, 86쪽.

본 케어였다. 기본 케어를 시작하고 강선동은 그 어느 때보다 강진철과 강진경에게 자주 연락했다. 아침과 점심과 저녁의 식단과 일주일에 목욕은 몇 번을 시켜야 하는지, 낮잠을 재울지 말지까지 일상을 돌보며 발생하는 사소한 것들에 관해 사사건건 의견을 물었다. 기본 케어에 따르면 책임과 선택은 가족의 몫이고 강선동은 최저 시급도 못 받는 위탁 도우미에 불과했기 때문이었다.

일주일 만에 강진경이 세심한 케어로 바꾸기를 요구했다. 세심한 케어에서 강선동은 소소한 일상의 결정권을 가지게 되었다. 그러나 다른 가족들이 해야 할 의무까지 대신 할 수는 없었다. 매일 형과 누나에게 영상통화를 걸어 말도 못 하는 강만석을 바꿔주었고 주 1회 두 사람이 번갈아 방문하도록 했다. 첫 번째 일요일에 강진경이 왔다가 딸을 알아보지 못하는 것은 물론 주방 싱크대 문을 열고 소변을 보는 강만석을 보고 30분 만에 자리를 떴다. 둘째 주 일요일은 강진철의 차례였으나 오후가 되어서야 근무하는 시청에 일이 생겨 못 온다는 메시지를 남겼다. 세 번째 주 일요일에 강진경은 아무 말 없이 방문 약속을 어기더니 전화도 받지 않았다. 그날 저녁 강진경의 인스타그램에는 #힐링이필요해라는 태그와 함께 충주호가 보이는 전망 좋은 카페에서 찍은 사진이 올라왔다.

한 달 만에 다정플러스 케어가 시작되었다. 두 번의 방문 약속을 어기면 다음 등급의 케어로 넘어가기로 정해둔 터였다. 다정플러스 케어에는 몇 가지의 다정한 돌봄이 추가되었다. 1일 1회 포옹 혹은 안마나 손 마사지 등의 친밀한 접촉, 종이접기나 색칠하기 같은 인지 활동, 주 2회 손잡고 산책하기, 과거에 좋아했던 음악이나 영화 감상, 책 읽어주기 등이 포함되었다. 강선동은 그 모든 돌봄 활동을 영상으로 찍어

가족 단톡방에 공유했다. 처음에는 수고했다, 네가 고생이 많다, 고맙다 같은 댓글이 달리더니 한 달쯤 지나자 누구도 댓글을 달지 않았다. 영상을 클릭해보지도 않는 것 같았다. 그래도 강선동은 꾸준히 사진과 영상을 추가했다.

—그만 좀 올리면 안 돼?

가족 단톡방에 올라오는 강만석의 영상에 마침내 불편함을 언급한 것은 강진경이었다.

—그렇게 하지 않으면 내가 제대로 돌보는지 알 수 없잖아?

—넌 착한 내 동생이잖아. 내가 믿지 않으면 누가 믿겠니.

강진경의 말에 강선동은 웃음을 터뜨렸다. 그리고 댓글을 남겼다.

—원하지 않으면 다음 케어로 넘어가면 돼. 하나뿐인 가족 케어. 그러면 다른 가족들에게 보고의 의무 없이 나 혼자 온전히 아버지를 돌볼 수 있어. 누나도 죄책감 느낄 필요 없고.

무언가를 하는 데도 비용이 지불되지만 하지 않는 데에도 비용이 지불된다는 것, 때로는 하지 않는 데에 더 큰 가치가 매겨진다는 것을 강선동은 알게 되었다.

강선동은 착한 동생이었다. 돈으로 하는 효도가 얼마나 어렵고 힘든 일인지도 잘 알고 있었다. 강진철은 추가 비용을 진경이가 다 지불한다면 아무래도 상관없다라는 말로 책임을 떠넘겼다. 강진경은 고민 끝에 하나뿐인 가족 케어를 선택했다. 그리고 비혼의 장녀에게 부과된, 통상 다른 남자 형제보다 더 짊어질 수밖에 없었던 마음의 부담들, 강만석의 돌봄과 관련된 모든 의무와 책임으로부터 자유로워진 후 제주도로 휴가를 떠났다.

한 달이 지났다. 그러나 계좌에 입금된 건 130만 원이 전부였다. 강진경에게 전화했더니 받지 않았다. 밤늦게 단톡방에 이런 글이 올라왔다.

―대기 걸어둔 요양원에서 입소 가능하다고 연락 옴. 한 달 비용 90만 원. 너 어차피 돌아갈 곳도 없다며? 어떻게 할래?

어떻게 하긴. 다른 방법이 없었다. 아버지를 돌보기 위해 일도 포기한 기특하고 희생적인 아들인 척했지만 그 전에 이미 극단에서 불미스러운 사건, 동료를 상대로 한 코인과 관련된 사기에 얽여 쫓겨나듯 그만둔 게 사실이었다. 혼자 살던 원룸을 정리하고 보증금을 받아 사고를 무마해야 했다. 그 후 짐만 극단 창고에 맡긴 채 몰래 강만석의 집에 들어와 살기 시작했다. 어차피 강만석은 기억도 못 하고 말도 못 하니 상관없었다. 다만 형제들에게 마흔이 다 된 아들이 치매 걸린 노인에게 기생해서 산다는 말은 듣고 싶지 않았을 뿐이었다. 그래서 비밀로 했다.

강만석이 세 번째 실종되던 날 강선동은 거실의 소파에서 낮잠을 자다가 현관문이 열리는 소리를 들었다. 그러나 모른 척했다. 자신은 그 시간에 그곳에 없어야 하는 사람이었다. 저녁 늦게 실종 신고를 하고 가장 두려웠던 건 강만석을 영영 찾지 못하게 될 것이 아니었다. 자신이 평일 낮에 강만석의 집에 있었다는 사실, 있으면서 모른 척했다는 사실이 드러나는 것이었다.

당당하게 강만석의 집에 거주하며 생활비도 받을 기회가 그저 주어진 건 아니란 이야기다. 이대로 포기할 순 없었다. 그 대신 케어 등급은 130만 원에 적정한 수준으로 재조정하기로 했다.

―다마고치 케어.

130만 원의 돌봄 비용에 적합하게 제때 밥을 주고 똥을 치워주는 정도의 케어를 벗어나지 않도록 노력했다. 그러자 강선동 역시 집에서 무의미하게 보내는 시간이 늘어났다. 대부분은 멍하니 유튜브나 넷플릭스를 보며 지냈다. 한 달에 130만 원이라는 부양료는 무엇을 적극적으로 하기에도 하지 않기에도 애매한 금액이었다. 다시 케어 등급 조정을 부탁해볼까 하는 심정으로 단톡방에 올리려고 찍어놓았던 영상들을 보다가 그것으로 무언가를 해볼 수 있겠다는 생각이 들었다. 치매 부자의 일상을 담은 유튜브 채널 〈어쩌다 부자유친〉의 시작이었다.

4

중앙치매센터의 2019년 대한민국 치매 현황 보고서에 따르면 2018년 자료를 중심으로 65세 이상 노인 인구는 전체 인구의 14.4퍼센트이고, 그중 치매 환자 수는 75만 488명으로 추정된다. 치매 유병률은 10.16퍼센트로 65세 이상 노인 열 명 중 한 명꼴로 치매를 앓고 있다는 것이다. 2017년 치매 환자 수는 추정 72만 4857명이었다. 이러한 증가세를 기초로 중앙치매센터는 치매 인구가 2024년에는 100만 명, 2039년에 200만 명, 2050년에 300만 명을 넘어설 것으로 전망하기도 했다. 이 자료가 의미하는 것은 무엇인가. 치매 관련 산업의 확장 가능성이다. 치매 관련한 유튜브 채널의 잠재적인 구독자도 계속 늘어나리란 이야기였다.

그렇다 해도 한계는 명확했다. 식탁에 앉아 밥솥에 올라오는 김을 멍하니 응시하는 강만석을 보니 한숨만 나왔다. 도대체 누가 치매 노인의 브이로그 같은 걸 보고 싶어 할까? 더구나 저런 볼품없는 노인을.

요즘은 노인들의 콘텐츠도 인기였다. 꼭 연륜과 경험이 풍부하지 않더라도 노인의 노인다움이 오히려 매력적인 콘텐츠로 각광받았다. 그러나 강만석은 언어장애가 있었다. 할 줄 아는 말이라곤 염병뿐. 치매라는 걸 감안해도 염병 소리만 내뱉는 노인에게 호감을 가지기란 힘들 터였다. 다만 소통은 불가능해도 아예 소리를 못 내는 건 아니니까 앵무새에게 하듯 새롭게 말을 가르쳐볼 수는 있었다. 사랑합니다나 고맙습니다 같은 말은 무난하지만 진부했다. 그렇다고 구독과 좋아요를 연습시킬 순 없었다. 의도가 분명한 노골적인 말이 아니면서 재밌거나 의미가 담긴 말, 좋아요를 많이 받을 수 있는 단 한 문장을 연습시킨다면 어떤 게 좋을까, 예를 들면. 강선동은 주방 한구석에서 김을 내뿜으며 취사가 완료되었다고 말하는 밥솥을 돌아보았다. 그래, 예를 들면 이런 말은 어떨까. 지금부터 보온을 시작합니다, 쿠쿠.

당연히 강만석은 그렇게 긴 문장은 따라 하지 못했다. 다만 훈련 결과 습관적으로 내뱉는 말이 두 개로 늘어났을 뿐이다. 염병과 쿠쿠.

유튜브 채널 속 강만석의 부캐 이름 역시 쿠쿠로 정했다. 부캐는 누구에게나 유용하다. 그것이 치매 노인과 가족에게라면 더욱더. 똥오줌도 못 가리는 노인이 평생을 성실하고 반듯하게 살아온 아버지 강만석과 동일인이라고 생각하면 참을 수 없는 씨발스러움도 그저 밥솥과 별반 다름없는 무생물, 게임기 속 다마고치나 NPC라 생각하면 뭐 그럴 수도 있지, 평정심을 유지하게 되는 것이다.

통계에 따르면 독박 돌봄 노동을 하는 자녀는 대개 비혼의 딸인 경우가 많았다. 돌보는 역할이 가족 내에서 주로 여성에게 부과된다는 점, 그런 구시대의 보편성이 치매 부자 콘텐츠에도 차별성을 부여하리라 믿었다. 그러나 생각보다 전망이 밝지만은 않았다. 남자가 돌봄 노동을 하는 경우가 수적으로 월등히 적음에도 불구하고 관련된 책이나 콘텐츠의 양은 크게 다르지 않았던 것이다. 남자들은 일단 위세를 떤다. 실질적으로 돌봄 노동에 치여 그것을 기록하거나 사고할 시간적, 금전적, 정신적 여유가 없는 여성들, 자연스레 자신이 해야 할 일로 받아들이는 여성들과 달리 남자들은 요란을 떨며 돌봄 노동을 하면서도 돌봄 노동을 하는 자신을 명예롭게 만들 어떤 결과물을 만들기 위한 음모를 꾸미는 것이다. 그동안 자신을 위한 또 다른 돌봄 가족이 생기는 현상은 철저히 배제한다. 심지어 압도적으로 여성 간병 가족이 많음에도 간병 살인의 경우 가해자가 남성인 경우가 80건으로 전체의 74.1퍼센트를 넘었다. 그중 아들이 38건, 35.2퍼센트로 비중이 가장 높았다. 그러나 수치가 증명하는 비극 덕분에 강선동은 비혼의 아들이 치매에 걸린 아버지와 동거하며 겪는 일상 브이로그가 나름의 경쟁력 있는 콘텐츠가 될 수 있겠다는 긍정적인 결론에 도달하게 되었다.

그리하여 남보다 더 가까울 것도 없던 서먹한 일흔아홉, 서른여덟의 부자가 치매 노인과 돌봄 가족으로 만나 다투고 화해하며 기억의 해체와 재구성을 통해 서로에 대해 알아가고, 더불어 삶과 죽음, 나아가 어디까지 잃은 후에도 우리는 인간다움을 유지하며 인간으로 존재할 수 있는가에 관한 성찰까지 담은, 아니 담겠다는 원대한 포부로 시작된 유튜브 채널 〈어쩌다 부자유친〉이 개설되었다.

다른 치매 가족들의 영상도 모니터링하기 시작했다. 대개는 홈비디오 수준의 영상들이었고 조회 수나 구독자 수도 저조했다. 기본적으로 수요가 없는 분야라는 점에서 부정적이었지만, 반면 그렇기 때문에 독보적인 입지를 차지할 수 있겠다는 희망도 보였다. 그러다 그 채널을 알게 되었다. 구독자 수와 조회 수가 다른 채널에 비해 월등히 높았다.

'마담 케이의 비밀 정원'이란 제목이었는데 치매 걸린 홀어머니를 모시고 사는 강선동 또래의 아들이 올리는 치매 모자의 일상이었다. 어머니와 아버지라는 점이 다를 뿐 강선동의 유튜브와 콘셉트가 겹치는 면이 있었다. 그러나 강선동이 찍어놓은 영상들보다 훨씬 발랄하고 따스한 분위기였다. 그것은 배경으로 등장하는 소박한 정원의 평화로움과 아들이 운영하는 서점의 생동감, 곱게 늙은 노인의 우아하고 사랑스러운 외모 덕인 듯했다. 그런데 노인의 모습이 어쩐지 낯익었다.

"엄마가 젤 좋아하는 꽃이에요. 이름이 뭔지 기억나세요?"

아들이 마당에서 꺾은 꽃을 머리에 꽂아주며 말하자 노인이 수줍게 웃었다.

"내가 왜 몰라 알지, 다 알지. 수국이잖아. 수국. 영무 아버지는 내가 그것도 잊었을까 봐."

그러자 아들이 노인의 손을 붙잡고 애틋하게 중얼거렸다.

"어머니, 저 아버지 아니고 영무잖아요. 어머니 첫째 아들. 영무야, 해보세요. 영무야."

강선동은 영상을 정지하고 아들의 모습을 찬찬히 들여다보기 시작했다. 영무라고? 혹시 제영무? 20여 년이 훌쩍 지난 후여서 동일인인지 확신하기는 힘들었지만 어릴 때의 모습이 어렴풋이 남아 있었다. 무엇보다 그 옆의 노인, 저 치매 걸린 노인은 볼수록 강선동의 피아노 선생님이던 권순영이 분명했다. 그러니까 권순영의 아들이라면 제영무가 틀림없었다. 오래전 제영무의 목소리가 다시 재생되기 시작했다. 하지 마. 너, 그러지 마. 그러면 안 돼.

5

강선동은 살면서 한 번도 싸운 적 없었다. 자신을 위해서만이 아니라 남을 위해서도 그랬다. 소위 말하는 대의를 위해서도, 국가와 민족과 세계의 평화와 지구의 안녕을 위해서도 그랬다. 그러니까 그런 식으로 착했다.

그런 식으로 착하기 위해 강선동은 특히 소외되고 약한 사람들을 애정했다. 자신의 선함을 증명하고 돕는 자의 위치에 있기 위해서는 늘 주변에 도움이 필요한 사람이 있어야 했기 때문이었다. 소외된 사람을 찾아 약점을 드러내고 더욱 소외되게 만드는 일, 선의라는 말로 다른 방식의 폭력을 행하고 자신은 선한 사마리아인의 자리에 앉아 불행한 이들을 굽어살피는 일에 강선동은 탁월한 재능이 있었다. 5학년 때 같은 반이었던 제영무는 그 재능을 알아본 두 번째 사람이었다.

외부에서 주최한 희망편지쓰기 대회에서 강선동은 반 친구에게 쓴 편지로 장려상을 받았다. 왼쪽 얼굴에 푸른 반점이 있는 여자아이였다. 단발머리로 얼굴의 반을 가리고 쉬는 시간이면 창밖만 바라보던, 가리지 않은 오른쪽 옆모습이 참 예쁘던 아이. 그 아이는 뛰는 법이 없었다. 머리카락이 날려 얼굴이 드러나는 게 싫어서인 것 같았다. 이름도 기억나지 않는, 친하게 말을 나눠본 적도 없는 아이에게 강선동은 굳이 편지를 썼다. 너의 얼굴에서 나는 푸른 별을 본다고 썼다. 그 푸른 별이 널 특별하고 아름답게 만든다고, 부끄러워하지 말라고, 그 머리카락으로 가리지 않아도 너는 충분히 아름답다고, 머리카락을 날리며 마음껏 뛰는 너를 보고 싶다고. 그리고 이 편지가 너에게 위로가 되었으면 좋겠다고.

국어 시간에 선생님이 상 받은 글을 읽어보라고 했다. 강선동이 일어나 읽기 시작하자 작은 수군거림이 들렸다. 이름은 언급하지 않았지만 누구에게 쓴 글인지 모두가 알아챘을 터였다. 평범한 푸른 반점은 강선동이 푸른 별이라 명명한 순간 아무리 끄려 해도 꺼지지 않고 발광하는 조악한 네온사인이 되었다. 잠시 후 뒤쪽에서 소란이 일었다. 읽기를 멈추고 돌아보니 제영무가 여자아이에게 장난을 치다 우유를 쏟았다고 했다. 여자아이가 고개를 숙인 채 눈물을 뚝뚝 흘리며 교실 밖으로 뛰쳐나갔다. 그러니까 **뛰 었 다**. 뭐 그런 걸로 우느냐고 제영무가 투덜거리다 교실 밖으로 쫓겨났다. 나가는 제영무와 강선동의 눈이 마주쳤다. 제영무가 작게 고개를 저으며 입 모양으로 무언가 중얼거렸다. 그만둬. 하지 마. 그러지 마. 너 그러면 안 돼. 그중 하나일 수도 있고 전혀 다른 말일 수도 있었는데 이 말은 절대 아니었겠으나 강선동은 이렇게 내뱉는 제영무의 음성을 들은 것 같았다. 개새끼. 그제야 알았다. 자신이 무슨 짓을 한 건지. 그러나 그해에도 마흔여덟 개의 포도알을 모두 채우고 선행상을 받은 건 강선동이었다.

그날 이후 제영무의 눈을 똑바로 쳐다볼 수 없었다. 늘 들켰다는 심정이 되었다. 녹색 바탕에 앵무새와 올리브 잎사귀가 그려진 권순영의 잃어버린 곱창 머리 끈을 가져간 범인이 강선동이라는 것도, 그걸 가지고 강선동이 피아노 학원 화장실에서 무엇을 했는지도, 권순영이 알면서 모른 체해줬다는 것도 다 알고 있을 것만 같았다. 권순영이 치매를 앓는다는 걸 안 순간 강선동이 제일 먼저 떠올린 질문은 이런 것이었다. 그 치욕스러운 장면도 잊었을까? 그리고 생각했다. 다행이야라고. 타인의 기억에 남았을지 모를 자신의 수치를 지우기 위해 치매 걸린 노인을 향해 다행이야라고 안도할 수 있는 사람. 그것이 강선동이었다. 강선동은 여전히 그런 식으로 착한 아이였다.

6

권순영은 성인용 기저귀를 하고 대소변을 가리지 못하면서도 강선동에게 피아노를 가르칠 때의 우아함과 품위를 잃지 않고 있었다. 기저귀에 오줌을 싸면 권순영은 이렇게 말했다.

"비가 왔어. 꽃이 피려나 봐."

그러면 제영무는 우리 권순영 씨는 시인이네 하며 웃었다. 함께 화장실에 다녀와서는 권순영의 머리를 쓰다듬어주며 이런 칭찬도 했다.

"오늘도 아주 예쁜 시를 썼어. 참 잘했어요."

권순영도 웃으며 제영무를 따라 자기 머리를 쓰다듬고는 말했다.

"참 잘했어요."

영상 속에서 권순영은 시인이었다. 제영무가 그렇게 만들었다. 대학 졸업 후 시인으로 등단한 제영무는 마당 있는 이층집에서 '소북소북'이란 서점을 운영하고 있었다. 짧은 결혼 생활을 접고 3년 전 이혼한 후로는 권순영과 둘이 살았는데 그해가 권순영이 치매 진단을 받은 해라고 했다. 이혼한 전처는 출판사 편집자로 지금도 친구처럼 지내고 있었고, 둘이 키우던 고양이 깜장콩은 이제 권순영의 고양이 김갑순이 되었다.

강선동은 이 모든 걸 제영무가 올린 서른일곱 편의 영상을 보고 알게 되었다. 제영무의 채널은 개설한 지 반년 만에 구독자 수가 4만 명에 육박했다. 치매 가족 채널로서는 탁월한 성과였다. 무엇보다 댓글들이 모두 호의적이었다. 그들은 권순영을 사랑했다. 고양이 김갑순을 귀여워하듯 치매에 걸린 무해한 노인을 귀여워했다. 그리고 제영무 역시 애정했다.

제영무의 서점에 들르는 대부분 손님이 유튜브를 보고 찾아온 팬인 것 같았다. 손님들이 부탁하면 권순영은 서점에 놓인 피아노 앞에 앉아 연주도 했다. 물론 제대로 연주하는 건 불가능했고 그저 건반을 두드리는 몸짓에 지나지 않았다. 그러나 권순영의 얼굴은 더없이 진지하고 충만해 보였고 연주가 끝나면 모두가 진심으로 권순영에게 박수를 쳐주었다.

염병. 모든 게 이런 식이었다. 피아노 연주만이 아니었다. 모든 장면이 예쁘게 포장된 거짓과 위선으로 가득했다. 어느 정도 연출이 들어가는 건 이해했다. 그러나 연출의 방향성이 문제였다. 치매 가족의 현실을 미화해서 보여주는 것은 왜곡된 정보를 제공할 뿐 아니라 다른 치매 가족에게 박탈감을 안겨줄 수도 있다는 점에서 상당히 유해했다. 그러나 사람들은 제영무의 영상을 좋아했다. 개설한 지 한 달 된 강선동의 유튜브 구독자 수와 비교해도 반년이 넘은 제영무의 채널이 두 배, 세 배 더 증가 추세가 좋았다. 처음에는 금세 따라잡을 거라 생각했으나 아니었다. 아무리 봐도 편집이나 스토리텔링 면에서라면 강선동의 채널이 그보다 못할 것도 없었다. 두 채널의 결정적인 차이는 하나뿐이었다. 권순영과 강만석.

강만석을 코미디언으로 만들기로 했다.

그 아이디어는 제영무가 유튜브 방송 중에 추천해 준 책 『새벽 세 시의 몸들에게』에서 착안한 것이었다. 제영무는 치매 환자의 망상을 시라고 받아들일 수도 있다는 것을 이 책을 통해 배웠다고 했다. 치매 환자가 믿는 가상현실을 부정하는 대신에 시라고 생각하며 수용하고, 그 안에서 상호작용하는 연극적 과정을 통해 특별한 교감을 이루는 긍정적 효과를 얻을 수 있다는 거였다.

강만석은 시인이 될 수는 없었다. 그러나 코미디언이라면 가능하지 않을까? 책에는 치매 걸린 노모를 돌보는 미국의 즉흥 코미디언 캐런 스토비의 이야기가 실려 있었다. 캐런은 치매 환자를 대하는 가이드북의 원칙들이 즉흥 연기의 원칙과 일치한다는 것을 발견했다. 그리고 즉흥 코미디의 트레이닝 프로그램을 치매 걸린 노모에게 응용할 수 있다는 걸 깨달았다. 치매 환자와 소통하는 일은 즉흥 코미디와 다르지 않았다.

이거라면 해볼 만하다고 강선동은 생각했다. 강만석은 애쓰지 않고도 이미 위대한 슬랩스틱 코미디언이었다. 밥 먹을 때면 수저 사용법을 잊어 젓가락 하나로 국을 떴다. 반바지를 주면 티셔츠인 줄 알고 다리를 넣어야 할 곳에 팔을 꿴 채 낑낑댔다. 오줌은 서서 싸더라도 똥은 앉아서 싸야 한다는 걸 잊어서 변기 앞에 선 채로 똥을 싸기도 했다. 언젠가는 강만석을 위해 기도해주러 온 교인 분들이 아멘을 말할 때 염병을 외치기도 했다. 그 모든 난감한 순간들이 코미디라고 생각하자 그저 우스운 에피소드로 느껴졌다. 권순영의 예쁜 치매에 대적하려면 웃기는 치매 노인이 되는 수밖에 없었다.

매일 강만석과 함께 산책을 시작했다. 찰리 채플린 스타일의 콧수염이 그려진 마스크를 쓰고 몸에 잘 맞지도 않는 턱시도에 커다란 보타이를 맨 채 기저귀 때문에 엉덩이를 뒤로 쭉 빼고 뒤뚱뒤뚱 걷는 강만석은 꽤 귀여워 보였다. 몰티즈나 푸들 같은 보편적 귀여움은 아니어도 퍼그나 불도그의 귀여움 정도는 되었다. 길에서 짖는 강아지를 보면 같이 짖기도 했고 비둘기를 쫓다가 신발이 벗겨지기도 했다. 집에서 찍는 것보다 의외성 있는 신선하고 재미있는 영상이 많이 만들어졌다.

산책하는데 복장이 불편해 보인다는 댓글이 몇 개 달렸다. 그중 두 개는 강선동이 본인의 가계정으로 달아놓은 것이었다. 그 댓글에 공감 수가 20이 넘었을 때 강선동은 유튜브의 라이브 방송을 켰다. 그리고 시청자 수가 마흔 명이 넘자 준비해둔 이야기를 꺼냈다.

"아버지의 꿈은 스탠딩 코미디언이었습니다."

그럴 리가. 그러나 기억을 잃은 강만석에게 괜찮은 꿈 하나쯤 만들어주는 것이 착한 아들의 역할인지도 모른다. 그러니 지금부터 강만석의 꿈은 스탠딩 코미디언이 되기로 하자. 그렇게 생각하자 이야기가 거침없이 풀려나갔다. 세 아이를 둔 가장 강만석은 평생을 두 평 반짜리 수리점 안에서 근면 성실한 시계 수리공으로 살았다. 그러나 그에게는 자유롭게 공연을 다니며 무대에서 사람들을 웃기고 싶은 꿈이 있었다. 그의 옷장에는 오래된 나비넥타이와 중절모, 그리고 턱시도와 지팡이가 있었다. 강선동은 강만석을 돌보기 시작하며 그 의상을 처음 발견했다. 한 번도 입은 모습을 본 적 없는데 왜 이런 옷이 옷장에 있는지 의문이었다. 그러다 알게 되었다. 그것이 무성영화 시대의 위대한 코미디언 찰리 채플린의 복장이라는 것을. 강만석의 오래된, 이루지 못한 꿈은 그런 식으로 옷장 깊숙한 곳에서 낡아가고 있었다. 기억을 잃은 그에게 새로운 기억을 심어주기로 했다. 찰리 채플린의 코스튬을 하고 거리 공연을 하는 코미디언의 기억 말이다. 그것이 착한 아들 강선동이 해줄 수 있는 마지막 효도였다. 강만석은 코미디언인 적 없었으나 남은 생은 코미디언으로 살다 코미디언으로 죽을 것이다.

물론 모두 강선동이 지어낸 사연이었다. 그러나 사실이 아니면 어떤가. 강선동은 자신이 지어낸 이야기가 좋았다. 강만석이 스스로를 코미디언이라 믿으며 치매로 인해 하게 된 엉뚱한 행동과 실수들을 수치스럽게 느끼지 않고 죄책감 없이 맘껏 웃으며 하길 바란다고도 덧붙였다. 그러니 혹시 영상을 보며 느끼는 불편함이 있다면 그가 하는 우스꽝스러운 행동들을 안타깝게 여기지 말고 그저 재미있는 슬랩스틱코미디라 생각하고 맘껏 편하게 웃어달라고도 당부했다. 라이브 방송이 끝나고 영상을 업로드했다. 다음 날 확인해보니 다른 영상들보다 세 배는 많은 여든한 개의 댓글이 달려 있었다. 모두 강만석의 코미디가 끝나지 않기를 기원하는 응원의 댓글이었다.

영상을 올리고 일주일쯤 지났을 때였다. 강만석과 병원에 들렀다가 혈압약과 당뇨약을 사러 약국에 들렀는데 늘 무표정하던 약사가 친절하게 웃으며 아는 척을 했다.

"잘 보고 있어요."

"네?"

"유튜브요. 우리 성당 자매님께 들었어요. 치매 어르신을 돌보는 일이 쉽지 않은데 웃으면서 하시는 게 참 대단하세요."

약사가 비타민 드링크 두 병을 슬쩍 약봉지에 넣어주며 덧붙였다.

"뭐라도 드리고 싶어서요. 힘내세요."

정말이지 힘이 났다. 흰 가운에 적힌 이름을 보았다. 김희진. 약국을 나오며 그 이름을 입 안에서 여러 번 되뇌어보았다. 오래전부터 알던 사이 같기도 했고 앞으로 오래 알아갈 이름 같기도 했다. 희진 씨를 위해서라도 더 힘내고 싶어졌다. 그래서 열심히, 더 열심히 강만석을 돌보고 더 열심히 유튜브에 영상을 업로드했다.

산책 시간도 늘렸다. 오전 11시와 12시 사이에 한 번, 오후 3시와 4시 사이에 한 번, 하루에 두 번씩 산책했다. 그때마다 약국 앞을 지나쳤다. 약국 안의 희진 씨와 눈이 마주치면 강만석의 손을 꼭 잡고 인사를 했다.

"또 뵙네요."

희진 씨가 웃으며 인사를 받아주면 강선동은 난처한 듯 어쩔 수 없다는 듯 선한 웃음을 지으며 말했다.

"아버지께서 산책을 좋아하세요. 집에 있으면 답답하신지 자꾸만 조르시네요."

곤란하다는 말투 속에 강만석이 자신을 힘들게 한다는 사실이 은연중에 드러나도록 신경 썼다. 그래야 자신이 착한 아들이라는 점이 부각될 터였다. 오히려 산책을 원하는 건 강선동이었다. 강만석은 쉽게 지쳤고 불편한 옷을 입기 싫어해서 산책을 나오려면 때로 완력을 써야 했으나 그런 이야기를 할 필요는 없었다.

세상은 그 어느 때보다 강선동에게 친절했다. 강만석의 손을 잡고 블루클럽에 가서 아버지가 치매시라…… 미안한 듯 말하면 이발비 5000원에 공짜로 머리까지 감겨주는 친절을 받을 수 있었다. 강만석과 성당 앞 빵집에 가면 세상에, 비오 형제님이 어쩌다 이렇게 되셨어요 하면서 단팥빵을 서비스로 넣어주었다. 아니 꼭 공짜라서가 아니라 그 다정들이 강선동을 울렸다.

"치매 걸린 아버지와 걷다 보면 작은 귀여움과 작은 친절에 가슴이 웅장해지곤 합니다."

이런 내레이션과 함께 산책하며 만난 다정한 사람들과 귀여운 것들을 찍어 올리기 시작했다. 거짓이 아니었다. 강선동은 진심으로 자주 뭉클해졌고 자주 울컥했다. 강만석이 누가 봐도 치매 노인이라는 게 두드러질수록 사람들은 친절해졌다. 그럴수록 누가 봐도 치매 노인임이 드러나도록 요란스레 부축하고 강만석의 매무새에 더욱 신경을 썼다. 혼자 다닐 때는 느끼지 못했던 다정과 호의를 맘껏 누렸다. 사람들은 스쳐 지나가는 약자에게 선뜻 다정해졌다. 다들 자신의 다정한 마음을 과시할 기회를 찾고 있었다는 생각이 들었다. 누구나 기회만 된다면 포도알을 받고 싶은 것이다. 누구나, 착한 아이뿐 아니라 착하지 않은 어른도 포도알을 받을 기회를 놓치고 싶지 않은 것이다.

모든 것이 좋았다. 가장 좋은 건 유튜브 영상에 좋아요 수가 점점 늘어나는 거였다. 강만석이 옷을 거꾸로 입어도, 물을 삼키는 법을 잊어 줄줄 흘려도, 면도기로 눈썹을 밀어 멍청한 얼굴이 더 멍청해 보여도 사람들은 웃어주었다. 아버지가 참 재밌으세요, 귀여우세요, 그들은 그렇게 말했다. 시트콤을 보는 것 같다고도 했다. 강만석의 행동이 상식에서 벗어나 이해하기 힘들어질수록 강선동을 칭찬하는 댓글도 늘어났다.

강만석의 작은 실수도 과장되게 편집하기 시작했다. 조회 수와 구독자 수가 기대만큼 늘지는 않았지만 충분히 좋았다. 최근에는 강선동이 보이지 않으면 불안해하는 강만석 때문에 똥을 눌 때도 화장실 문을 잠그지 못했지만 그래도 괜찮았다. 변기에 앉아 반쯤 열어놓은 문으로 강만석의 무사를 확인하며 영상에 달린 댓글을 읽고 또 읽었다. 그러면 다 괜찮아졌다. 그러니까 괜찮았던 게 문제였다. 강선동은 편집해서 올린 영상들, 일상의 일부만을 보고 댓글을 다는 모르는 사람들의 칭찬에, 자신이 착한 아들이라는 자부심에 중독되었다. 원하는 건 포도알, 더 많은 포도알뿐이었다. 염병, 그러니까 너무 애를 썼다.

포도알에 중독된 강선동은 행복한 몽상을 시작했다. 요즘엔 다양한 분야의 생활 에세이 출간이 트렌드인 듯했다. 치매 부자의 일상에 대한 책을 써보면 어떨까. 책과 유튜브가 화제가 되면 방송에 출연할 기회가 생길지도 몰랐다. 비록 배우로는 실패했으나 아버지의 치매로 새로운 가능성이 열릴 수도 있었다.

강선동은 즐겨 보던 예능 프로그램에 강만석과 나가는 상상을 했다. 진행자가 묻겠지. 아버님, 방송 출연한 기분이 어떠세요? 그러면 강만석은 이렇게 답할 것이다. 염병. 그래도 다들 재미있는 농담을 들은 듯 착하게 웃어줄 것이다. 이해하고 용서하고 웃어줄 준비가 된 사람들을 웃기는 건 어려운 일이 아니었다. 생각만으로도 가슴이 따뜻해졌다. 그 후로는 강만석이 약국의 희진 씨 앞에서 염병을 연달아 내뱉어도 난처하지 않았다. 엘리베이터에서 인사를 건네는 아이에게 염병이라고 해도, 그들의 부모가 전염병이 옮을 것을 두려워하듯 두 사람에게서 몸을 사려도 강만석이 미워지지 않았다. 그저 우스운 코미디의 한 장면 같았다. 춥지도 덥지도 않은 날들이 이어졌고 강만석과 나눠 먹는 과일은 달고 즙이 많았다. 강선동은 마음껏 착한 아이로 살아갈 수 있었다. 제영무의 그 소식을 듣기 전까지는 그랬다.

7

제영무가 치매 걸린 어머니를 돌보며 쓴 에세이가 출간되었다. 권순영이 직접 그린 낙서 같은 삽화가 포함된 책 『우리 엄마는 시인이에요』에는 이런 에피소드가 나온다.

"생일 선물로 뭘 받고 싶어요, 엄마?"

"엄마."

"아니, 내 말 따라 하지 말고, 생일 선물로 받고 싶은 거 말이에요."

"엄마아. 엄마. 엄마."

그러니까 권순영이 받고 싶은 선물은 자신의 엄마, 제영무의 돌아가신 외할머니였다. 제영무는 엄마에게 엄마를 선물할 수 없었다. 그래서 데려온 게 고양이 김갑순이었다. 김갑순은 권순영의 엄마 이름이었다. 고양이를 엄마의 환생이라 믿게 하는 건 권순영이 치매 걸린 노인이라서 가능한 판타지였다.

또 이런 식이었다. 염병. 이런 이야기라면 강선동도 얼마든지, 하루에 열 개, 스무 개도 만들어낼 수 있었다. 그러나 치매 부모를 돌보는 착한 예술가 아들의 역할을 선점한 건 제영무였다. 호기심에 한 번 클릭했더니 강선동의 SNS 피드에도 책의 광고나 리뷰가 자꾸 떠서 보고 싶지 않은데도 보게 되었다. 처음엔 괜찮았다. 그러나 한 아이돌 멤버가 치매를 앓다 돌아가신 할머니가 생각난다며 인스타그램에 소개하면서 제영무의 책이 갑자기 화제에 올랐다. 그리고 강선동이 즐겨 보던 프로그램, 언젠가 강만석과 나갈지도 모른다며 혼자 상상만 하던 방송에 제영무가 출연한다는 소식을 들었다. 방송은 보지 않았다. 그러나 다음 날 제영무의 채널에 들어가보니 구독자 수가 1만 명이 넘게 늘어나 있었다. 하루에 1만 명이라니. 강선동의 구독자 수는 아직 4000명이 넘지 않았다. 일주일에 3회 이상 성실하게 영상을 올린 지 4개월이 지났는데도 그랬다. 유튜브로 수익을 올리려던 계획은 이미 무산되었다. 그래도 그걸 기반으로 책도 내고 방송 출연도 좀 하고, 계획은 많았다. 그러나 그 계획을 모두 달성한 건 강선동이 아니었다. 제영무였다.

내게도 기회가 올까? 온다 해도 두 번째는 첫 번째처럼 주목받기 힘들 거였다. 무얼 해도 따라 하는 것처럼 보일 터였다. 게다가 자신의 아버지는 권순영이 아니었다. 늘 그랬듯 문제는 제영무와 강선동이 아니었다. 권순영과 강만석의 차이였다. 자신도 권순영의 아들이라면 애쓰지 않아도 착한 아들일 수 있을 터였다.

강만석의 볼품없이 늙고 병든 모습이 부쩍 눈에 거슬렸다. 밀어버린 눈썹으로 더한층 아둔해 보이는 얼굴과 초점 없는 바랜 눈빛, 찌푸린 미간과 성정 나빠 보이는 깊은 주름들, 삐져나온 코털과 폭 팬 볼과 마른 팔다리까지 모든 게 지긋지긋했다.

그래도 애써 노력했다. 전처럼 하루 두 번 산책을 하고 영상을 올렸다. 여전히 좋은 댓글이 대부분이었지만 늘 보이는 형식적인 응원의 말이 전부였고 그것도 비슷한 영상이 반복되자 반으로 줄어들었다. 조회 수 역시 점점 떨어졌다. 그러는 동안에도 제영무의 책은 3쇄를, 5쇄를, 10쇄를 찍는다고 했다. 구독자 수도 가파르게 증가하고 있었다. 그즈음에 차라리 유튜브를 중단해야 했다. 오래전 제영무의 말을 떠올려야 했다. 그만둬, 하지 마, 그러지 마, 그러면 안 돼. 그러나 강선동은 멈출 수 없었다. 멈추지 않았다. 강선동에게는 언제나 더 많은 포도알이 필요했다. 새로운 돌파구를 찾아야 했다.

강만석을 살찌우기로 했다.

종종 강만석이 너무 마른 것 같다고, 잘 돌보는 게 맞느냐는 걱정스러운 댓글이 달렸던 걸 기억했다. 악플이라고 무시했으나 참고할 만한 조언이었다. 마른 것보다는 보기 좋게 살이 오른 노인이 호감을 얻기 수월할 터였다. 돌봄을 잘 받은 것처럼 보이려면 지금보다 5킬로그램 정도는 체중을 불리는 편이 나았다. 체중만 늘리면 구독자 수도 늘 것 같았다.

치매 노인을 위한 영양식을 만드는 콘텐츠를 시작했다. 요리와 먹방을 겸한 새로운 콘텐츠라서인지 반응이 나쁘지 않았다. 문제는 영양식을 만들어 먹이는데도 강만석의 살이 자꾸 빠진다는 점이었다. 저장 기능도 상실했는지 아무리 먹여도 먹는 대로 싸기만 하고 체중이 늘지 않았다. 이래서는 요리 콘텐츠의 진정성이 의심받을 수도 있었다. 대책을 강구해야 했다. 블루클럽 대신 강선동이 머리를 하는 미용실에 데려가 2만 원을 주고 머리를 다듬고 정성껏 드라이해서 머리에 볼륨을 주었다. 호감 가는 남자 인상 메이크업 사진을 참고해 눈썹을 그리고 코털도 정리하고 촬영 직전에는 안색 나쁜 얼굴에 혈색이 돌아오도록 뺨을 때려 홍조 띤 볼을 만들었다. 그래도 마른 얼굴은 감춰지지 않았다.

식욕을 돋우기 위해 산책 시간을 늘리고 달고 열량이 높은 간식들을 자주 먹이기 시작했다. 통조림 과일이나 우유에 적신 크림빵, 초콜릿과 아이스크림, 꿀과 마요네즈, 땅콩버터를 바른 바나나 같은 것을 수시로 먹였다. 일주일 만에 볼에 살이 오르기 시작했다. 인상도 좋아지고 없던 귀염성도 생겨나는 듯했다. 문제는 똥이었다. 똥을 너무 많이 쌌다. 혼자서 처리하지 못하는 똥을 자꾸만 자꾸만. 강만석은 기저귀가 불편한지 수시로 기저귀를 빼내고 바지에도 세면대에도 화장실 타일 위에도 똥을 지려놓았다. 그래도 견뎠다. 밥통이나 다마고치라고 생각하면 견딜 수 있었다. 자식 된 도리나 효도로 생각하면 하지 못할 일도 다마고치 키우기나 게임을 클리어하기 위한 미션이라고 생각하면 할 만해졌다. 할 만하지 않아야 했다. 차라리 못 견뎌야 했다.

전과 다름없이 산책을 하고 영상을 올렸는데 이상한 댓글이 달리기 시작했다.

—같은 동네 주민임. 산책하는 걸 몇 번 봤는데 개처럼 끌려다니시던데요? 아버지랑 산책하는 게 아니라 무슨 도살장에 개 끌고 가는 개장수인 줄. 치매 노인 학대가 의심됩니다.

발견 즉시 댓글을 삭제하고 차단했지만 이미 여러 사람이 본 후였다. 그리고 한 사람이 의문을 제기하자 동조하는 사람들이 생겼다.

—저도 봄. 유튜브 때문인지 걷기도 힘들어 보이는 어르신을 억지로 끌고 다니며 계속 카메라를 들이대더라고요. 이런 비윤리적인 영상을 계속 소비해도 되는 건가요?

그래. 그렇게 보일 수도 있었다. 균형도 잘 잡지 못하는 몸으로 턱시도를 입고 기저귀까지 찬 채 걷는 게 편할 리 없었다. 나가고 싶다는 의사를 표했다가도 금세 집에 들어가고 싶어 했다. 그러나 이왕 나왔으니 유튜브에 올릴 만한 영상은 찍고 돌아가야 했다. 더 많은 실수가, 더 자극적인 웃기는 장면이 필요했다. 많은 사람이 착한 아들 강선동의 인내와 수고를 목격해줘야 했다. 그래서 무리해서 끌고 다니다시피 한 적도 있긴 했다. 그걸 보고 누군가 악플을 남긴 모양이었다. 앞에서는 참 대단하세요, 보기 좋아요 하며 인사치레를 했던 101동 반장 아주머니일까. 산책하다 넘어진 강만석을 일으켜주던 과일 가게 청년일 수도 있었다. 아니면 제영무 채널의 구독자일 수도 있었다. 강선동을 경쟁 채널로 인식해서 루머를 퍼뜨리는 것이다. 악플을 달고 나쁜 여론을 형성해 더 이상 채널이 크지 못하도록 견제하는 것이다.

자신은 착한 아이였다. 이유 없이 누군가를 의심하고 미워할 리가 없었다. 나쁜 마음의 주체는 결코 자신이 아니었다. 착한 마음에 나쁜 마음이 깃들게 한 건 누구인가. 제영무였다. 강만석이었다.

어쩌면 너무 괜찮은 척한 게 문제였다. 자신이 얼마나 애쓰며 돌보는지, 강만석이 자신을 얼마나 힘들게 하는지 사람들이 알아야 했다. 웃으며 한다고 해서 정말 괜찮은 게 아니라는 걸 보여줘야 했다. 그리고 더 적나라하고 비참한 현실을 보여줌으로써 제영무의 채널이 얼마나 비현실적인가를 알게 해주어야 했다. 제영무와는 확실하게 차별화된 영상이 필요했다. 싸우고, 울고, 악다구니하고, 그리고 진짜 벽에 똥 칠하는 것을 보여줘야 했다.

약국에 가서 쾌변이라고 쓰인 변비약 세 통을 샀다. 희진 씨는 강선동에게 전처럼 아는 척을 하거나 웃어주지 않았다. 바빠서일 수도 있지만 유튜브의 악플을 보고 오해해서 냉정해진 거라는 생각이 들었다. 집에 돌아와 강만석에게 변비약 두 통을 섞은 죽을 먹였다. 강만석은 아무 말 없이 주는 대로 받아먹었다.

그날 밤 거실에서 텔레비전을 보는데 방에 누워 있던 강만석이 끙끙거리는 소리가 들렸다. 강선동을 찾는 소리였다. 똥이 마려운 거겠지. 강선동은 움직이지 않았다. 잠시 후 강만석이 바지를 반쯤 내린 채 엉거주춤한 자세로 방문을 열고 나오며 마치 선물을 건네듯 조심스레 강선동에게 손바닥을 내밀었다. 손바닥 위에 있는 건 똥이었다.

강선동은 서두르지 않았다. 천천히 카메라를 켜고 유튜브에 접속해 라이브 방송을 시작했다. 저녁 9시 20분. 생방송을 하기에 적당한 시간이었다. 스무 명이, 마흔 명이, 일흔 명이 방송을 보러 들어왔다. 강선동은 말없이 강만석의 모습을 실시간으로 찍어 내보냈다. 비쭉비쭉 비집고 나오는 똥을 어쩌지 못해 바지에, 거실 바닥에 자꾸만 묻히며 한쪽 손으로 받아내려 애쓰고 있는 강만석의 모습을, 똥 묻은 손을 내밀고 강선동을 향해 걸어오는 그 어리둥절한 얼굴을, 그러고도 뿌직뿌직 계속 멈추지 않고 나오는 똥 덩어리를 그대로 방송에 내보냈다. 강선동이 어떤 도움도 주지 않고 카메라만 들이대자 강만석이 마침내 울 것 같은 얼굴로 똥 묻은 손을 얼굴에 문지르며 중얼거렸다. 염병.

화면에도 똥이 튀었다. 어디선가 소문이 퍼졌는지 갑자기 시청자 수가 급격히 늘어났다. 120명, 180명, 200명, 300명. 채팅창은 욕설로 뒤덮였다. 곧이어 노란 경고창이 떴고, 라이브 방송은 강제로 종료되었다.

이틀 후 강만석은 의식을 잃었다. 침대에 누워 눈도 뜨지 못하고 포도씨 같은 굳은 똥만 찔끔찔끔 싸댈 뿐이었다. 구급차를 불러 응급실로 갔다. 설사로 인한 탈수 현상과 함께 급성 당 쇼크로 인한 의식불명이라고 했다. 살을 찌우겠다고 당뇨 환자에게 단기간에 지나치게 단고열량의 음식들을 섭취하게 한 게 결정적인 원인이었다.

8

의식이 돌아온 후에도 강만석은 집으로 돌아오지 못했다. 요양 병원에 장기 입원한 강만석이 자유의지로 할 수 있는 건 더 이상 없었다. 침대에 묶인 채 하루 스물네 시간 염병을 부르짖어도 모자랄 상황이 되었으나 강만석은 단지 염병의 주체가 될 수 있을 뿐이었다. 강선동은 면회를 가지 않았다. 어차피 알아보지도 못할 터였다. 강만석의 주보호자는 이제 강진경이 되었다. 강진경은 강선동에게 강만석과 관련된 어떤 것도 의논하지 않고 모든 부담을 혼자 짊어졌다. 그 대신 밤늦게 가끔 전화해서 술 취한 목소리로 이런 이야기를 했다.

"너 어렸을 때 얼마나 착한 동생이었는지 아니? 내가 아무리 괴롭혀도 엄마 아빠한테 고자질 한번 한 적 없었어. 심부름을 시키면 또 얼마나 곧이곧대로 열심히 하던지. 나는 있잖아, 선동아, 너처럼 착한 동생을 본 적이 없어. 염병할. 넌 그걸 알아야 돼."

그런 전화를 받으면 강선동은 아무 말 못 하고 전화를 끊고는 오래울었다. 그리고 알게 되었다. 언젠가 강만석이 했던 말, 염병, 너무 애쓰지 마라, 그것은 강만석이 착한 아이 강선동에게 해줄 수 있는 최고의 칭찬이었다. 그 말이 사라지지 않도록 붙잡기 위해서는 그저 계속애쓰는 수밖에 없었다. 염병.

한 달 만의 외출이었다. 강만석의 면회를 가기 위해 버스를 탔다. 그 사이 거리의 풍경이 바뀌어 있었다. 멀리서 풍문처럼 봄이 오고 있었다. 한 시간이 걸려 병원에 도착했다. 그러나 차마 들어갈 수 없었다. 망설이다가 다시 버스를 타고 제영무의 서점을 찾아갔다. 왜인지 제영무가 보고 싶었다. 자신은 이토록 망가지고 부서졌지만 단단하게 그자리에서 권순영과 함께 살아가는 제영무를 눈으로 확인하고 나면 다시 애쓸 수 있을 것 같았다. 제영무에게 다시 한번 하지 마, 그러지 마, 너 그러면 안 돼라는 말을 듣고 싶었다. 아니면 개새끼라는 말이라도.

제영무는 강선동을 기억했다. 그리고 권순영에게 물었다.

"엄마, 기억해요? 선동이가 왔어요. 강선동, 스테파노 말이에요."

"기억하지."

"착한 아이였잖아요."

"착한 아이였지."

"그런데 선동이는 몰라요."

"뭘 모른다고?"

"자기가 착한 아인 걸 몰라요."

"바보구나."

"네. 바보예요. 그러니 혼내주세요."

"싫어."

"왜요?"

"착한 아이는 혼내는 거 아니야."

"그러면요?"

"칭찬해줘야지."

그렇게 말하며 권순영은 강선동의 머리를 쓰다듬었다. 그리고 다정히 속삭였다.

"착한 아이야, 스테파노는."

아니다. 이것은 실제로 일어난 일이 아니다. 강선동은 제영무의 서점까지 가지 못했다. 중간에 내려 가까운 서점에 들러 제영무의 책을 샀다. 그리고 제영무의 책에 실린 에피소드를 보며 그 장면이 자신에게 재현되는 것을 상상했을 뿐이다.

유튜브 영상에도 종종 이런 장면이 나온다. 제영무가 지인이나 서점의 손님들을 소개하면 권순영이 머리를 쓰다듬어주며 중얼거리는 것이다. 착한 아이구나, 착한 아이야. 모두가 가짜라는 걸 알고 하는 잘 짜인 상황극의 일종이었지만 마케팅적으로 꽤 효과가 있는 듯했다. 치매 걸린 노모를 서점 홍보에 이용한다고 가계정을 만들어 악플을 단 적도 있었다. 그러나 연극이면 어떤가. 누구나 착한 아이가 되고 싶은 것이다. 권순영이 그 작고 주름진 손으로 머리를 쓰다듬어주는 순간 누구나 자기 안의 착한 아이와 다시 마주하게 되는 것이다. 한때는 누구나 착한 아이였다. 누구나. 그리고 그 아이는 언제나 깨어날 준비를 하고 있다는 것이 강선동의 믿음이었다. 그런 믿음은 지치지도 않았다. 아니, 그러니까, 염병할.

버스를 타고 집으로 돌아오며 강선동은 유튜브에 올린 강만석의 영상들을 다시 보기 시작했다. 정작 자신은 한 번도 좋아요를 누른 적이 없다는 걸 깨달았다. 강선동은 마흔일곱 개의 영상을 하나씩 클릭했다. 그리고 가운뎃손가락을 들어 좋아요를 눌러주었다. 충분히 착하지 않아도 강선동은 좋아요를 받을 자격이 있었다. 강선동은 애써왔고 앞으로도 애쓸 거였기 때문이었다. 엿 먹이는 손가락과 좋아요를 눌러주는 손가락이 같은 건 우연이 아니었다.

강선동은 한 번도 싸운 적 없었다. 자신을 위해서만이 아니라 남을 위해서도 그랬다. 그러니까 그런 식으로 착했다. 서른아홉이 되어서야 강선동은 자신과 남을 돌보기 위해서는 다른 방식의 착함이 필요하다는 것을 깨달았다. 착함은 양보가 아니었다. 희생이 아니었다. 투쟁하고 악착같이 싸우고 탐욕스레 지켜야 하는 것이었다. 하루 세 끼 성실하게 꼭꼭 씹어 든든하게 먹고 근력 운동을 하고 체력을 키우며 사라지지 않도록 버텨내야 하는 것이었다.

강선동은 자신이 싸워야 할 이름들을 하나씩 메모장에 적기 시작했다. 그중에는 한 번도 만나지 않은 뉴스에서만 들어본 이름도 있었고 터무니없는 모함으로 사람을 음해한 극단의 동료도 있었고 탄소와 기후 위기, 플라스틱 빨대, 몰래카메라나 혐오같이 사람이 아닌 것도 있었다. 망설이다가 탄소 발자국이 가장 많은 음식이라는 소고기도 적었다. 맙소사. 내가 소고기와 싸울 수 있을까? 자신은 없지만 일주일에 한 번, 한 달에 한 번만 싸움에서 이겨도 싸우지 않는 것보다는 나을 거였다. 그리고 그중에 가장 열심히 싸워야 하는 것은 자기 안의 착한 아이 강선동이었다.

집에 가면 냉장고에 붙여놓은 포도알 스티커에 포도알부터 하나 그려 넣자. 포도알은 얼마든지 선불로 지급되어도 좋다. 포도알을 다 채우면 꼭, 그때는 강만석을 보러 가야지. 가야 한다. 갈 수 있을 것이다. 강선동은 미처 유튜브에 올리지 못한 강만석의 영상을 재생하기 시작했다. 오도카니 어둑한 식탁에 앉아 있는 강만석의 모습이 보인다. 강만석의 옆모습 뒤로 취사 완료를 알리는 밥솥의 김이 오른다. 강만석에게 밥솥의 말을 따라 하도록 훈련하며 찍은 영상이었다. 강만석은 이제 집에 없지만 밥솥은 여전히 그 자리에 있었다. 이제 밥솥의 말을 배워야 하는 건 강선동이었다. 강선동은 처음 말을 배우는 아이처럼 밥솥의 말을 더듬더듬 따라 하기 시작했다. 지금부터, 지금부터 보온을 시작합니다. 쿠쿠.

9

너무 작위적인가. 강선동은 끝까지 착한 아이 강선동을 연기하는 연극적 태도를 버리지 못한다. 하지만 나쁘지 않다고 생각한다. 계속 연기하다 보면 부캐가 본캐가 되는 날이 올지도 몰랐다. 면회를 갔다가 병원 입구에서 돌아서서 집으로 오는 과정까지 찍은 영상을 강선동은 유튜브 채널에 올렸다. 3개월 만이었다. 돌봄 기간에 자신이 심리적으로 불안하고 혼란했던 것을 고백하며 그것이 돌봄 노동을 하는 다수의 치매 가족들이 겪을 수 있는 우울증 증세임을 강조했다. 그 결과 지금 일종의 조기 치매 증세를 겪고 있다고도 덧붙였다. 납작 엎드려야 한다. 잘못을 인정하고 착한 어른들의 다정과 배려가 필요한 소외된 약자임을 드러내야 한다. 다시 유튜버가 되어 좋아요를 받고 구독자 수를 늘리기 위해서는 그 방법뿐이었다. 사람들은 포도알을 받을 기회를 놓치지 않을 것이다. 강선동은 그렇게 다시 착한 아이가 되어 마지막 메시지를 남겼다.

"그로부터 석 달이 지났습니다. 회복 중이지만 이미 저는 많은 것을 잃었습니다. 아버지, 그리고 구독자 여러분의 신뢰를 잃었습니다. 그러나 저는 완전히 망가진 후에도 재생될 수 있는 우리 삶의 가능성에 대한 희망만은 잃지 않았습니다. 저는 조기 치매 진단을 받았습니다. 그로 인한 판단력 상실이 제가 그릇된 행동을 한 이유였습니다. 이제 제 꿈은 착한 치매 노인이 되는 겁니다. 그래서 지금부터 모든 상실의 기록을 이 유튜브 채널에 남겨두려 합니다. 저와 예쁜 치매 프로젝트를 하실 분들을 찾습니다. 이것은 제가 다정한 당신들께 조심스레 건네는 첫 번째 포도알입니다."

강선동은 착한 아이였다. 착한 아이 강선동은 자신을 연민하고 사랑하려고 애쓰는 마음을, 더 많은 포도알을 수확하고 타인에게 인정받고 싶은 마음을 멈출 수 없었다. 나쁜 어른의 기억은 지우고 착한 아이의 기억만 남겨두는 것. 강선동의 치매는 그런 식으로 진행되었다. 그러니까 조기 치매라는 말이 완전히 거짓은 아니었다. 염병, 너무 애쓰지 마라. 강만석의 칭찬은 유효했다. 강만석 외에는 누구도 강선동에게 그렇게 말할 수 없었다. ▪

* 참고 자료
  김영옥 외,『새벽 세 시의 몸들에게』, 봄날의책, 2020.
  유영규 외,『간병살인, 154인의 고백』, 루아크, 2019.

위수정

몸과 빛

1977년 부산 출생.
2017년 『동아일보』 등단.
소설집 『은의 세계』.

몸과 빛

당신은 한밤중에 창을 열고 발코니로 나와 담배에 불을 붙인다. 맞은편 빌라가 눈에 들어온다. 한두 군데를 제외하고 모두 불이 꺼져 있다. 담배 연기를 길게 내뿜는 것과 동시에 마치 당신의 숨에 반응한 듯 맞은편 빌라 복도에 깜빡, 불이 들어온다. 순간 창에 기대어 당신을 바라보고 서 있는 검은 형체를 발견한다. 가슴이 덜컥 내려앉는다. 곧이어 가슴을 쓸어내린다. 그것은 누군가 기대어놓은 검은 우산이었다. 그런 일은 간혹 일어난다. 늦은 시간 귀가하다 멈칫하는 순간들. 잠자리에서 뒤척이다 눈을 떴을 때 숨을 헉, 들이마셨던 기억. 그러나 그것은 잎사귀를 늘어뜨린 말라가는 화분이거나, 재활용 상자 위에 버려진 피카츄 인형이거나, 조명의 장난으로 만들어진 천장의 그림자거나…… 당신은 그럴 때마다 헛웃음을 지으며 고개를 흔든다. 세상에 귀신이 어딨다고.

이런 순간이 모두에게 공평히 찾아오는 것은 아니다. 생활에 충만한 삶을 사는 이들은 좀처럼 접하지 못하는 순간들이다. 반면 자신의 의도와 무관하게 생활에서 조금씩 빗겨 나는 사람들. 매일 보는 것들이 어느 순간 낯설게 여겨지는 사람들. 자꾸 멀어져 다른 차원을 생각하는 사람들. 그들은 이런 순간들을 종종 느낀다. 그리고 고개를 흔든다. 정신을 차리자.

낡은 1톤 트럭이 급히 브레이크를 밟았다. 나는 도로에 비스듬히 정차한 트럭 뒤에 진한 스키드 마크가 남겨져 있는 것을 보았다. 운전석의 남자는 핸들에 머리를 박은 채 한참 동안 고개를 들지 않았다. 머리가 희끗하고 어깨가 구부정한 남자가 후들거리며 겨우 차에서 내려 도로에 누운 여자에게 다가갔다. 민소매 원피스를 입은 여자는 얼굴이 옆으로 돌아간 채 무방비 상태로 엎드린 모습이었다. 치마가 허리까지 올라가 검은 도트 무늬의 하얀 팬티가 드러나 있었다. 엉덩이의 굴곡과 매끈한 다리, 그리고 부드러워 보이는 하얀 팔뚝은 여전히 따뜻할 것 같았다. 정상적으로 피가 도는 몸처럼 보였다. 금방이라도 다시 일어나 옷을 털며, 아, 여기가 아프네, 하고 인상을 써도 전혀 이상할 것 같지 않았다. 남자는 여자의 등에 떨리는 손을 천천히 얹었다. 여자는 반쯤 눈을 뜬 채 무감한 표정으로 고요하게, 아무것도 보고 있지 않았다. 남자의 얼굴이 일그러졌다. 남자는 여자의 치마를 조심스레 내려주었다. 여자의 어딘가에서 피가 흘러나와 도로를 적셨다. 누군가 비명을 질렀고 누군가는 어디론가 전화를 걸었다. 여자가 이미 죽었다는 것을 남자도, 주위의 구경꾼들도 직감적으로 알고 있었다. 불과 몇 분 전까지만 해도 아무렇지 않게 길을 걸었을 여전히 생생한 몸은, 갑작스러운 죽음으로 인해 기이한 분위기를 풍겼다. 사람들은 그 기묘한 광경에서 쉽게 눈을 떼지 못했다. 행인들은 시체와 노인을 번갈아 보며 안쓰러운 표정과 탄식을 감추지 않았다. 가해자가 자신이 아니어서 다행이라는 안도는 가슴 깊이 잘 숨긴 채로.

남자는 주머니에서 낡은 손수건을 꺼내어 펼친 후 여자의 얼굴에 조심스레 덮어주었다. 그제야 남자는 차들의 경적 소리가 들리고 주위에 모여든 인파가 눈에 들어온 듯했다. 남자는 여자의 얼굴을 덮은 손수건이 날아가지 않도록 한 손은 손수건에 대고, 다른 손으로는 휴대폰을 꺼내 들었다. 남자가 휴대폰을 바라보며 잠깐 주저하는 사이 요란한 사이렌 소리가 이미 가까워지고 있었다. 비슷한 장면을 본 기억이 있다. 어렸을 때였다. 오토바이가 도로에 나동그라져 있었다. 체구가 큰 남자가 바닥에 누워 있었고 얼굴이 이상한 모양으로 땅에 들러붙어 있었던 것 같은데, 더 보려고 고개를 돌리자 누군가 내 눈을 가렸다. 엄마였던가. 언니였던가.

나는 식어가는 여자의 몸보다 오히려 남자가 더 시체 같다고 생각했다. 땀에 전 반팔 티셔츠에 주머니가 많이 달린 망사 조끼를 입은 남자. 검고 여윈 팔에는 검버섯이 피었고 얼굴은 핏기 없이 창백했다. 입술은 검푸른색을 띠고 있었다. 나는 시선을 돌려 트럭을 보았다. 파란색 트럭은 긁힌 흔적이 많았다. 청 테이프가 두껍게 발라져 있던 범퍼가 떨어져 너덜거렸다. 트럭 짐칸에는 쌀 포대, 휴지, 식료품 따위가 보였다. 배달 가는 길이었나, 생각하다가 아까 여자의 도트 무늬 팬티가 떠올랐다. 나도 그런 팬티가 있는데. 가만, 그 여자의 얼굴은, 그 눈은…… 나는 급히 고개를 돌려 여자를 보았다. 구급대원들이 여자를 들것에 실어 구급차로 옮겼다. 흰 천이 여자의 몸을 덮고 있었다.

나는 길바닥에 아무렇게나 던져진 샌들 한 짝을 보았다. 고무 소재로 만들어진 베이지색 샌들. 내 것과 같았다. 아니, 내 것이었다. 그 여자는…… 나였다. 왜 나는 여자가 나라는 것을 바로 인지하지 못했던 것일까.

경찰이 남자에게 무언가 묻고 있었다. 남자는 바짝 마른 입술로 띄엄띄엄 대답했다. 나는 그에게 물이라도 주고 싶었다. 경찰은 남자에게 음주측정기를 내밀었다. 사람들은 숨죽여 그 광경을 지켜보았다. 음주측정기에 초록 불이 켜지자 주변은 또 시끄러워졌다. 인파 속에서 누군가가 외쳤다. 아니, 여자가 뛰어들었어. 내가 봤어요. 그러자 누군가가 또 말했다. 뛰어든 건 아니고, 걸어서 도로로 스르륵 들어가더라고. 핸드폰을 보고 있었나, 하여간 그래서 내가 어, 하는데 순식간이었어요.. 어휴. 그는 얼이 빠진 채 서 있는 남자를 안쓰럽게 바라보며 말했다. 목격자 진술 필요하면 내가 갈게요. 그가 말했고 동행으로 보이는 남자가 그의 팔을 끌며 인상을 썼다. 그냥 가자.

나는 내가 좀 전까지 누워 있던 도로를 보았다. 피가 고여 있었고 남자가 덮어주었던 손수건은 바닥에 붙어 흔들렸다. 내가 죽었구나. 죽은 게 나였구나. 이제 나는 없구나. 아닌데? 그럼 지금 나는 뭐지? 나는 내 몸을 내려다보았다. 여전히 아까의 모습 그대로 나는 나를 볼 수 있었다. 그러나 사람들은 나를 알아차리지 못했다. 그럼 지금의 나는…… 이렇게 생각이라는 걸 하고 있는 나는, 무엇이라는 말인가. 이게 말이 되나. 이런 장면은 영화에서 많이 보았는데. 무수하게 많이 보았던 장면인데. 그런 영화는 너무도 식상해서 이제 콧방귀도 뀌지 않고 스킵했는데. 사람들이 만들어낸 망상들. 신이니 영혼이니 하는 것들. 하지만 나는 그런 것에 의지하는 부류가 아니었다. 차라리 그런 부류였다면 죽고 싶은 마음 같은 건 없었을지도 모르겠다. 나는 무신론자, 유물론자, 우울증 환자였다. 죽고 싶다고 생각한 지는 오래되었다. 역시 죽는 게 나을까, 편안할까, 몸이 죽으면 나는 사라지니까. 마음도 사라지고 나는 없는 것. 수면제를 받기 위해 병원에 가던 길이었다. 아닌가, 누군가의 생일이라 약속 장소로 향하던 중이었던가. 누구의 생일? 가족? 아니면, 연인?

처음 죽고 싶다고 생각했던 적이 언제였는지 정확하게 기억나지는 않는다. 나는 잠을 지나치게 많이 잤고 점점 말라갔다. 다양한 약들을 돌아가며 먹었고 한동안은 매일 밤 술을 마셨다. 취직을 해서 꽤 즐겁게, 심지어 행복하다는 생각을 하며 지낸 적도 있었다. 여행을 다니며 처음 보는 이들과 밥을 먹고 춤을 추기도 했다. 그러나 언제나 다시 돌아갔다. 해가 질 때까지 홀로 가만히 누워 있던 시간으로. 음식 맛도 모른 채 식탁에 앉아 한 시간이 넘도록 밥 한 공기를 비우지 못하던 때로. 지하철 안에서 갑자기 눈물이 터지는 바람에 허둥지둥 내려 눈물이 멈출 때까지 인파를 피해 구석의 벽을 보며 서 있던 시간으로.

서른을 넘기고서야 주위 사람들이 눈에 들어오기 시작했다. 가족, 친구, 연인. 병원에 가서 약을 타서 먹었고 나는 견뎠다. 나아진 것도 같았다. 마음에 걸리는 사람이 있다는 것 자체가 긍정적인 것이라고 의사는 말했다. 연인. 내게는 연인이 있었다. 나의 몸을 안고 서로의 체온을 느끼며 안도했던 또 다른 몸. 분명 그런 몸이 있었다. 약은 깊은 우울로 내려가는 것을 막아주었다. 대신 멍청해졌다. 때로는 나른했고 하루 종일 졸음과 싸우는 날도 있었다. 아니, 싸우지는 않았다. 싸울 마음이 들지 않았으니까. 논문을 써야 하는데, 생각만 하며 소파에 누워 시간을 보냈고 주말이 되면 주말이니까 쉬었다. 아닌가. 대학원 같은 곳엔 간 적이 없었던가. 출근을 했던가. 사원증을 목에 걸었던가. 회식 장소에서 맥주에 소주를 말아 마셨던가. 연인은 나의 죽음을 어떻게 받아들일까. 자살이라고 생각할까. 아닌데. 나는 죽기 위해 차도에 내려간 적이 없는데. 죽고 싶었던 건 맞지만 이런 식은 아니었는데. 문득 연인이 미치도록 그리웠다. 살을 맞대고 체온을 느끼며 있는 힘을 다해 꽉 끌어안고 싶었다. 그런 생각을 하자 눈물이 흘렀다. 나는 길에 선 채로 소리 내어 울었는데…… 가만, 내게 연인이 있었던가? 얼굴이 떠오르지 않았다. 방금 전까지 연인이 있다고 확신했는데. 누구였더라? 꿈을 꾼 걸까?

나는 다시 내 몸을 내려다보았다. 맨발이었다. 옷차림도, 손등에 새겨진 별 문신도 그대로인데 신발은 왜 없지? 나는 조금 전 길바닥에 나뒹굴던 베이지색 샌들을 기억해냈다. 그리고 다시 발을 보았다. 어느새 샌들이 신겨져 있었다. 아, 이건 아니다. 이건 내가 생각했던 죽음이 아니다. 죽는다는 건, 몸에서 생명이 사라진다는 건, 생각이나 마음 같은 것도 당연히 함께 사라지는 것이라고 믿었다. 그래서 나는 죽고 싶었던 건데……

구급차가 먼저 떠났고 경찰들이 현장 사진을 찍고 있었다. 남자는 경찰차에 올랐다. 나는 재빨리 그의 옆에 자리를 잡았다. 모두가 떠난 자리에 멍하니 남고 싶지 않았다. 무엇보다 나는, 남자가 궁금했다. 남자는 여전히 떨리는 손으로 휴대폰을 다시 꺼내 들더니 어디론가 전화를 걸었다. 응, 난데. 저, 사고가 났어. 남자의 눈시울이 붉어졌다. 잠시 후 남자는 울음을 삼키고 단답형으로 간신히 대답을 이었다. 괜찮아. 걱정 말고, 이따 다시 연락할게. 집에 있어. 전화를 끊은 후 남자가 내 쪽으로 고개를 돌렸다. 그와 눈이 마주치는 순간 심장이 내려앉았다. 내가 보이나? 그러나 남자의 눈은 잠깐 놀란 듯 커졌다가 금방 나를 통과해 차창 너머로 향했다. 이어서 길게 한숨을 내쉬고는 주름진 손을 들어 이마를 짚었다. 남자의 이마에는 푸르스름한 멍이 들어 있었다. 경찰이 룸미러로 남자를 보았다. 일단, 블랙박스 보면 다 나오니까 너무 걱정 마시고요, 아, 블랙박스가 없다고 했지. 음, CCTV 확인하고, 무단 횡단 사고니까 유족들하고 합의 보시면…… 그리고 여성분이 뛰어들었다는 말도 있으니까 그게 증명이 되면…… 일단 기다려봅시다.

유족들. 나의 가족들. 남자는 경찰의 말에 귀를 기울였다. 고개를 끄덕였지만 절망을 숨기지는 못했다. 유족들과 만나야 한다는 사실이 남자의 마음을 더욱 무겁게 하는 것 같았다. 나는 뛰어들지 않았다. 나는 웬만해서는 뛰지 않으니까. 그런데 왜 내가 차도에 있었을까. 무슨 생각을 하며 어디를 가는 중이었던가. 차도에 내려서던 순간도, 차와 충돌했을 때의 충격도, 아무것도 기억나지 않았다. 하지만 나와 가까운 이들은, 그것이 비록 사고사로 결론이 나더라도, 자살이라고 여기지 않을까. 사고사와 자살, 둘 중 어떤 것이 더 나은 죽음일까. 상처가 덜 될까. 아무래도 사고사가 자살보다는 낫겠지. 자살은 아니었는데. 아니었던 것 같은데…… 사고라면 이 남자는 어떻게 되는 것일까. 남자의 멍든 이마가 점점 부어올랐다. 찌든 땀 냄새가 풍겼다.

경찰차가 멈췄고 나는 남자를 따라 경찰서로 들어갔다. 저는 만약에 자살을 해도 건물에서 뛰어내리거나 도로에 뛰어들지는 않을 거예요. 너무 민폐잖아요. 전, 아무도 없는 곳에 가서 최대한 조용히…… 그래도 역시 실종이나 자살은 민폐겠죠. 이런 식의 말을 몇 번인가 한 적이 있다. 하지만 아득한 어둠 속에서 홀로 웅크리고 있는 밤은 또 찾아왔다. 함께 있는 것은 무생물들뿐. 떠오르는 이가 아무도 없는 밤. 아무에게도 미안하지 않는 밤. 내게는 나조차도 없는 완벽하게 혼자인 밤. 경고등이 켜졌다. 그럴 때에는 다시 병원에 갔고 약을 먹었다. 그러니까 나는, 사실은, 죽고 싶지 않았던 걸까. 그건 아닌데……

남자는 형사를 마주 보고 앉았다. 형사가 인적사항을 물었고 남자는 겨우겨우 대답을 이어갔다. 예? 잘 들리지 않는다는 듯 형사가 되묻자 남자는 움찔했다. 형사의 목소리는 지나치게 컸다. 사건 경위에 대해 말할 때에는 남자의 목소리가 조금씩 커졌다. 저는 배달을 가는 중이었어요. 원래는 오토바이로 배달을 하는데 오늘은 가게 트럭을 빌렸거든요. 내일 가족이랑 어디를 가야 해서. 오늘 마지막 배달이었는데…… 남자는 동네 대형 마트에서 배달 일을 한다고 했다. 형사님도 아시겠지만, 거기가 6차선 도로잖아요. 제가 막 차선을 바꾸고 신호등을 보는데 초록색이었거든요. 그런데 금방 주황으로 바뀔 거 같은 느낌이 들었어요. 그래서 속도를 조금 높였던 거 같아요. 아니, 높이려고 생각만 했었던 거 같은데…… 갑자기 뭐가 훅. 그걸 누가 피할 수 있겠어요. 남자는 고개를 떨구고 깊은 한숨을 내쉬었다.

아니, 아시잖아요, 생각과 동시에 발은 이미 액셀 밟고 있다는 거. 그래도 뭐 과속은 아니었고. 형사는 남자의 희고 듬성한 머리와 이마에 깊게 팬 주름을 안쓰러운 듯 한 번 훑었다. 이마는 괜찮으세요? 멍이 많이 들었는데.

지금 그게 뭐가 중요합니까. 남자는 웅얼거렸고 형사는 듣지 못한 듯 이마를 살짝 찌푸렸지만 다시 묻지는 않았다. 저는 어떻게 되는 겁니까? 집에 갈 수는 있는 겁니까? 내일 어디를 가기로 했는데. 집에 사람이 있는데.

이게, 어찌 됐든 사망 사고잖아요. 그럼 무조건 검찰로 넘어가요. 일단, 전과도 없으시고 음주도 아니고 과속도 아니고, 마지막으로 CCTV 확인되면 아마, 선생님 같은 경우엔 불구속 수사를 진행하게 될 텐데요. 보통은 구속까지 안 가고 합의로 끝나요.

남자는 합의가 돈을 뜻한다는 것을 알았다. 그렇게 확 튀어나왔는데, 제가 뭘 어떻게 할 수 있었겠습니까?

확 튀어나온 게 확실합니까? 뭐, 어차피 확인은 금방 되니까요, 피해자 무단 횡단인 건 맞고…… 그런데 과실 비율에서 좀 차이가 날 수 있어요.

저, 오늘 집에 갈 수는 있습니까?

일단 기본적인 조사 끝나고 큰 문제 없으면 불구속 수사로…… 그래도 검찰에 넘어가면 당분간은 검찰에서 또 조사를 받으셔야…… 피해자 유족과 합의가 가장 중요……

핏기 없던 남자의 얼굴은 점점 어둡게 변해갔고 어깨는 더욱 움츠러들었다. 나는 내가 아니라, 남자가 피해자처럼 느껴졌다.

CCTV 속의 나는 늦여름 주말 저녁 7시 15분경 동네 지하철역 인근 도로를 천천히 걷고 있었다. 화면 속 3분의 2쯤 되는 곳에서 나는 걸음을 멈추었다. 택시를 잡으려는 사람처럼 고개를 왼쪽으로 돌리고 다가오는 차들을 보다가 다시 정면 어딘가를 바라보았다. 그러다 몇 초쯤 후에 크게 한 걸음 두 걸음, 차도로 발을 내디뎠다. 고개는 여전히 정면을 향한 채.

사람들은 트럭이 지나가기 전후 장면을 몇 번이나 돌려 보았다. 처음에는 화면 속의 내가 나 같지 않았다. 그러다 나중에는 그래, 내가 아까 저렇게 서 있었지. 도로로 내려섰지, 내가 그랬지. 기억이 났다고 해야 할까. 트럭이 내 몸을 치고 갈 때의 충격이 이제야 느껴지는 것 같았다. 그런데 나는 그때 무슨 생각을 하고 있었던 걸까. 무슨 생각으로 저런 행동을 했을까. 어쩌자고 이 불쌍한 남자의 인생에 끔찍한 불청객으로 남게 된 걸까. 그래서 죽어서도 이렇게 남아서 고통을 받는 건가.

새벽이 되어서야 남자는 경찰서에서 나왔다. 남자는 경찰서를 벗어나 한참을 걸어 좁은 골목으로 들어갔다. 다리에 힘이 풀린 듯 주저앉았다. 가슴에서 담배를 꺼내 물었다. 담배 연기가 공중으로 길게 퍼졌다. 남자와 함께 담배를 피우고 싶었다. 남자는 휴대폰을 꺼내 어디론가 전화를 걸었다. 나야, 이제 끝났어. ……야, 이, 너는 지금 그걸 말이라고 하냐? 너는 대가리가, 휴…… 하여간, 나 금방 가.

나는 남자가 욕을 내뱉을 때의 눈빛을 보았다. 차가운 기운이 목덜미를 훑고 지나갔다. 남자는 담배를 한 대 더 태운 후 자리에서 일어섰다. 바닥에 침을 뱉고 한숨을 크게 한 번 내쉬고서 발걸음을 옮겼다.

남자의 집은 연립주택과 빌라가 빼곡하게 들어선 오래된 동네에 있었다. 한참 언덕길을 올라가야 했지만 나는 숨이 차지도, 다리가 아프지도 않았다. 걷는다는 감각도 잘 느껴지지 않아 다리를 내려다보았다. 또다시 맨발이었다. 분명 신발을 신고 있었는데. 어떤 신발이었더라.

남자는 오래된 빌라의 꼭대기 층까지 올라가 옥상으로 향하는 문을 열었다. 옥상에 들어서자 왼편에 또 다른 문이 있었다. 남자가 문을 두드리니 안에서 가무잡잡한 피부의 작고 통통한 여자가 문을 열어주었다. 한국인이 아니었다. 집 안에는 갓 지은 밥 냄새가 따스하게 배어있었다. 남자는 그 냄새를 무시하고 말했다. 라면 끓여. 여자의 커다란 눈에는 걱정과 의문이 가득했다. 무슨 말인가 하려다가 몸을 돌려 작은 부엌으로 가 냄비에 물을 받았다. 여자는 남자의 아내라고 하기엔 너무 어려 보였다. 냄비를 가스 불에 올린 후 여자가 어설픈 한국어로 물었다. 괜찮아? 큰일 났어요? 남자는 양말을 벗어 던지며 말했다. 어, 큰일 났어. 웬 미친년 때문에 우리 큰일 났다. 남자는 웃통을 벗고 낡은 침대에 드러누웠다. 여자는 남자 쪽으로 선풍기를 켜주었다. 시큼한 냄새가 방에 퍼졌다. 남자는 눈을 감았다. 여자는 이야기를 더 듣고 싶은 듯 남자 옆에 앉았다. 남자는 깊게 한숨을 내쉬었다. 야, 물 끓는다. 남자가 눈을 감은 채 말했다. 여자는 자리에서 일어나 부엌으로 갔다.

좁은 부엌에는 낡은 2인용 식탁이 있었다. 여자는 파를 썰어 넣은 라면을 식탁에 올리고 김치와 소주를 꺼냈다. 식사해요. 남자는 말이 없었다. 인상을 찌푸린 채 그대로 잠들어 있었다. 여자는 짧게 한숨을 내쉬고는 식탁 앞에 앉았다. 익숙하게 소주병을 따고 물컵에 술을 따랐다. 그리고 소주를 물처럼 꿀꺽꿀꺽 몇 모금 마시고는 아무렇지 않은 표정으로 잔을 내려놓았다. 여자는 냉장고에서 핫소스를 꺼내 라면 위에 뿌리고 면을 훌훌 불어가며 아침 식사를 했다. 소주 한 병은 금방 비워졌다. 남자의 코 고는 소리가 부엌까지 들려왔다. 여자는 휴대폰을 꺼내 누군가와 한참 동안 메시지를 주고받았다. 여자는 밥솥에서 따뜻한 밥을 퍼 라면 국물에 말았다. 그리고 소주 한 병을 더 따려다 무슨 생각인지 소주병을 내려놓고 밥을 먹기 시작했다. 식사를 마친 여자는 조용히 문을 닫고 밖으로 나왔다. 주머니에서 담배를 꺼내어 불을 붙였다. 여자는 옥상 담벼락에 매달려 아래를 내려다보며 담배를 피웠다. 흐리고 습한 아침이었다. 여자의 콧등과 이마에 땀이 송골송골 맺혀 있었다. 여자는 내가 알아들을 수 없는 말로 지나가는 이

들을 내려다보며 중얼거렸다. 능숙하게 담배를 끈 여자는 담 아래로 꽁초를 던지고 침을 뱉었다. 무언가를 보며 웃었다. 몸을 돌려 낡은 플라스틱 의자에 앉았다. 천천히 팔을 들어 기지개를 펴며 어딘가를 응시하던 여자가 순간 멈칫했다. 그러나 금방 한숨을 내쉬고는 고개를 흔들며 일어나 집 안으로 들어갔다.

나는 여자의 시선이 머물렀던 곳을 보았다. 거기에는 오래되어 방치된 커다란 화분 몇 개가 있었다. 식물은 제멋대로 자라 엉겨 있었는데, 그 옆에 누군가 앉아 있었다. 아니, 정확히 말하자면 하체는 없이 상체만이 땅에서 몇 센티미터 떠 있는 채로 나를 바라보고 있는 남자가 있었다. 나는 그가 나와 같은 부류임을 알았다. 그러니까 말하자면…… 귀신 같은 것.

남자는 나를 보고도 두 눈을 끔뻑이기만 했다. 내가 천천히 그에게 다가가자 그도 둥둥 뜬 몸으로 내게 조금씩 다가왔다. 안녕하세요. 반사적으로 인사를 건넨 나는 내심 웃음이 났다. 안녕하세요, 라니. 그러나 남자의 표정은 진지했다. 남자가 작게 말했다. 당신도, 나처럼? 나는 고개를 끄덕였다. 아마도.

문수, 점점, 나 연해져. 남자는 완성된 문장으로 말하지 못했다. 손가락으로 하체를 가리켰다. 까먹어요, 자꾸. 그는 같은 말을 여러 번 반복했다. 이름이 문수? 그제야 그가 웃으며 고개를 끄덕였다. 당신은? 나는, 나는…… 지숙. 그게 내 이름이 맞는지는 나도 몰랐다. 그냥 떠오른 이름이었고 내 이름 같기도 했다. 까먹어요, 자꾸. 남자가 다시 말했고 나는 내가 맨발인 이유를 떠올렸다. 나는 내 몸의 다른 곳도 살펴보았다. 손목에 있던 별 문신이 사라지고 없었다. 남자는 옥탑방의 열린 창을 향해 스르르 움직였다. 나는 남자를 따라 안으로 들어갔다. 여자는 찬물을 적신 수건을 짜서 잠든 남자의 얼굴을 닦아주고 있었다. 남자는 비몽사몽 괜찮다는 듯 손을 들었으나 잠에서 쉽게 깨지 못했다. 여자는 남자의 목과 팔을 정성스레 닦아준 후 양말을 벗겨 발까지 닦았다. 마지막으로 이마의 멍에 연고를 발라주었다. 문수는 그녀를 바라보며 썸밧, 오리배를, 구월동에서, 썸밧, 동원참치가, 칠리소스, 스낵면, 참이슬 빨간 뚜껑, 문수, 썸밧, 썸밧…… 이라는 말을 반복했다. 그의 커다란 눈은 슬퍼 보였다.

썸밧? 이 여자 이름이 썸밧이에요? 그가 고개를 끄덕였다. 나는 여자와 문수가 어떤 사이였을까 궁금했지만 묻지는 않았다. 비가 쏟아지는 소리가 들리기 시작했다. 이어서 남자의 휴대폰이 울렸다. 남자는 벨 소리에 화들짝 놀라 자리에서 일어났다. 여보세요. 예, 예. 오늘…… 알겠습니다. 남자는 전화를 끊고 한숨을 길게 내쉬었다. 꿈이 아니었네. 이런 건 꿈이 아니지. 혼잣말을 했고 여자는 걱정스러운 표정으로 남자를 보았다. 남자는 여자에게 사고 경위를 대략 설명해주었다. 죽었어요? 여자는 손으로 입을 막고 훌쩍였다. 함께 이야기를 듣고 있던 문수가 나를 보며 말했다. 당신이? 나는 고개를 끄덕였다. 왜, 왜. 화난 얼굴이었다. 모르겠어요, 나도 기억이…… 나는 순간 두려웠지만, 그와 동시에, 이미 죽었는데 두려울 것이 뭐가 있나 생각했다. 문수는 내게 빠르게 다가와 나의 팔을 잡아채려 했고 나는 눈을 감았다. 그러나 아무것도 느껴지지 않았다. 그의 몸은 허무하게 나를 통과해버렸다. 우리는 서로를 볼 수 있었지만 만질 수는 없었다. 그런데 이 남자는 내게 왜 이렇게 화를 내는 걸까.

그 여자 장례식장을 알려주는데…… 형사는 그래도 가보는 게 좋을 거라고. 남자는 한숨을 크게 내쉬었다. 나는 도대체 왜 이러냐. 응? 남자는 얼굴을 일그러뜨리고 머리를 움켜쥐었다. 도대체 전생에 무슨 잘못을 했길래, 씨발 이렇게 좆같은 일만 생기냐. 남자는 참았던 울분을 터뜨렸다. 여보, 그만. 스톱. 스톱! 건강 안 좋아! 그러나 남자는 화를 누르지 못하고 가슴을 쥐어뜯었다. 내가 뒈져야지. 뒈져야 끝나지. 남자는 벽에 머리를 박기 시작했다. 여자는 남자의 뺨을 후려쳤다. 남자가 얼이 빠진 표정으로 여자를 보았다. 지났어, 이미. 끝났어. 라면 끓여요. 씻어. 냄새 많이 나.

여자는 냄비를 씻고 다시 물을 끓였다. 라면을 넣고 파와 계란을 올렸다. 남자는 욕실에서 나와 식탁에 앉았다. 면을 건져 한 입 넣더니 다시 울컥하는지 고개를 들어 천장을 보았다. 천천히, 천천히. 여자가 시원한 보리차를 따라 남자에게 건넸다. 남자는 라면을 반도 넘게 남겼다.

여자는 옷장에서 계절에 맞지도 않는 낡은 정장을 꺼내주었다. 하얀 셔츠가 없어 가장 밝은 색의 회색빛 셔츠를 꺼내어 다림질했다. 남자는 여자가 건네준 옷을 입었다. 재킷은 어깨가 컸고 바지는 허리가 컸다. 나는 남자가 가는 곳이 나의 장례식장이라는 것을 알았다. 남자는 집을 나서 계단을 내려가면서도 몇 번이나 걸음을 멈추고 뒤를 돌아보았다. 골목을 빠져나와서는 담배 세 대를 연달아 피웠다. 휴대폰을 열었다 닫았다. 남자는 대로변에서 택시를 잡으려는 듯 한참 서 있었다. 비는 아까 그쳤으나 남자의 몸은 이미 땀으로 흥건했다. 빈 택시가 몇 대나 지나갔지만 남자는 타지 않았다. 무슨 생각인지 차도에 발을 내딛고 섰다. 승용차가 경적을 울리며 지나갔다. 남자는 놀라서 다시 인도로 올라섰다. 천천히 몸을 돌려 지하철역으로 향했다.

장례식장에 도착한 남자는 숨을 골랐다. 장례식장 입구 전광판에 사망자와 상주의 이름이 떠 있었다. 익숙한 이름이 보였다. 내 이름은 황주희. 상주 황철주, 임지숙. 내가 문수에게 말했던 지숙은 엄마의 이름이었다. 황철주는 나의 아버지. 남자는 빈소 호수를 확인하고 천천히 걸음을 옮겼다. 겉으로 보기에도 남자는 나만큼이나 떨고 있었다. 장례식장은 한산했다. 남자는 신발을 벗고 빈소로 들어섰다. 남자의 검은 구두는 형편없이 주름져 있었다. 빈소에는 부모님과 언니가 넋이 나간 채 앉아 있었다. 가족들 얼굴이 가물가물했는데, 얼굴을 보자마자 가슴이 미어져왔다. 영정 사진 속 나는 환하게 웃고 있었다. 내가 저렇게 웃은 적이 있었나. 누구를 보고 저렇게 웃었더라.

남자는 가족들을 보자마자 무릎을 꿇었다. 엄마는 어리둥절했다가 그가 누구인지 알아차렸다. 아버지는 한숨을 쉬며 고개를 숙였다. 하지만 그를 나무라지 않았다. 가족들과 남자는 함께 울기 시작했다. 그 모습을 보며 나도 울었다. 그러나 내 울음소리는 아무도 듣지 못했다.

남자는 내 사진 앞에 절을 했다. 식사라도 하고 가라는 엄마의 말을 정중히 거절하며 끝까지 죄송하다고 고개를 숙였다. 아닙니다, 우리 애가, 우리 애가. 엄마는 그 말만 반복했다. 나는 주위를 둘러보았다. 직장 동료들, 학교 동기들, 친척들 몇몇. 그리고 낯이 익은데 누군지 기억나지 않는 사람들이 드문드문 앉아 밥을 먹거나 술잔을 기울이고 있었다. 결국 이렇게 되었다는 표정으로 간혹 고개를 주억거리며 나지막하게 이야기를 나누는 사람들. 어떤 남자가 내 시선을 끌었다. 고개를 떨군 채 구석에 멍하니 앉아 있었다. 그의 어깨가 익숙했다. 가는 목선과 볼록한 귓불이. 그에게 가까이 가고 싶었으나 나는 멀찌감치 서서 그가 얼굴을 들기만을 기다렸다. 가까이 다가가고 싶은 만큼

두려운 마음이 컸다. 그의 얼굴을 마주하는 순간 왠지 내가 휘발되어 버릴 것 같은 기분. 그러나 한참을 보고 있어도 그는 고개를 들지 않았다. 익숙한 정수리. 그의 체취를 알 것 같았다. 그는 나의 연인인가. 친구인가. 둘 다인가. 그의 곁에서 떠나지 못하고 있는데 아버지의 목소리가 들렸다. 장례식장 입구에 아버지와 남자가 서 있었다. 아버지는 남자의 손을 잡고 무슨 말인가 하고 있었다. 남자는 벌게진 눈으로 다시 한번 깊이 고개를 숙이고는 낡은 구두를 대충 구겨 신고 밖으로 나갔다. 나는 장례식장에 남아 있으려다 남자를 따라나섰다. 알 수 없는 힘이 나를 남자에게로 이끌었다. 가족들의 얼굴을 돌아보았다. 여전히 고개를 숙인 채 앉아 있는 남자에게 미안하다고 말하고 싶었다. 사실, 그러려던 게 아니었다고. 잠깐만 갔다가 금방 다시 돌아오겠다고. 다녀오겠다고. 그런데…… 내 이름이 뭐였더라. 나는 나의 두 발이 사라진 것을 알아챘다. 이제 나는 걷는다고도 할 수 없는 형태로 움직였다.

남자는 밖으로 나와 빠른 걸음으로 병원을 벗어났다. 병원이 작게 보일 때쯤, 아무 골목으로나 들어가 주위를 둘러보았다. 그제야 남자는 신발을 바로 신었다. 남자는 큰 소리로 코를 풀고 담배를 꺼내 물었다. 몸보다 큰 옷 때문에 남자는 더 보잘것없어 보였다. 어제보다 몇 년은 늙어 보이는 얼굴로 재킷을 벗어 들고 어디론가 전화를 걸었다. 응, 나야. 이제 들어가. 밥해놔. 배고프다. 전화를 끊고 남자는 도망치듯 지하철역으로 향했다.

동네 지하철역에 내려 집으로 향하던 남자는 빵집을 지나쳐 가다 무슨 생각인지 걸음을 돌렸다. 그러고는 빵집 앞에 서서 가슴팍에서 흰 봉투를 꺼냈다. 조의금 봉투였다. 실수로 내지 않은 것 같지는 않았다. 남자는 봉투에서 돈을 꺼내어 주머니에 넣고 봉투는 구겨버렸다.

빵집에 들어간 남자는 딸기 생크림 케이크를 포장했다. 초는 큰 거 두 개, 작은 거 일곱 개. 알바생은 반말하는 남자에게 기분 나쁜 표정을 숨기지 않았지만 남자는 개의치 않았다. 남자는 냉장고 안에서 싸구려 샴페인도 한 병 꺼내 들었다. 문득 나는 샴페인병을 들어 그의 머리를 가격하고 싶은 충동을 느꼈다. 아무래도 좋은 사람은 아니다. 나는 가족들에게 말하고 싶었다. 꿈에라도 들어가 알려주고 싶었다. 내가 죽으려고 한 게 아니라고. 그리고 이 남자는…… 무언가 잘못되었다고. 하지만, 좋은 사람? 좋은 사람…… 그게 뭘까. 그런 건 어떤 사람을 말하는 걸까.

남자는 한 손에는 재킷과 샴페인을, 한 손에는 케이크를 들고 힘겹게 집 계단을 올랐다. 나는 남자의 표정을 유심히 살폈다. 그가 웃음을 흘리기라도 한다면 어떻게든 넘어뜨리리라. 그러나 그는 웃지 않았다. 그저 어금니를 너무 꽉 깨물고 있었는데 자신도 인지하지 못하고 있는 것 같았다. 옥상에 올라온 남자는 거친 숨을 몰아쉬었다. 늦여름의 해가 지고 있었다. 그가 숨을 고르는 동안 나 역시 그와 마찬가지로 숨이 차고 땀이 나는 것 같아 숨을 크게 내쉬었다. 그러나 나는 숨이 차지 않았고 땀이 나지도 않았다. 내가 놀란 것은 땀이 나지 않는다는 사실 때문이 아니었다. 땀을 닦으려고 손을 들었는데 오른손이 없었다. 손목까지만 있는 팔을 나는 낯설게 바라보았다. 그새 또 무엇을 잊은 걸까. 다른 형상은 그대로였다. 우습게도 나는, 옷이 사라질까 봐, 벌거벗게 될까 봐 그게 걱정이었다. 문수가 그런 나를 보며 허공에 동동 떠 있었다. 문수는 아디다스 로고가 새겨진 티셔츠를 입고 있었다. 이제는 상체도 반 이상이 사라져 로고 윗부분만 조금 보일 뿐이었지만. 이제야 그게 눈에 들어왔다. 나는 안도했다. 인간이란 뭘까. 아니, 도대체 귀신이란.

여자는 남자의 손에 들려 있는 케이크와 샴페인을 받고 기뻐했다. 어떻게 이런 날 저런 표정을 지을 수 있는 것인지 나는 의아했다. 도대체 무엇을 축하하려는 걸까. 누군가를 죽였음에도 많은 것을 잃지 않고 큰 타격 없이 넘어갈 수 있으리라는 현실을 축하하려는 건가? 사실 나는 그에게 죄를 지었다고 생각했다. 할 수 있다면 시간을 돌리고 싶었다. 하지만 축배를 들기엔 지나치게 이르지 않은가. 인간으로서 예의가 아니지 않은가. 오늘은 여자의 생일이었다. 그래, 아까 빵집에서 초를 달라고 했었지. 아니, 그렇다고 해도 샴페인까지는 좀 너무하지 않은가. 여자는 자신이 직접 포장을 뜯고 케이크에 정성 들여 초를 꽂았다. 남자가 라이터로 불을 붙이자 얼마 안 가 촛농이 금방 케이크 위로 뚝뚝 떨어졌다. 남자는 소리가 거의 나지 않게 손뼉을 치며 쑥스러운 표정으로 노래를 부르기 시작했다. 생일 축하 합니다. 생일 축하 합니다. 사랑하는 우리 쑤안…… 생일 축하 합니다…… 쑤안? 문수는 썸밧이라고 불렀는데. 나는 문수를 바라보았다. 문수는 남은 팔 하나로 여자의 머리를 쓰다듬으려 끊임없이 애썼다. 안타까운 눈빛이었다. 나는 문수가 다른 여자와 쑤안을 착각하는 거라 생각했다. 그러나 착각이면 어떤가. 다만, 문수에게 썸밧은 어떤 존재이길래 이토록 간절히 썸밧을 읊고 다니는 것인지 궁금했다. 나는 문수의 착각과 행동을 귀신으로서 이해했다. 그러나 내게는 왜 그런 이가 없을까. 있었을 텐데, 이상하게 기억이 나지 않았다. 나는 왜 이렇게 기묘한 형태로 남아서 이들의 주위를 맴돌고 있는 것인가.

남자의 노래는 음률이 거의 느껴지지 않았고 목소리는 점점 작아져 나중에는 거의 들리지도 않았다. 마치 누가 들을까 봐 염려하는 것처럼. 노래가 끝나자 여자는 촛불을 불어 끄고 활짝 웃었다. 여자는 재빨리 케이크에서 초를 뽑아내기 시작했다. 샴페인을 따는 남자에게 여자가 물었다. 잘된 거지?

나쁜 것 중에서는 그나마 나은 편이라고 할 수 있겠지. 일을 또 구해야겠지만. 남자는 쓸쓸한 표정을 지었고 때마침 팡, 하고 샴페인 마개가 튀어나왔다. 여자는 커다란 눈으로 작게 박수를 치며 웃었다. 이곳과 가장 무관한 소리처럼 들렸다. 남자가 소리 없이 입을 벌리고 웃었다. 웃는 모습은 처음이었다. 어금니 쪽 치아가 하나 없었다. 샴페인을 물컵에 따르며 남자는 언제 그랬냐는 듯 다시 굳게 입을 다물었다.

둘은 샴페인 한 병을 금세 비운 후 소주를 마시기 시작했다. 여자는 김치와 두부를 꺼내 왔다. 소주 두 병이 비워졌을 때에는 어둠이 내린 뒤였다. 문수는 썸밧, 동원참치, 참이슬 빨간 뚜껑, 썸밧, 동산장 여관, 문수는 손톱, 한남대교에서, 양파링은 매운맛…… 하고 알 수 없는 단어들을 나열하며 그들 옆에 붙어 있었다. 문수 씨는 어떻게 죽은 거예요? 내가 물었다. 문수는 초점이 희미한 눈으로 나를 응시했다. 죽었다. 죽었다…… 아, 도, 동산장 여관, 한강, 남산 고양이는, 문수? 아니? 나? 너? 뜨거운, 문이. 문수도 답답한지 입을 달싹이며 갑자기 자신의 머리를 때렸다. 문수는 마지막 남은 팔마저도 점점 희미해지고 있었다. 나는 문수의 이름이 문수가 아닐 수도 있겠다고 생각했다. 내가 나의 이름을 기억하지 못하는 것처럼.

합의금이 많이 들 거야. 그 여자 가족들은 좋은 사람들 같았어. 하지만 돈은 또 다른 문제지. 돈 앞에서 사람들은 바뀌니까. 뛰어든 건 확실히 아니었거든. 그런데 실수로 걸어 나온 거 같지도 않은데. 남자는 계속해서 잔을 기울이며 여자가 알아듣든 말든 계속 말했다. 돈? 여자가 물었다. 그래, 돈. 얼마? 몇천은 되겠지, 최소. 남자의 주름이 깊어졌다. 천만 원? 여자가 놀란 눈으로 되물었다. 천만 원이 아니라, 몇천…… 휴, 됐다. 남자는 깊은 한숨을 내쉬었다. 그러다 갑자기 목소리를 높였다. 왜 나야? 왜 하필, 왜 하필 그때 튀어나와서, 왜 나한테. 대체 왜 나냐고! 씨발 정말 좆같아서 못살겠네! 남자는 소리를 질렀다. 여자는 아무 말도 못 하고 남자를 보고만 있었다. 남자가 거칠게 자리에서 일어났다. 피곤하다, 자자. 남자가 욕실에서 샤워하는 소리를 들으며 여자는 남은 소주를 한 번에 입으로 털어 넣고 식탁을 대충 치웠다.

남자는 속옷 바람으로 침대에 누웠다. 잠시 뒤 방으로 들어선 여자는 불을 끄고 남자 옆에 누웠다. 둘은 금방 잠이 들었다. 남자는 코를 심하게 골았다. 문수와 나는 어두운 방 안에 남았다. 어느새 나는 허벅지까지 사라진 모양새로 문수와 마찬가지로 둥둥 떠 있었다. 누가 나를 본다면 무섭겠다. 그런 생각을 하며, 문수를 보았다. 문수는 이제 얼굴만 남아 있었다. 무슨 생각 해? 내가 묻자 문수는 의아한 눈으로 대답했다. ……썸밧이, 손, 까만 눈썹이, 썸밧은…… 썸밧을…… 문수가 웅얼거리며, 커튼 사이로 희미한 빛이 들어오는 창을 바라보았다. 창문에 도도도도 무언가 부딪히는 소리가 들렸다. 다시 비가 내리기 시작했다. 나는 눈을 감고 가만히 그 소리를 들었다. 함께 누워 빗소리를 들었던 사람이 있었다. 나는 그의 가슴에 팔을 올린 채, 비가 그치지 않기를 바란다고 말했다. 영원히 비가 내려 우리가 이곳에서 더 이상 어디로도 가지 않기를 바란다고 말했다. 영원히. 나도 그래, 나도. 나는 그런 대답을 듣는 게 좋았다. 사랑해. 내가 말했다. 그는 대답 대신 내 몸을 더 꼭 끌어안았다. 나는 몇 번이나 말했다. 사랑해. 사랑해. 그러나 비는 내가 생각하는 것보다 훨씬 더 빨리 그칠 거라는 걸 잘 알고 있었다. 영호. 그의 이름은 영호. 나의 장례식장에서 고개를 떨군 채 가만히 앉아 있던 남자.

문수가 창가로 가까이 다가갔다. 문수의 얼굴은 점점 희미해져서 이제는 눈동자만 겨우 알아볼 수 있었다. 나는 문수에게 다가가 손이 없는 팔로 그를 쓰다듬었다. 온기가 느껴지는 것은 아마 착각이겠지. 썸밧. 문수가 힘겹게 단어를 내뱉었다. 그래, 썸밧. 나는 문수가 부르던 이름을 함께 불러주었다. 잠시 후에 문수는 완전히 사라졌다. 나는 그대로 서서 문수가 바라보던 창밖을 바라보았다. 나는 나의 미래를 이제 이해할 수 있었다. 몸을 돌려 둘의 자는 모습을 내려다보았다. 그런데 자고 있던 남자가 눈을 부릅뜬 채 나를 보고 있었다. 나는 깜짝 놀라 손으로 입을 막으려 했는데 손도, 손목도, 팔도 없었다. 남자는 몸이 빳빳하게 굳은 채로 몇 초간 꼼짝없이 누워 있다가 몸을 벌떡 일으켰다. 여자가 화들짝 잠에서 깼다. 괜찮아? 왜? 꿈꿨어요? 여자는 급히 불을 켰다. 남자의 몸이 식은땀으로 젖어 있었다.

여자가 찬물을 떠 왔다. 단숨에 물을 들이켠 후 남자가 길게 한숨을 쉬었다. 악몽을 꿨어. 그 여자가 나를 내려다보고 있더라. 아, 진짜 같았어. 여자는 두려운 눈으로 주위를 살피고는 남자의 등을 쓸어주며 말했다. 꿈이야. 진짜 아니야. 괜찮아요. 진짜 아니야. 잠시 후에 불은 다시 꺼졌고 주위는 고요해졌다. 진짜 아니야, 라는 여자의 말이 귓가에 맴돌았다. 어둠 속에서 여자가 남자의 가슴을 계속 쓸어내렸다. 숨을 고르던 남자는 여자의 옷 속에 손을 집어넣었다. 둘은 서로의 입술을 찾아 정신없이 빨기 시작했다. 서로의 옷을 벗기고 격렬하게 몸을 섞었다. 방 안이 신음 소리와 거친 숨소리로 가득 찼다. 나는 그들을 보지 않기 위해 몸을 돌렸다. 남자가 낮고 깊은 신음을 흘린 후 둘은 따로 누워 숨을 골랐다. 미안해. 남자가 작게 말했다. 미안? 여자는 남자의 어깨에 기대고 속삭이듯 계속해서 말했다. 미안 아니야. 안 미안이야. 안 미안해. 남자가 울기 시작했다. 아니야, 내가 아무래도 잘못한 거 같아. 내가 그 여자를 죽인 게 맞는 거 같아. 자꾸 그런 생각이 들어. 하루 종일 그 생각만 들어. 남자는 엉엉 울면서 말했다. 앞으로 나 어떻게 사냐…… 평생 어떻게 사냐…… 여자는 멍한 표정으로 남자의 등을 하염없이 쓰다듬었다. 나는 둘의 모습을 보는 것이 괴로워졌다. 그들에게 무언가 해주고 싶었지만 줄 수 있는 것이라고는 가위눌리는 고통뿐이었다. 나는 무력했다. 영혼의 무력함은 몸의 무력함과 비교가 되지 않았다. 나는 아무것도 만질 수 없었다. 그것이 말할 수 없이 쓸쓸했다. 이곳을 벗어나고 싶었다. 다시 나의 장례식장으로 돌아가고 싶었다. 아직도 영호가 있을지 궁금했다. 당장 달려가 그의 얼굴이라도 한번 보고 싶었다. 가족들의 얼굴도. 이제 나는 얼굴과 어깨까지만 겨우 남아 있는 신세였다.

나는 있는 힘을 다해 집을 나섰다. 이곳이 어디인지 알 수 없었다. 병원으로 가는 법은 더더욱 몰랐다. 다만 영호가 있는 곳으로 향하고 싶었다. 그 마음뿐이었다. 여름 해는 일찍 떴다. 파랗게 하늘이 밝아오는 것을 느꼈다. 나는 내가 빠른 속도로 희미해지고 있음을 알았다. 부스스한 얼굴로 걸어가는 행인이 있었다. 나는 그의 뒤를 따라갔다. 저기요, 나는 이름이, 장례식장에, 지숙, 자전거, 영호…… 나는 내가 문장을 잊어간다는 사실을 깨달았다. 술 냄새를 풍기며 지나가는 젊은 남자가 보였다. 영호, 팔베개, 우리가, 계란밥, 빗방울이, 영호, 영호를…… 그러나 남자의 눈에는 내가 보이지도 들리지도 않았다. 나는 시간과 공간을 잊었다. 바로 앞에 보이는 비틀거리는 남자의 뒤를 속

절없이 따라갔다. 내가 할 수 있는 것이라고는 아무도 들을 수 없는 말을 더듬는 것. 영호, 바람이, 종이 냄새, 영원, 부니까, 어깨, 영호……
나는 사라지고 있었다. 해가 떠올라 눈이 부신 게 아니라는 것을 알고 있었다. 나는 만지고 싶었다. 몸을 섞고 피부와 체온을 느끼고 싶었다. 그러나 나에게는 몸이 없었다. 나는 문수를 이해했다. 죽음을 이해했다. 내가 마지막으로 발음할 단어를 이해했다. 잊고 싶지 않았다. 살고 싶었다. ▪

윤보인

압구정 현대를 사지 못해서

1979년 서울 출생.
2007년『문학사상』등단.
소설집『뱀』, 장편소설『밤의 고아』『재령』.

압구정 현대를 사지 못해서

만약 압구정 현대를 매수했다면.

1998년, 아니 2017년이라도 영끌해서 그걸 샀다면.

종부세를 많이 냈을 것이다.

갤러리아 백화점에 자주 드나들었을 것이다.

주차난에 시달렸을 것이다.

주위 사람들의 부러움과 시기를 받았을 것이다.

소비에 취해서, 자꾸만 돈을 쓰고 싶어졌을 것이다.

물론 압구정 현대 아파트를 산다고 해서, 모든 것이 해결되는 건 아니다. 인생의 모든 고통과 고난이 해결되는 건 아니다. 하지만 그때 그걸 샀어야 해, 적어도 이런 생각은 하지 않겠지. 40평대를 샀다면, 50평대를 원했을 것이고, 50평대를 샀다면, 더 큰 평수 한강이 보이는 단지를 원했을 것이다.

한강이라니. 늦은 밤 저 멀리 반짝이는 강물과 헤드라이트를 켜고 달리는 자동차들이 보였다. 페라리, 롤스로이스, 아니 벤틀리 중에서 어떤 걸 사야 할까, 늘 상상한다. 비싼 차, 허세 가득한 차, 어쨌거나 자동차를 사면 그날부터 가격은 계속 떨어진다. 어쩌면 1년도 지나지 않아 중고차 시장에 내다 팔고 싶어질지도 모른다.

사람 마음은 계속 변하니까.

압구정 갤러리아 백화점 뒤쪽부터 한양 아파트에 이르는 길가에 벚꽃이 흐드러지게 피어 있다. 아내는 이제 개나 소나 다 살 수 있는 구찌나 샤넬은 사고 싶지 않다고 했지만, 나는 거리에서 명품 가방을 들고 다니는 젊은 여자들을 볼 때, 젊음은 저런 것이지, 꼰대의 마음으로 그런 생각을 한다.

어쨌거나 젊다는 건 좋은 것이다. 더럽게 아프고 상상하기도 싫지만 다행히 나는 미치지 않고 살아남았다. 세상의 표현에 따르면 적폐가 되어, 부동산 투기꾼이 되어 가끔 과거를 회상한다.

녀석은 마세라티 기블리를 사고 싶다고 했다.

"사장님, 그거 알아요? 중고차로 사도 괜찮은데 말이죠."

녀석의 취향으로 봐서 얼마 가지 않아 카 푸어가 될 거라고 나는 확신했다. 그런데 왜 사장님이라고 부를까. 엄마의 옛 남자였던 나에게.

"처음에는 사장님이 미친 사기꾼인 줄 알았다니까요."

녀석은 슬픈 표정을 감추고 애써 과장되게 웃어 보였다.

"근데 사장님, 아파트 몇 채나 갖고 있죠?"

"내가 말할 줄 아냐?"

"에이, 그러지 말고 얘기해주세요."

"아무도 몰라. 내 마누라도, 딸도 몰라."

"비싼 건가 보죠?"

"아니."

"사장님, 댁이 대치동이라고 했죠?"

"역삼동. 월세야."

"아."

월세라는 말에 녀석은 입을 벌린 채 아무 말도 하지 않았다. 그래도 강남이면 좋은 거 아니냐는 그런 말은 하지 않았다. 물론 과거에 나도 치욕의 시간을 보낸 적이 있었다. 모욕을 겪어도 살아남는 사람들이 있다. 세상은 그런 인간에게 지독하다고 할지 모르지만, 상관없는 일이다. 살다 보면 서울역에서 잠을 청하다가 역삼동으로 오는 사람도 있기 마련이다.

언젠가 허영만의 『꼴』에 등장한 유명한 관상가를 찾아간 적이 있었다. 그는 나를 보자마자 이마를 보여달라고 했다.

"쯧. 초년에 먹구름이 꼈어."

그의 표현에 따르면 나는 초년에 불운을 겪었다는 것인데, 뭐 틀린 말은 아니었다.

"중년 이후는 괜찮아. 돈도 제법 생기고."

"그렇습니까? 선생님, 불운을 피해 가는 방법이 있습니까?"

"없어. 다 운명이야. 대통령도 운명이고, 다 운명이야. 자네는 사업해봐. 엄밀히 말하면, 상인의 얼굴이랄까."

상인의 얼굴은 또 뭔가. 나는 말로 하기 어려운 고독을 숨기며 지하철을 타고 집으로 돌아왔다. 헤어질 때 관상가는 강조하듯 말했다.

"땅과 인연이 있어. 물가 쪽에 사놓기만 해."

그는 어떻게 알았던 걸까. 정확히 기억나지는 않지만 아마도 4년 전부터 부동산에 관심을 갖기 시작했다. 그사이 땅값은 폭등했고, 나는 새벽잠을 줄이며 지방으로 임장을 다녔다. 그야말로 돈이 한 푼도 없을 때부터 아파트를 보러 다닌 셈인데, 썩은 빌라나 황량한 토지보다는 구축 아파트 갭투자를 하는 게 적성에 잘 맞았다. 돌아다닌다는 건 무척 고독한 일이었다. 신나게 여행하면서 즐기는 사람도 있기 마련이지만, 비 오는 날 혼자 지방에서 임장을 해본 사람은 안다. 그게 얼마나 지치는 일인지. 생각해보면 더럽게 힘든 젊은 날을 보냈다.

파지를 주웠고 빈 병을 모아 슈퍼에 팔기도 했다. 이러다가 말년에 리어카를 끌고 다니는 건 아닌가 수없이 고민을 했다. 다행히 암흑의 구간은 벗어났지만, 어떤 게 좋은 인생인지 아직은 알 수 없었다.

"나, 엘시티에 왔어. 집 잘 지켜."

마누라는 엘시티 내부에서 찍은 사진 한 장을 나에게 보냈다. 온갖 비리와 탈세로 지어진 엘시티에서 장모와 함께 하룻밤을 자겠다고 통보를 했고, 그날만큼은 학원 앞에서 딸을 기다려달라고 했다. 대치동으로 갈 때마다 거대한 짐승의 아가리 같다는 생각이 들었는데, 고1인 딸의 성적은 그야말로 바닥을 간신히 면할 정도였다. 그런데도 왜 학원비를 수백만 원씩 내는지, 솔직히 이해할 수 없었다. 어차피 대학에 못 간다 해도, 아내의 성화에 못 이겨 외국으로 유학을 보낼 테고. 훗날 못생긴 딸의 얼굴에 성형수술을 잔뜩 시켜줘야 할 텐데, 그렇다고 제정신인 놈을 만날 수 있을지 그것도 별로 가능성이 없어 보였다. 뭐, 그건 딸의 인생인 거고. 앞날에 먹구름이 낀다 해도 내가 구제해줄 수는 없었다.

"아빠, 캠핑카 사."

"지랄. 캠핑카 살 돈이 어딨냐?"

벤츠도 사업상 필요해서 중고로 구입했을 뿐. 그런 상황에서도 딸은 캠핑을 가겠다고 졸라댔다. 야, 그래서 네가 공부를 못하는구나? 하마터면 그렇게 말할 뻔했다.

딸의 외모와 다르게 은주의 아들을 봤을 때, 나는 솔직히 깜짝 놀랐다. 추리닝 차림에 머리도 제대로 감지 않은 것 같은데, 외모는 거의 아이돌, 아니 배우 수준이었다. 은주가 아들 하나는 잘 키웠구나, 속으로 그런 생각을 했다.

은주의 아들은 형제도 친척도 없이, 경기도 원룸에서 혼자 자취를 하고 있었다. 수원 어디쯤이라고 했는데. 생활을 하려면 최소 월 100만 원은 있어야 할 텐데. 그동안 병원비를 낸 탓에 원룸이 아니라 고시원으로 쫓겨나기 직전이었다. 녀석은 모든 것에 대해 자세히 말하지 않았지만, 나는 내심 예상을 했다. 젊을 적 나도 고아였고, 인생이 개판이었는데, 좁은 집에서 사는 게 뭐 대수냐? 과거에 나는 파고다공원에서 노인들이 피우다 만 담배꽁초를 줍기도 했다. 그저 압구정에서 종로, 서울의 구석구석을 다녔던 것뿐인데, 달라진 건 이제 전보다 돈이 좀 있고 아파트를 여러 채 사들였다는 것뿐이었다. 조용히 명의를 분산했고, 법인을 만들었으며, 분양권을 사고팔았고 재개발과 재건축까지 하면서 재산을 증식하고 있었다.

"거참, 투기꾼, 욕심 더럽게 많네. 나가 죽어."

누군가는 이렇게 말할 수도 있다.

투기꾼이 뭐 쉬운 줄 아냐? 네가 해봐. 임장이라는 거. 비 오는 날, 비 쫄딱 맞아가며 남의 집 아파트를 개같이 뒤지고 다녀봐라. 비참하고 외롭다. 부동산 소장들이 이상한 눈초리로 쳐다볼 때, 이놈 사기꾼 아니야? 이 도시에 자살이라도 하러 왔나? 의심의 눈초리로 쳐다볼 때, 얼마나 외로워지는 줄 아냐?

게다가 내야 할 세금은 어찌나 많은지, 종부세, 양도세, 자동차세, 게다가 작은 사업체까지 운영하고 있어 매달 직원들 월급까지 줘야 할 형편이다. 그래도 나름 꾸역꾸역 살고 있다.

"갭투자, 위험하지. 여러 채 샀다가 역전세 한번 나봐. 인생 골로 가는 거지."

한때 창원의 어느 부동산에서 만나 담배를 나눠 피우던 박 사장의 말이 떠올랐다. 당시만 해도 나는 초짜였기 때문에, 선수로 소문난 박 사장의 말을 듣고 있을 수밖에 없었다. 절대 계란을 한 바구니에 담지 말라는 고수들의 조언에도 불구하고 그는 창원 지역 아파트를 50채 이상 매수했는데, 하필 시기가 안 좋았던 건지 역전세가 나면서 전세금을 주지도 못하고 소송을 당했고 물건이 경매에 넘어갔으며 한순간 연락을 끊고 필리핀으로 도주해버렸다. 그사이 세입자 몇 명이 자살했다는 소식을 들었다. 나라고 박 사장이 되지 말라는 법이 없었다. 무섭다면 한없이 무서운 일이었다. 하지만 위기 앞에서도 투자를 감행해야만 했다. 애초에 좋은 인간이 되는 것도, 착한 임대업자가 되는 것도 포기했지만, 기본에만 충실하려고 했다.

애초에 좋은 남편이 되려는 것도 포기했는데, 은주와 헤어진 뒤 어쩌다가 아내를 만나 결혼한 것뿐이었다. 사랑이고 뭐고, 그런 말을 담기에는 뭔가 난감한 구석이 있었다.

너무 이른 나이에 은주를 만났기 때문인지, 결혼 이후에도 나는 그녀를 잊지 못했다. 내심 아내와 은주를 비교했고, 그냥 이 생활 때려치우고 이혼한 뒤 혼자 외국으로 튈까 진심으로 고민을 했다. 하지만 이러지도 저러지도 못하는 사이, 세월은 지나가버렸다. 은주는 결혼한 뒤 미국으로 가버렸으니까.

은주는 코카콜라 같은 여자였다. 하이힐보다는 나이키 운동화를 신고 다녔고, 흰 티를 주로 입었고 야구 모자를 즐겨 썼으며, 에둘러 말하는 법이 없고 상당히 직관적인 데다 거침이 없었다.

"너 처음에 말이야. 양아친 줄 알았지 뭐야."

검정고시를 치르고 대학에 입학했을 때, 과 미팅에서 은주를 처음 만났다. 각자 자신의 동네에 대해 얘기하다가, 여자들이 수유리나 금호동에 산다고 얘기할 때, 은주는 담배를 꺼내며 압구정에 산다고 말했다. 그때 같이 있던 녀석이 오, 존나 부자네, 하고 얘기했다가 공기가 썰렁해졌으며 미팅은 어색하게 끝나버렸는데, 어쩌다 보니 은주와 그 이후에 한두 번 더 만나다가 가까워졌다. 90년대 후반의 분위기가 뭐랄까, 뭔가 낭만이 있으면서도 혼탁한, 뭔가 퇴폐적이면서도 순수한 그런 느낌이 은주의 동네에서 느껴졌는데, 당시만 해도 나는 은주가 산다는 압구정이 불편했고, 아니 솔직히 싫었고, 그 옆의 신사동도 싫었고 그 동네의 카페와 술집이 싫었고, 야구 모자도, 나이키도, 심지어 은주가 중독된 코카콜라도 싫어서 만나기만 하면 은주 앞에서 불만을 털어놓았다.

멋있는 모습을 보여도 시원찮을 판에, 진작 차여도 차였어야 했는데, 못난 놈에게도 너그러운 아량을 보여주는 것인지, 부잣집 딸은 으레 그런 것인지, 순진한 것인지, 영악한 것인지, 퇴폐적인 것인지, 인생을 달관한 것인지 나는 알 수 없어서 자주 괴로워했다. 저년을 내가 먼저 차야지, 생각했다가도 은주의 삐삐 음성을 듣기 위해 공중전화를 찾았고 압구정역에서 차마 내리지 못하고 신사역에서 내렸을 때, 때마침 폭우가 갑작스럽게 쏟아져 집에 갈 차비도 없어서 비참해질 때, 씨발, 부자들 차암 많네, 라고 중얼거리며 지나가는 외제 차를 멍하니 바라보았다.

"근데, 내가 살고 있긴 한데, 우리 집은 아니야."

그건 또 뭔 소리인가.

"새엄마 집이야."

그 순간, 그 모든 사나운 감정이 가라앉았다. 네가 매일 드나들던 그 압구정 현대 아파트가 너희 집이 아니라는 거지? 아버지가 재혼을 하면서 너를 데리고 그 집으로 들어갔다는 거지? 운 억수로 좋구나. 나는 그런 말을 꺼내지도 못하고, 아니 뭔가 수치스럽고 부끄러워서 가로등 불빛 아래에서 담배를 짓이기며, 그림자를 내려다보았다.

"우린 둘 다 그지야. 그치?"

그걸 농담이라고 하는 거냐? 차마 그렇게 받아치지도 못했다. 당시 정확하진 않지만 얼핏 들은 기억으로는 압구정 현대가 4억인가 그랬던 것 같은데, 은주의 새엄마는 전남편과 헤어지면서 그 집을 받았다고 했다. 당시 나는 서러움을 꾸역꾸역 이겨내면서 상왕십리에서 자취를 하고 있었다. 그 언덕길. 눈만 내리면 굴러떨어질 것 같은 비탈길을 오가면서 자전거를 타고 가다가 굴러서 팔이 부러지고 얼굴에 심한 상처를 입었을 때, 술 처먹겠다고 놀러 온 대학 동기들이 이렇게 가난한 집구석이 있냐며 놀라서 도망갈 때 몹시 부끄러웠는데. 가진 거 없는 놈이, 부모가 누군지도 모르는 놈이, 열일곱 살에 고아원에서 탈출해 검정고시를 치른 놈이 대학에 간 것도 기적이라면 기적이었다.

결국 생활고로 인해 대학은 중퇴할 수밖에 없었지만, 은주를 만난 건 2년이 조금 안 되는 기간이었지만, 나는 그 시절을 잊을 수 없었다. 평탄한 부모 밑에서 비바람을 덜 맞으며 살았다면 조금 더 성품이 유해졌겠지만, 약자를 동정하고 욕도 덜 하면서 살았겠지만 가진 건 깡과 독기, 배짱, 돈을 벌겠다는 의지뿐이어서 사실 뭐 하나 내세울 게 없었다.

물론 훗날 나의 장인은 이런 면을 좋게 보았지만, 그 노인이 좋게 보든 말든 그건 별 상관이 없었다. 어디서 굴러먹다 온 놈인지 감시 잘해라. 나중에 장인은 자신의 딸에게 이렇게 말했다는데, 역시 그에게는 연륜이 있었다. 훗날 장인은 나에게 자신의 딸을 아끼고 사랑해주겠느냐고 물었고, 나는 그 앞에서 예예, 했지만 상견례는 밥만 먹고 어색하게 끝나버렸다. 내게는 가족이 없었으므로 측은한 눈길을 보내는 상대 부모를 보면서 뭔가 불쾌한 감정이 들었지만, 어찌 되었든 일찍 가정을 이루고자 했던 나의 다짐으로 인해 서른 전에 결혼이라는 걸 해버렸다.

인생을 그렇게 번갯불에 콩 볶듯 해치우는 나란 놈에게, 다행히 아내는 뭔가를 요구하는 법이 없었다. 사랑에 대한 결핍이 크게 없는 것인지, 아니면 그 자리를 자식으로 채우는 건지, 그것도 곰보빵같이 생긴 딸이 예쁘다고 감싸고 돌다가도 하는 짓이 느려터졌다며 적잖이 면박을 줬는데, 모녀 사이가 틀어지든지 말든지 나는 관여하지 않고 매달 돈만 건네주었다. 아내나 딸이나 그 누구도 내가 과거에 잠시 노숙 생활을 했다는 걸, 고아원 생활을 했다는 걸 알지 못했지만, 별로 궁금해하지도 않는 눈치였다.

내 인생에 대해 자세히 아는 사람이 없다는 것, 그게 나를 좀 외롭게 했지만, 때로는 아무것도 모르는 게 나을 때도 있었다. 그나마 은주만이 나에 대해 좀 알고 있었는데, 그렇다고 내가 순정한 인간이라고 말할 수도 없었다. 바쁘게 살다 보니, 그야말로 지방 아파트까지 뒤지고 다니다 보니, 어느새 머리에 새치가 생겼고 거울을 보면 늙어버린 중년 남자의 모습이 비칠 때가 있어 서글퍼졌다.

"이래선 안 돼! 살아남아야 해. 개같이!"

거울을 보며 중얼거릴 때, 나는 한 통의 전화를 받았다. 낯선 청년은 자신이 장은주의 아들이라고 털어놓았다.

"뭐어? 그년이 아직 살아 있다고?"

하마터면 그렇게 말할 뻔했다. 아니, 은주는 서서히 죽어가고 있었다. 살면서 얼마나 자주, 내가 그녀를 저주했는지, 미움도 사랑의 일종이라고 누군가는 내 앞에서 개소리를 하겠지만 대학 시절 남자 친구들을 여럿 두면서 나와 가까웠던 은주를 생각하면 아직도 부아가 치밀었다. 물론 다른 놈들과는 우정이라고 했겠지만, 우정이고 뭐고, 그런 걸 믿지 않는 나는 당시만 해도 연락이 잘 닿지 않으면 어느 술집에서 다른 놈들과 노닥거리지나 않는지 의심해야만 했다. 젊은 날이 어리석은 것인지, 아니 내가 특히 병신 같은 것인지, 정확히 고향이 어딘지도 모르는 놈이, 충남 어느 고아원에서 매 맞으며 자란 놈이, 폭력이 싫어 새벽에 뛰쳐나온 놈이 뭘 그렇게 타인에게 바라는 게 많은지, 생각하면 기가 찰 노릇이었다. 모든 게 나의 열등감, 아니 구질구질함, 기질, 아니 유전자, 아니 환경, 아니 돈 때문이라고 말할 수도 있겠지만, 왜 하필 사랑이라는 건 그렇게 젊을 때 찾아오는 것인지, 훗날 자리 잡았을 때 오는 게 아니라, 부서질 것같이, 죽을 것같이 위태로운 시기에, 미칠 것 같은 시기에 찾아와 나를 괴롭히는 것인지 알지 못해서, 그 시절 나는 자취방으로 돌아와 울곤 했다.

'자살이라도 할까? 썅.'

혼자 그렇게 생각할 때, 지랄 염병하며 외로움과 싸울 때, 은주는 어느 봄날 밤에 갑자기 찾아와 가로등 밑에서 자신의 고향인 진해 자은동으로 가야 한다며, 이번 주가 절정이라며 내 팔을 잡고 아이처럼 졸라댔다. 벚꽃이고 뭐고 간에, 주머니에 차비도, 1000원짜리도 한 장 없는데 어딜 가자는 건지, 은주는 그걸 아는지 경비는 자신이 대겠다고 했고, 어서 남쪽 지방으로 가는 버스를 타자고 했다. 꼬이고 꼬이는 게 인생인 건지, 은주의 돈도 아버지에게서, 아니 어쩌면 새엄마에게서 나온 것이겠지만, 은주는 나를 배려한답시고 나이키 대신 어느 시장에서 구입한 단색 운동화를 신고 있었다. 그럼에도 불구하고 코카콜라만큼은 끊지 못했는데, 오히려 내가 더 걱정이 될 정도였다.

그 시절, 은주는 자극적인 음료에서 기운을 얻는 것 같았고, 우리는 함께 도시를 걷고 그렇게 하루 종일 다니다가도 각자 자신들의 집으로 흩어졌고 버려진 개들처럼 다시 만나 서로를 위로했다. 당시의 나는 은주를 혼자 소유하지 못해 상당히 억울한 상태였는데, 어떻게든 하룻밤을 같이 자고 싶어서 괴로웠고, 그러자니 어디 들어갈 데도 없고, 그렇다고 거지 같은 내 자취방에 데려올 수도 없고, 그 와중에 은주의 친구들은 하나같이 부유해 보였고, 곧 유학을 떠날 것처럼 보였는데, 나는 그게 또 못마땅해서 으르렁거리며 녀석들에게서 은주를 떼어놓으려 했다.

"우리는 그저 좋은 친구들일 뿐이야."

친구 좋아하시네. 잠재적인 연인들 중 하나겠지. 개새끼들. 차마 그 말은 못 했지만 은주는 나를 만나기 전부터 같이 어울리던, 야구장을 같이 다니던 친구들이라며 뭔가를 변명하려고 했다. 물론 그 시절의 은주가 아니었다면, 나는 문화생활을 즐기지도, 좋은 식당에 가지도 못했을 것이다. 그 취향, 그 모든 걸 그녀에게서 배웠지만, 내 인생이 하도 개떡 같아서, 부모 없는 건 그렇다 쳐도, 어떻게 형제도 없는지 그게 아쉽기만 해서 나에게 밥을 먹여준 충청도의 고아원 앞으로 찾아갔다가 다시 돌아섰고, 인간에게는 진짜 운명이라는 게 있나 싶어서, 도무지 팔자 필 날이 없나 싶어서 은주가 옆에 있는데도 나는 한없이 외로워졌다.

하지만 그때에도 은주는 나를 달래는 데 선수였다.

"너한테는 소울이 있어. 맘에 들어, 너."

은주는 그렇게 말하고는 바로 이태원 클럽으로 춤을 추러 갔다. 그 시절 은주는 내게 감당하기 어려운 공포였다. 그녀를 속박하면서도 티 내지 않으려 했던, 그 안간힘은 몹시 힘겨웠다.

전화가 온 순간, 은주의 아들에게 그 모든 것에 대해 털어놓을 수 없었지만, 나는 뭔가에 사로잡혀서 그날 밤 은주의 아들을 만나기 위해 대학병원 앞으로 갔다. 은주를 못 본 지 몇 년이나 되었는지, 잘 기억이 나지 않았다. 우리가 사귀었던 게 25년 전이었고 마지막으로 본 게 18년 전이었으니까. 참 오래전 일이었다. 은주가 결혼을 해 미국으로 가버렸을 때, LA 어디선가 아들 낳고 잘 산다는 얘길 들었고, 나도 결혼을 하고 얼마 되지 않아 미국 출장을 간답시고 은주의 연락처를 수소문해 잠깐 만난 적이 있었다. 아무리 다른 놈의 아내가 되었어도 옛정을 생각해 나를 만나줄 수도 있지 않을까 생각했는데 은주는 샌타모니카 해변으로 어린 아들을 차에 태우고 나타났다. 까맣게 그을린 피부. 얇은 원피스. 여전한 눈웃음. 나는 그녀를 보면서 지금은 편안하구나, 그런 생각을 하지 않을 수 없었다. 나를 대하는 태도는 명랑했고 미안한 기색은 없었으며, 그 옆에는 네 살인가 다섯 살인가로 보이는 아들 녀석이 있었는데, 어찌나 똘똘해 보이는지, 나와 살았으면 이런 걸 누리지 못했겠구나, 이렇게 되려고 그런 것이구나, 그런 생각을 하며 나는 체념 섞인 표정으로 눈부신 해변을 바라보았다. 그때에도 은주는 콜라를 마셨고 얼음을 깨 먹었고 아들을 향해 웃어 보였고 나는 그 와중에 삶의 결핍, 결혼 생활의 고통이나 고단함, 혹은 옛 사람에 대한 그리움 따위를 찾아보려 했으나 그런 건 찾아볼 수 없었다.

"별로 안 늙었구먼."

은주는 그저 옛 동창을 만난 것처럼, 남자 친구들 중 하나를 미국에서 조우했다는 듯 반가움으로 악수를 청하며 내게 말했다. 순간 얼떨떨해서 잘못 찾아왔구나, 역시 씨발년들은 변하지가 않는구나, 속으로 욕하면서 커피를 마시러 갔다. 한편으로는 은주 니년 덕분에 젊은 날 어울리지도 않는 호사를 누렸다, 벚꽃도 구경하고, 남녀 간의 욕정에 대해, 견딜 수 없는 소유욕에 대해, 치사함과 질투, 들뜸과 헤어진 후의 허무에 대해, 가난과 남녀 간에 대해 배울 수 있는 것을 배웠고, 무덤에 대해 배웠다, 뭐 그것으로 되었다, 그렇게 말하고 돌아서고 싶었으나 나는 그저 덜떨어진 인간이어서 타국에서 만나니 참 새롭네, 별 시답잖은 얘기를 하면서 멀리 해변으로 달려 나가는 아이를 쳐다보았다.

눈부신 그 햇빛. 그 아래에서 나는 권태로운 표정을 지으며 뭐, 미국이나 북극이나 거기서 거기라고, 이렇게 된 거 돌아가면 돈이나 벌자고 기껏 그런 생각을 하며 체념했다.

어느 날 장은주라는 저 여자가 불현듯 한국으로 돌아온다 해도 크게 의식하지 말자고, 그냥 내 인생이나 살자고 생각했었다.

당시 은주가 내게 보여준 쿨함이라는 것, 미련 없음, 깔끔한 모습에서 나는 적잖이 충격을 받았고 그 세월을 잊지 못하고 미국 땅에 찾아간 것도 병신이라면 병신인데, 젊은 날의 뒤틀린 마음이든 뭐든, 치욕이든 뭐든 어차피 흘려보낼 일만 남아 있었다. 그런데 그때 샌타모니카 해변에서 보았던 그 아이가, 스물한 살의 청년이 되어 대학병원 앞에서 나를 기다리고 있었다.

"나를 잘 모르겠지만."

"알지요."

"안다고? 뭐라고 얘기 들었는데?"

"엄마 친구분이라고요."

웃음을 참아낸 건 다행이었다. 그보다는 은주의 상태가 궁금했는데, 예상대로 나빠지고 있었다. 병원 로비에서 내가 들은 건 은주와 그 아들이 한국으로 들어온 건 1년이 조금 되지 않았고, 병세가 급격히 악화된 건 한 달 전이라고 했다. 임종이 오늘이 될지 내일이 될지 알 수 없다고 했다. 코로나로 인해 면회는 오전 10시부터 30분 정도만 허락되고, 한 명만 들어갈 수 있었다. 과연 내가 다음 날 면회를 들어갈 수 있을지, 은주의 아들 녀석이 나에게 기회를 줄지 알 수 없는 일이었다.

은주는 오래전 미국에서 남편과 이혼을 했는데, 부모도 세상을 떠나고 이제 남은 건 단둘뿐이라고 했다. 결국 세월이 그렇게 만든 것이었다. 그 모든 것을 아는지 모르는지, 곧 어미의 임종을 앞둔 스물한 살의 어린 청년은 야구 모자를 깊이 눌러쓴 채 고개를 숙이고 있었다.

과거에 그 넓은 해변에서 달려 나가던 그 아이의 모습이 아직 선연한데, 눈부심과 인생의 즐거움은 다 가진 듯한, 푸르름을 간직했던 생애 초기의 모습을 나는 조금 알고 있었지만 그저 침묵했다. 나 같은 인간도 있는데 힘을 내라고, 그래도 엄마가 미국에서 키워줬잖아, 위로한답시고 그런 말을 할 수는 없었다. 무슨 아량인지 은주의 아들은 다음 날 나에게 면회를 허락해줬는데, 정말 눈물이 날 지경이었다. 그들이 함께할 시간, 30분을 빼앗은 것 같아서 마음이 불편했지만 죽기 전한 번이라도 과거의 연인을 만나고 싶은 갈망이 너무 커서 나는 차마 돌아설 수도 없었다.

이미 세상을 떠나려는 자의 참혹함에 대해 말할 필요는 없을 테고, 진부하게 슬픔이나 고통에 대해서도 말하고 싶지 않았다. 환자의 힘없는 손이나 발, 눈 뜨지 못하는 한 여자에 대해 말할 필요는 없는 일이었다.

그로부터 사흘 후에 은주는 세상을 떠났고 얼마간의 빚을 남겼다. 다시 한국으로 돌아왔을 때, 서울 자가는커녕, 아들에게 원룸을 얻어주고 자신은 마석인가 어디에서 한동안 지냈다고 했는데. 돈이라는 게 없으면 참 치욕스럽고 더러운 것이어서 아, 젠장, 나 갭투자 그렇게 많이 했는데, 진작에 날 좀 찾지, 세입자 쫓아내고 리모델링 좀 해서 아파트에 거주하게 할 수 있었는데. 물론 자존심이랍시고, 연락을 안 한 것도 있겠지만, 아니 내가 이렇게 돈을 번 것을 몰랐겠지만, 한스럽기도 하고, 어딘가 모르게 초라하기도 해서, 뭔가 인생이 뒤죽박죽 꼬일 대로 꼬여버려서 매듭을 풀 수도 없는 일이었다.

"씨발, 거제로 가자."

장례를 치르고 두 달 만에 은주의 아들을 만났을 때, 술집 안에서 내가 꺼낸 말이었다.

왜 하필 거제냐고 묻는다면, 섣불리 설명할 수 없었다. 모든 일에는 때가 있는 법이고, 투자라는 것도 필요한 일인데, 서른이 되어서 시작할 바에, 20대에 하는 게 낫다, 한 푼이라도 일찍 벌어서 현실을 탈출해야만 한다. 그러기 위해서는 돈 있는 자들을 쫓아가야 하는데, 그래도 내가 제법 돈이 있으니, 나를 따라 해라. 그러면 강남 자가를 살 수 있느냐고? 그건 알 수 없는 일이었다.

"너 집 필요하지?"

"그보다는 차를 갖고 싶어요."

"뭐?"

"수입차요. 마세라티 기블리라고."

"카 푸어가 될 작정이냐? 주유비, 주차비, 수리비, 대리비, 세차비, 보험료, 통행료, 과태료, 엉?"

나는 참지 못해서 버럭 소리를 질렀다.

"왜 뒷좌석 좁은 기블리냐? 양아치 느낌 나게. 왜 부가티를 사지 그러냐?

나는 농담하듯 말했다. 우리가 압구정의 바에서 만난 건 처음이었다. 둘 다 죽은 자에 대해 얘기를 나누지 않았고, 눈앞에 놓인 안주를 바라보면서 차 얘기를 하다가 술만 마셨다. 언젠가 정신과 의사는 죽은 자를 같이 추억해야만 상처를 조금이나마 이겨낼 수 있다고 말했는데. 상처고 뭐고, 눈앞에 있는 술을 마시는 게 먼저였다.

위스키, 담배, 여자, 그런 건 내가 좋아하는 것들이었고, 인생에서 필요한 것들이었다. 가장 처음 만나 사랑했던 여자는 지상에서 사라졌고, 기껏 그의 아들을 불러내 나의 재력을 과시하려는 것은 아니었지만, 그럴 필요도 없었지만, 과거보다는 조금 나아진 것뿐이어서 자랑할 것도 없었다. 아니, 솔직히 말하면 부산에 재건축 아파트가 있고, 인천, 김해, 창원에 갭투자한 아파트가 있는데, 부채를 포함한 자산이 얼마인지 눈앞에 있는 녀석에게 털어놓고 싶은 충동을 느꼈지만, 참아내야만 했다. 무엇보다 인생이라는 게 얼마나 개떡 같은지 조금이라도 알려주고 싶었지만, 아직 망자를 생각하는 젊은이 앞에서 돈이고 뭐고 소용없는 일이었다. 녀석은 저러다 죽는 건 아닌가 하는 허망한 눈길을 하고 있었고, 이제 아무도 없다는 걸 받아들이는지 한없이 쓸쓸한 모습으로 위스키를 홀짝거릴 뿐이었다.

과거에 은주가 내 자취방 월세를 몇 번 내준 적이 있었지. 늘 차비며 밥값을 내고, 자신도 별로 돈이 없으면서 아버지, 아니 새엄마에게 받아낸 돈으로 나에게 운동화며 옷을 사주었다. 그 이후에도 그런 사람을 만난 적이 없었고 아마 앞으로도 만나지 못할 것이다.

"차를 갖고 다니는 놈들이 지금은 부럽겠지. 자랑하고 싶을 테고."

"아무래도 그렇죠."

"여자는 있나 보지?"

그러자 녀석은 피식 웃었다.

"콘돔 잘 챙기고."

녀석은 다시 웃었다.

"하지만 인간들 앞에서 과시하는 순간 끝이다. 시기 질투 하는 놈들, 전갈 같은 놈들을 조심해라. 좆같은 인간들, 특히 좆같은 년들 멀리하고. 무엇보다 하루빨리 돈을 벌어야 한다. 그래야 타인의 지배를 받지 않게 된다."

"돈은 어떻게 벌죠?"

"내가 알려주마. 자본주의에서 사람을 움직이게 하는 건 두 가지다. 돈과 권력. 우선 거제로 가자."

"거긴 왜요?"

"내가 집을 한 채 사주마."

"집이요?"

녀석은 믿지 못하겠다는 듯 허탈하게 웃었다.

"돈을 다 들고 가서 사주겠다는 거는 아니야. 갭으로 사는 거지. 전세 끼고. 네 명의로."

"주겠다는 거예요? 왜요?"

녀석은 조금 불쾌한 표정을 짓더니, 위스키 잔을 내려놓고 담배를 물었다.

"여긴 금연이야."

"아, 애연가라서요."

"뭐, 피울 거면 피우라고. 쫓겨나면 다른 데로 가면 그만이니까."

"근데 왜 하필 거제죠?"

"조선업을 좋게 본다. 얼마 전까지만 해도 아파트가 폭락했던 곳이고."

"그런 데로 들어간다고요?"

"지옥 같은 곳에 기회가 있지. 모두가 아니라고 할 때 투자하는 거지."

"좀 무서운데요?"

"배짱! 새가슴 말고!

"사장님은, 대학도 안 다녔다면서요?"

"엄밀히 말하면 중퇴. 엉?"

"그거나 그거나."

녀석은 잠시 침묵하다가 말을 이었다.

"가죠. 가서, 회에 소주나 먹죠."

압구정의 바에서 바라본 창밖의 불빛은 따스했다. 내 인생도 충분히 구렸지만, 그래도 해줄 말이 있었다.

"사장님도 거제에 아파트 샀어요?"

"묻지는 말고."

"무슨 비밀이 그렇게 많아요?"

"집은 아무도 모르게 사는 거다. 설레발치지 말고. 매수도, 매도도 조용히."

"세금은요?"

"그런 거 무서워해서는 돈 못 벌지. 낼 건 내고."

녀석은 생각이 많은지 위스키를 홀짝거렸다. 물론 녀석에게 지방의 수요와 공급에 대해, 미분양이나 매수 심리에 대해, 역전세를 겪은 일에 대해 털어놓을 필요는 없었다. 전세금을 올려 받았다고 세입자에게 천벌 받아, 이 사기꾼 놈아! 뭐, 그런 전화를 받은 일에 대해 말할 필요는 없었다.

"근데 거제가 어디에 붙어 있는 거죠?"

"남쪽! 지금은 좀 멀긴 하지만, 몇 년 후엔 KTX도 들어올 테고."

"투자했다가 망하면요?"

"네 돈도 아니고, 내 돈으로 하는데, 망하면 뭐 거기서 또 배우는 거고. 잃은 돈은 잊어버리면 그만."

"그게 다예요?"

"금방 팔지만 마라. 몇 년 취직해서 일하고, 그러다 보면 가격은 어느새 올라 있을 거다."

그런데 만약 혹시 녀석이 집을 팔아 그 돈으로 외제 차를 구입한다면. 그렇게 된다면 그것 또한 녀석의 운명이었다. 가덕도 신공항도 들어설 테고, 조선업 수주도 있고, 교통도 그렇고 지금으로서는 좋게 보지만, 혹시라도 내 예상과는 다르게 한 번 더 폭락할 수도 있었다. 그렇다 해도 녀석은 손해 볼 게 없었다. 지금 내 상황에서 몇천만 원을 손해 본다고 해서 파산하는 것도 아니었다. 하락기를 대비해 늘 현금 3억은 쥐고 있었으니까. 언제든 은행에서 돈을 빼낼 수 있었다. 하지만 그 돈이 있다고 해서, 지갑에 늘 5만 원짜리 100장씩 들고 다닌다 해서, 그걸 부자라고 할 수 있나. 처음에 직장 생활 할 때 모닝 타고 다닌다고 동료들이 어찌나 개무시를 하는지, 몇 년만 두고 보자 하면서 이를 갈았다.

"다음에는 신분증과 도장 챙겨 와라."

"그러죠."

녀석은 내가 술값을 내기만을 기다리고 있었다. 나야 압구정에서 역삼동까지 택시를 타고 가면 금방이었지만, 녀석은 다시 수원으로 돌아가야만 했다. 왜 당신은 강남에 살면서 고작 자신에겐 지방, 그것도 한참 멀리 있는 구석진 아파트를, 구축을, 전세 끼고 갭으로 사주는 거냐고, 지금 장난하는 거냐고, 녀석은 나에게 물을 수도 있었다. 만약 그렇게 나온다면 미안하게 됐어, 그냥 이거라도 받아, 씨발, 그렇게 받아칠 수도 있겠지만 녀석은 헤어질 때도 별말이 없었다. 나의 과거, 젊은 날을 생각하면 몸에 독이 남아 있어, 사나움과 공격성이 남아 있어 거의 망나니와 다름없었지만, 세상에 대한 분노와 부자에 대한 적개심으로 가득 차 있었지만 세월이라는 게 그런 감정까지 무디게 만드는 것이어서, 아니 부자들이라고 다 개새끼들만 있는 건 아니지, 라는 생각을 하게 되었고 뭐 압구정 현대 아파트쯤은 언젠가 살 수 있지 않겠나, 그런 생각까지 하게 되었다.

예나 지금이나 압구정을 생각하면 배가 아팠다. 2017년에 그 근처 부동산을 자주 드나들었는데, 당시 17억만 대출받으면 현금 6억을 가지고 살 수 있었다. 그런데 계약 당시 집주인이 갑자기 그 자리에서 2억을 올리는 바람에, 그 자리에서 포기를 하고 말았다. 시간이 지날수록 두고두고 아쉽기만 해서, 결국 압구정 대신 부산으로 달려가 삼익 비치 아파트 작은 평수를 매수했는데, 큰 걸 사고 싶었지만 현금도 부족했고 언젠가 재건축이 될 텐데 이거라도 사두자 해서 어렵게 등기를 쳤고, 그 이후에도 허기가 져서 홀로 돼지국밥을 먹으며 아쉬움을 달래야 했다. 기다려보이소. 사장님, 마, 돈 됩니다. 부동산 소장이 나를 달래줄 때 나는 결국 지방으로 왔구나, 여전히 그 생각을 했다.

세금은 제때 다 냈지만, 리스크를 감당하면서 고민을 해봤자, 사람들은 불로 소득이라고 욕을 해댔고, 어릴 때는 고아원에서 두들겨 맞고, 다 커서는 세금으로 두들겨 맞고 인간답게 살아보고 싶어서 발버둥을 쳤을 뿐인데, 누군가에게 인정받고 싶어서가 아니라, 압구정 현대 아파트로 한 번에 들어갈 수 없어서 방법을 찾다 보니 다주택자가 된 것뿐인데, 지방으로만 설치고 다닌다고, 주말에 시간도 안 낸다고 마누라에게 욕 처먹으면서도 뻔뻔하게 살아가고 있었다. 국가가 나에게 조금만 너그럽기를, 세금 왕창 뜯어 갈 생각하지 말고, 조금만 아량을 베풀기를, 낼 건 다 낼 테니, 다주택자라고 범죄자 취급하지 말기를. 어렵게 등기를 친다 해도, 그 누구도 축하해주지 않는다는 걸 알기에, 늘 견제하고 망하는 걸 바란다는 걸 알기에, 현재 자산이 얼마인지 설레발치며 얘기할 필요 없는 일이었다.

누군가의 말대로 부는 감추는 것이었다.

가능하다면, 집은 희소성 있는, 자신이 구입할 수 있는 가장 좋은 것을 사야 하고, 1주택은 필수고, 투자는 계속되어야 하는데. 그런 가치관으로 본다면, 강남 월세에서 살고 있는 게 참 아쉽기만 했다. 대학도 못 갈 것 같은 딸에게 굳이 교육을 시키겠다고 대치동에서 헛수고 하는 마누라나, 명품 사달라고 지껄이는 딸이나 거기서 거기였으므로, 그들에게 등기를 내보일 수는 없는 일이었다.

끝까지 숨길 작정이었다.

왜 돈을 버냐고? 씨발, 묻지 마라.

사회로부터, 국가로부터 두들겨 맞지 않기 위해 버는 셈이었다.

"아빠, 벤츠 나 줘. 나, 스무 살 되면."

"지랄."

"아빠는 포르셰 사고."

딸이 하는 행동을 보니 미래가 훤히 보일 정도였다.

"박보검 같은 애 옆에 태우고 강원도 가고 싶어. 가서 회 먹고."

"또 욕 처먹고 싶냐?"

"왜 인생 즐기라고 있는 거 아니야?"

딸은 심통을 부리듯 내 팔짱을 꼈다. 물론 틀린 말은 아니었다. 인생의 유희에 대해 모르는 건 아니었다.

"밥 잘 처먹고 똥 잘 싸고, 놀러 다니고 난 그렇게 살 거야. 꼭 미국 보내줘."

"이건 뭐, 미국 병이라도 걸렸나?"

"아빤, 열심히 등기 쳐. 난 돈 쓰면서 살 거야. 내가 고작 이 좁은 땅에서 살 줄 알아? 겨우 강남?"

"우스워 보이냐?"

"압구정, 대치, 반포. 재미없어."

강남을 담기에는 자신의 그릇이 너무 크다고 했다. 뭐, 그러든지 말든지 미국에서 살든 아프리카 시골에서 살든 그건 딸의 인생이었다.

만약 딸의 이름으로 거제에 집을 사주겠다고 하면, 미쳤냐고, 자신을 뭘로 보냐고 인상을 쓸 게 뻔했다. 언젠가 지방에 대해 물은 적이 있었다.

"목포는 어떠냐?"

"거기 깡촌 맞지?"

"포항은?"

"거긴 미니 부산 아니야? 아빠 요즘 냄새가 나."

"뭐?"

"바람 냄새 말이야."

딸은 지껄였지만, 거기에 대응할 필요는 없었다. 과거에 대해, 세월에 대해 말한다 해도 이해하지 못할 게 뻔했고, 미친 짓 하고 돌아다닌다고 제 엄마한테 떠벌릴 게 뻔해서, 모르는 척해야만 했다.

"당신은 진실해서 좋아."

언젠가 마누라는 그런 말을 했다. 여자들의 언어는 도통 알 수 없었다. 과거를 그렇게 숨겼는데도 진실 타령이라니. 빈털터리 된다 해도 다른 여자한테 주기 싫어. 가난뱅이 시절을 털어놓지 않았는데, 마누라는 이해할 수 없는 말을 했다. 주긴 뭘 주냐, 내가 가는 거지. 나는 속으로 그런 생각을 하며 침대에서 얼른 빠져나왔다.

거제도로 가는 길은 멀기만 했다. 두 남자가 동행하는 일은 어색하기만 해서, 과거에 하도 운전을 많이 한 탓에 그 먼 길을 가고 싶지 않았고, 고심 끝에 비행기로 부산으로 가서 거제까지 택시 타고 가는 길을 택했다. 물론 은주의 아들도 동의했다. 녀석은 투덜거리는 법이 없었고, 어쩐지 조금은 공손하기까지 했다. 물론 돈 때문이겠지만, 그 모습에 내 마음도 편치는 않았다.

거제 부동산 소장은 내려오기만 하면, 준비된 물건을 바로 소개해 주겠다고 했다. 소장은 통영 여자였다. 어찌나 적극적이고 수완이 좋은지, 괜찮은 물건이 나왔을 때는 매도자로부터 물건을 어찌나 싸게 깎는지, 거기에 매수인 편을 들었고 협상에 능했으므로, 지난번 계약 때도 몰래 몇 푼의 돈을 찔러주었다. 뭐니 뭐니 해도 내 편에서 일 잘하는 사람이 최고였다. 하지만 그 와중에도 눈탱이 맞는 건 아닌가 조심해야만 했다. 부동산업자들은 도통 믿을 수가 없었다. 어딜 가나 사기꾼들 천지였다.

부산 하단에서 택시를 타고 거가대교를 지날 때, 은주의 아들 녀석은 미국 생활에 대해 잠시 털어놓았다. LA에서 샌디에이고로, 피닉스로 몇 번 이사를 다녔다고 했다. 거기서 너의 부모는 뭘 하며 지냈느냐고 묻고 싶었는데, 때마침 녀석이 먼저 털어놓았다. 아버지는 대형 마트에서 배달 일을 했고, 어머니는 푸드 코트에서 캐셔 일을 했다고. 그것만으로도 그들의 생활이 충분히 짐작되었다. 월급이 많은 것도 아니고 외국 생활의 고단함도 사는 일에 한몫했을 텐데. 나는 거가대교를 지나며 그래서 그랬구나, 멀리 보이는 섬과 바다와 떠다니는 배들과 더 멀리 있는 능선을 통해 삶이 이런 것이구나, 그런 생각을 했다.

"두 분 다 치고받고 엄청 싸웠죠. 피곤한 건 둘째 치고. 돈이 웬수죠."

뭘 미국까지 가서 싸우나. 인생이나 실컷 즐기지. 누군가의 과거가 내겐 몹시 허탈했다.

문득 녀석과 나의 만남이 무엇을 의미하는지, 아니 옆에 있는 녀석에게 과연 무엇을 줄 수 있을지를 막연히 생각했다.

갭투자로 공시지가 1억 이하의 소형 아파트를 매수한다면, 돈이

3000만 원에서 4000만 원 정도가 들 텐데. 만약 전세 세입자를 못 구하게 된다면, 잔금 치를 때, 내 돈 1억을 밀어 넣어야 하는데, 그 돈이 아까워서가 아니라, 아니 더 많은 돈을 해줄 수 있음에도 불구하고, 돈이라는 것의 허무와 결국 내가 은주와 가족을 이루지 못하고 헤어진 일에 대해, 한 사람은 미국으로, 그리고 다른 한 사람은 전국 팔도로 돌아다닌 그 삶에 대해 생각하지 않을 수 없었다.

나는 어떤 비참함 속에서 감정을 추스르지도 못하고 대학을 그만둔 후에 연고도 없는 부산으로 내려가 덕천시장에서 양말을 팔았고 얼마 지나지 않아 탑차 운전을 하며 전국을 누비고 다녔다. 거제는 그때 자주 드나들던 곳이었다.

서울에서 출발해 미친 듯이 운전해서 부산, 거제를 거쳐 통영으로, 다시 서울로 올라올 때, 피곤에 지쳐 쓰러지기 직전이었고, 그 일을 계속하다가는 사고로 결국 목숨을 잃을 것이라고 판단했고, 살기 위해 일을 그만두고 연고도 없는 대구로 가서 서문시장에서 또 양말을 팔았다. 결국 얼마간의 자금을 만들어 다시 서울로 올라와 어렵게 중소기업에 취직을 했고, 대학도 안 나온 주제에 일 더럽게 못한다며 찐따 새끼라고 욕 처먹으면서 간신히 일을 배웠고 또 이를 악물고 사업체를 차렸다. 뭔가를 사고파는 일에 재주가 있는지, 아니면 움직이는 만큼 돈이 모이는 건지, 그 이후로는 끼니 걱정을 해본 적이 없었다.

나는 먼바다를 보며 입맛을 다셨다. 거제도 소장에게 무조건 갭 작게, 잔금 길게, 되도록 수리된 물건을 달라고 요청했으므로 소장은 그에 맞는 물건을 찾아서 나에게 내밀었다.

사장님, 매수자가 누군데요? 소장이 물었을 때 나는 친구 아들이라고 소개했다. 소장은 눈치가 빠른지 더는 묻지 않고 녀석과 나를 만나

자마자 구축 아파트로 데리고 갔다. 20년이 넘은 아파트였고 1000세대 이상이었고 거제 중곡동에 위치해 있었고, 초중고를 끼고 있었으므로 입지도 괜찮았다. 하지만 조선소 사람들이 타 지역으로 빠져나가는 게 문제였다.

"손님, 거제에 투자하는 거 조심하이소."

택시 기사가 그렇게 말했으나, 그런 얘기는 무시하는 게 상책이었다. 결국 소장이 소개해준 아파트를 둘러보고, 녀석과 잠시 얘기를 나눈 후에 부동산 사무실로 들어가 매도인에게 가계약금을 보냈고, 잔금은 6개월 후에 치르는 것으로 합의를 보았다. 문제 되는 건 없었다. 이미 수리가 된 물건이었으므로, 신경 쓸 게 별로 없었다.

"사장님, 멀리까지 내려오시고, 고생하셨네요."

부동산 소장이 말했을 때, 나는 웃음을 지었다. 고생이랄 것도 없었다. 이 정도 고생이야 과거에 비하면 아무것도 아니었다. 그러나 나에 비해 녀석은 상당히 고단해 보였고, 금방이라도 휴식을 취해야 할 것 같아 보였다. 나는 녀석을 데리고 고현에 있는 허름한 식당으로 들어갔고 청국장을 시켰다. 녀석은 청국장을 처음 먹어본다며 입맛을 다셨다.

"으음, 안 짜고 좋은데요?"

녀석은 불만을 내비치지 않고 급하게 밥을 먹었다. 타지에 와서 두 남자가 밥을 먹고 있는 게 하도 어색하기만 해서, 나는 몇 번이나 휴대폰을 들여다보았고 식당을 나오자마자 편의점으로 가서 담배를 사서 피웠다. 녀석은 가까운 바다를 보러 가자고 했고, 물론 그것도 나쁘지는 않을 것 같아서 택시를 불렀고, 다시 한번 남쪽으로 내려가 지심도가 보이는 카페로 가서 아이스커피를 시켰고 나란히 창가 쪽에 앉아 바다를 바라보았다.

이 해변. 언젠가 본 적 있는 바다였다.

만약 내가 돈을 벌지 않았다면. 서울역 어딘가를 헤매고 있겠지.

계속 거리에서 양말을 팔았다면, 평일의 바다를 무심히 바라보지는 못했을 것이다. 결국 돈을 벌고 난 다음에 시간의 자유가 주어진 셈인데, 녀석은 그런 인생을 아는지 모르는지, 갑자기 자신에게 행운이 찾아온 건지, 아직도 믿을 수 없다는 눈빛으로 힐끔거리며 나를 쳐다보았다. 의심하는 게 당연했다. 세상의 어느 누구도 쉽게 남에게 뭔가를 주지 않는 법이었다.

"바다를 좀 더 가까이에서 보고 싶은데요."

녀석은 자리에서 일어나 밖으로 이어진 계단을 내려갔다. 나는 홀로 창가 쪽에 앉아 있었다. 녀석은 바지 주머니에 손을 넣고 바다 쪽으로 걸어가고 있었다. 오래전 그 넓고 아름다운 해변은 아니었으나, 지금은 그보다 더 작고 볼품없었으나, 관광객이 무심코 버리고 가버린 쓰레기들이 곳곳에 있었으나, 녀석은 아랑곳하지 않고 멀리 지평선을 바라보면서 걸어가고 있었다. 나는 녀석의 실루엣을 바라보면서 조금은 쓸쓸한 20대 초반 청년의 모습을 보면서 이제 나의 과시는 끝난 건가, 하는 생각을 했다.

갭투자를 하든, 분양권을 하든, 이것은 나의 만족이 아닌가. 저 녀석이 먼저 해달라고 요구한 것도 아니고, 세상을 떠날 때, 은주가 나에게 부탁을 한 것도 아닌데 지난날의 세월을 보상하겠다고, 아무것도 모르는 녀석에게 허세를 떠는 것이 아닌가. 가진 거 없는, 허름한 고아 새끼가, 이제 돈 좀 만진다고 꼴값 떠는 거 아닌가.

차라리 상대가 원하는 것을, 마세라티 기블리를 한 대 사줘야 하는 거 아닌가, 그런 생각을 했다.

하지만 아니었다. 외로움 때문에 지랄발광했던 시간은 지나가고 꼰대가 되어버렸지만, 이만큼 살아보니 돈이라는 것은 처절하고 너무 무서운 것이어서 자동차에 돈을 쓸 바에야 땅에 묻는 편이 나았다. 이것은 가상화폐도 아니어서 쉽게 빼낼 수 없는 것이었고, 개 같은 세월을 몇 년 견디다 보면 적절한 보상이 따르기도 하는 법이었다. 젊은 날, 돈이 없으면 초조해지고 상태 안 좋으면 미친 짓을 저지르기 마련이었다.

비록 나 역시 선수가 아니어서, 자산 증식을 빠르게 한 인간들 앞에서 명함도 못 내밀겠지만, 그래도 나름 할 수 있는 범위에서 나은 물건을 가지려고 애를 썼다.

압구정 현대가 아니어서, 미안하다, 은주야. 미국으로 가버린 네가 다시 돌아와 나와 같이 압구정으로 들어가는 상상을 가끔 했다. 아내에게는 미안하지만, 퇴근 후에 돌아온 나를, 가방을 받아줄 너를 상상했다. 사는 거 참 더럽게 힘든 일이야, 내가 투덜거릴 때, 음식 하는 거 귀찮은데 우리 배달시켜 먹을까, 서로에게 얘기하는 그런 밤을 상상했다. 주말이면 가까운 골프장에 가고, 휴가 때는 팔자 좋게 비즈니스석을 타고 스위스로 가는 상상을 했다. 너와 헤어진 이후 몇 명의 여자를 안으면서 앙갚음을 하려 했고, 그 와중에 감정이라는 게 오락가락해서 너를 찾았고, 만나기 위해 너의 아메리카로, 네가 있는 길은 다 쫓아다녔다.

그렇게 세월이 흘렀고.

나는 그 후에도 가끔 너의 음성을 떠올렸다.

"뭐어? 고아원에서 농사도 시켰다고? 일을 안 하면 밥도 안 줬다고?

아, 안쓰러워. 너 정말 그래. 아니, 우리 둘 다 참 그러네."

꼭 나만 불쌍했던 건 아니었다. 고아원에서 뒤지게 맞았지만 너와 함께 살아보지는 못했지만, 우리의 아이를 갖지 못했지만, 이제라도 나의 동선을, 세월을 헤아려주기를.

왜 이토록 남쪽 바다에 끌렸는지 모르지만, 아니 너의 고향 진해와 그리 멀지 않기 때문에 그런 건지도 모르지만, 여기는 조선소로 움직이는 곳이어서, 바람 불면 노동자들이 다치고 죽고, 저녁 무렵 작업복을 입은 사람들이 오토바이를 타고 누비는 도시여서, 지금도 여전히 타 지역으로 끊임없이 이탈하는 도시여서, 모두가 아니라고 했지만, 나는 조용히 이곳으로 들어왔다. 이것이 실패인지 성공인지 모르지만 언제까지 투자자로, 아니 남들이 비웃는 투기꾼으로 살아갈지 모르지만, 탈세범보다 더 나쁜 다주택자라고 사람들이 욕하지만, 언젠가 이 모든 물건을 정리하게 되면 그 누구에게도 주지 않고 우선 네가 묻혀 있는 양평, 그 어느 산기슭에 올라가 잠시 머무를지도 모르겠다. 이제 그 어디에서도 찾을 수 없다는 것. 내가 모르는 사이에, 타국에서 고단한 노동을 했을 너를, 고꾸라지는 삶을 버텼을 너를 생각할 뿐.

해가 뜨고 지는 그 자리, 우리가 결국 죽음 직전에 잠깐 조우했지만, 그 서글픔을 뒤로하고 나는 너와 함께했던 인생의 페이지를 덮으려 한다. 목숨 걸고 투자해서, 겨우 여기까지 왔을 뿐.

차라리 다행인가. 나이 먹고 꼰대가 되어 이제 누구에게도 매질을 당하지 않아서 다행인가.

지갑에 좀 돈 있다고 거들먹거릴 수 있어 다행인가. 월급 몇 푼을 매달 직원들에게 줄 수 있어서 다행인가. 마세라티를 사겠다는 젊은 녀석에게 돈의 위험성을 알려줄 수 있어 다행인가. 그러나 소유도 헛된 물거품일 뿐. 다 알면서도 개 같은, 잘난 놈들이 판치는 지랄 맞은 도시에서, 그래, 강남에서 주눅 든 모습은 좀 버리고, 뻔뻔함으로 무장한 채 살아보려 한다.

너 차암, 안됐어. 왜 그렇게 욕심을 내. 어쩌면 너는 저세상에서 말할지도 모르겠다. 아니, 언젠가 기회가 되면 압구정 현대에 들어가 네가 살던 동네를 추억하듯 살아보려 한다.

꿈에서 너를 만나 나 예전 네가 살던 그 동네 아파트 샀어, 라고 허세 떨며 자랑할 수 있겠지만, 그 역겨움까지도 너는 이해하겠지만, 다시 한번 판을 키워보려 한다.

오랫동안 계층을 뛰어넘으려 했고, 무주택자로 전전하며 극빈에 극빈을 거듭했고, 그 세월 속에서 악만 남았지만, 빈자라는 이유만으로 조롱과 멸시를 당했지만, 그때마다 씨발, 다 죽여, 라고 소리쳤지만 그때나 지금이나 크게 달라진 것 없고, 아니 마음의 여유가 조금은 생겼지만, 누군가에게 또다시 질시를 받는다 해도, 멈추지 않고 살아가는 일만 이제 남았다고.

끼니를 굶어야 했던, 날밤을 새워가며 걱정했던 그 긴 시간 속에, 은주 네가 보여주었던 게 동정이 아니길. 그리고 지금 내가 너의 아들에게 보여주는 이 풍경이, 이 몸짓이 위선이 아니기를.

어느 그믐날의 기억. 스무 살 초반에 어느 벚꽃나무 아래에서 입 맞추던 그 기억을 뒤로한 채.

그 등불과 어둠을 뒤로한 채.

지금 이 도시, 많은 사람들이 약탈해버리는, 많은 노동자들이 이탈해버리는, 동시에 투자자들이 쏟아져 들어오는 이 도시에서, 혼탁한 우주에서, 아직 압구정으로 가지 못하고, 어두워지는 해안가에 남아,

바람만 부는 지독히도 아름다운 거제에서, 지금 이 글을 쓴다. ▪

이서수

엉킨 소매

1983년 서울 출생.
2014년 『동아일보』 등단.
장편소설 『당신의 4분 33초』 『헬프 미 시스터』.
〈황산벌청년문학상〉〈이효석문학상〉 수상.

엉킨 소매

의사는 내게 6주면 무엇이 형성되는지 말해주었다. 나는 아무것도 묻지 않았는데, 의사는 『성경』을 읽어 내려가는 표정으로 말했다. 요지는 하나였다. 다시 생각해보시겠어요? 나는 준비가 되지 않았다고 명확하게 말했다. 내 옆에 앉아 있던 경현은 고개를 끄덕이기만 했다.

초음파검사는 늘 불쾌하다. 몸속으로 진찰 기구가 들어왔을 때 나는 아팠고, 아프다고 말했다. 나와 함께 태아를 확인한 경현은 진찰실에서 나오자마자 말했다. 그게 아팠어? 작던데, 아팠냐고. 나는 무슨 의미로 그런 말을 하는지 몰라서 경현을 쳐다보았다. 그가 말했다. 내 거가 저 기구보다 작은 것처럼 느껴졌어.

한숨이 나왔다. 경현을 더 이상 사랑하지 않는 게 천만다행이었다. 차라리 해정과 함께 올 걸 그랬다. 부동산에서 일하고 있는 해정은 나의 임신을 임대업에 비유했다. 방의 주인은 나이기에 나의 결정에 달린 문제라고 했다. 나는 해정의 비유가 적절한지 한참 생각했다. 가게 앞 노상 탁자에 앉아 삼겹살을 먹던 중이었다. 해정은 내게 딱 알맞은 집이 있다고 말했다. 수술을 마친 뒤 일주일 동안 머물 곳이었다. 위층에 사는 집주인이 실내 공사 일정을 긴박하게 통보했고, 나는 회복이 필요한 때에 공사 소음이 가득한 집에 있고 싶지 않았다.

검사비를 내고 돌아서자, 경현이 검사비와 수술비의 절반을 송금해주었다. 나는 입금 내역을 확인한 뒤 그에게 말했다. 작다느니 그런 말을 꼭 해야 돼?

경현은 대답 없이 나의 시선을 피했다. 우리는 서로 모르는 사람처럼 엘리베이터를 기다렸다. 경현은 엘리베이터에 올라타자마자 벽면 거울을 보며 머리를 매만졌다. 태평한 얼굴이었다. 반면에 내 얼굴은 무척 심란해 보였다. 두 눈에 핏발이 섰고, 안색도 나빴다. 나만 잠을 설친 게 억울해서 너는 잘 잤느냐고 물었다. 그러자 경현이 나를 쏘아보며 말했다. 너도 낳고 싶지 않잖아. 왜 나한테 시비야.

사실이었기에 반박할 말이 없었다. 그러나 내가 그런 결정을 내렸다는 것이 그를 당당하게 만든 이유가 되어버린 건 싫었다.

도대체 콘돔을 왜 뺀 거야?

경현은 미간을 찌푸리더니 말했다. 얇은 막 하나의 차이가 얼마나 큰데. 너도 그때 합의했어. 내가 다 녹음해뒀다고. 나는 심장이 내려앉을 정도로 놀랐지만 태연한 어조로 말했다. 뭘 녹음했다는 거야? 들려줘. 경현은 엘리베이터에서 내리자마자 계단실 문을 열고 나가더니 내게 손짓했다. 나는 등 뒤로 문을 닫고 서늘한 층계참에 서서 기다렸다. 마침내 경현이 녹음 파일을 들려줬고, 건성으로 대답하는 내 목소리를 함께 확인했다. 나는 곧바로 휴대폰을 빼앗아 파일을 지웠다. 영상도 있는 거 아니야? 내 말에 경현은 심하게 화를 냈다. 그런 짓은 한 번도 한 적이 없다고 주장했다. 나는 도대체 녹음은 왜 한 거냐고 물었다. 믿을 수 없을 땐 녹음하는 수밖에 없어. 너 그날 많이 취해 있었잖아. 경현은 그렇게 말해놓고 미안했는지 머쓱한 표정을 지었다.

남자 보는 눈이 없어서 그래. 해정은 그렇게 말했다. 너처럼 이상한 남자만 골라서 만나는 애도 드물어. 그냥 잊어. 나는 그런 말을 들을 때마다 울었다. 도대체 왜 내가 만나는 남자들은 다 이 모양인가. 사람 보는 눈이 없는 게 죄는 아니잖아. 내 말에 해정은, 슬프지만 그게 너의 죄라고 했다. 그리고 응급 피임약을 먹어야 할 시기에 밀접 접촉자가 된 불운을 미워하라고 덧붙였다. 코로나 신속항원검사 후 나는 확진 판정을 받았고, 그때부턴 임신이 아니라 바이러스가 내 몸에 남길 후유증을 걱정했다. 임신은 도무지 쉽지 않은 일처럼 보였고, 바이러스는 고열과 기침으로 나를 집요하게 괴롭혔다.

나는 해정에게 전 남친들을 모두 사랑했고, 그들이 나에게 거짓말을 하거나, 나를 때리거나, 바람을 피운 뒤에야 그들에 대한 사랑이 사라졌다고 말했다. 원래 다 이런 거 아닌가. 연애는 다 이런 거 아니야? 나는 그렇게 말하며 삼겹살 기름이 튄 냅킨을 작게, 더 작게 접었다. 해정 옆에 앉아 있던 주영 씨는 휴대폰을 들여다보며 아무런 말도 하지 않았다. 내가 울든 말든 거들떠보지도 않았다. 주영 씨는 늘 그랬다. 나이는 모르지만 나보다 언니인 건 확실한데, 내가 연애나 피임 고민을 털어놓을 때마다 늘 무관심한 태도를 내보였다. 주영 씨에게 뭘 보는 거냐고 물었더니, 내 앞으로 휴대폰을 쑥 내밀었다. 유튜브 '쇼츠' 영상이 재생되고 있었다. 의미 없는 1분짜리 영상. 팝업 코미디. 내 인생에서 가장 엉망진창이었던 순간들을 1분짜리 영상으로 편집해놓으면 그것도 결국 코미디가 될까. 그런 생각을 하고 있는데 주영 씨가 갑자기 내 어깨를 툭 치더니 말했다. 그냥 웃어넘겨.

나는 무슨 의미인지 묻는 표정을 지었다.

불편해?

뭐가?

배가 불편하냐고.

나는 고개를 끄덕였다. 당연히 배가 불편했다. 정확히는 배 안에 든 것이 불편했다.

주영 씨는 생각에 잠긴 표정을 짓다가 말했다. 포경수술 같은 거라고 생각해봐.

무슨 뜻이야?

포경수술은 남자가 겪어야 할 성장통이잖아. 여자가 임신 중지를 하는 것도 일종의 성장통으로 볼 수 있지. 안 그래?

내가 아무런 대답도 하지 않자 주영 씨는 내 얼굴을 물끄러미 보다가 물었다. 이상한 말이라고 생각해? 나는 고민하는 척하며 대답을 피했다. 그걸 그렇게 말할 수가 있나. 나는 주영 씨가 나를 위로하느라 그런 논리를 펼친 거라고 짐작했다.

택시 왔어. 경현이 내 어깨를 두드리며 말했다. 잘 가라는 의미였다. 경현과는 두 번 다시 만날 일이 없을 것이다. 수술 당일엔 해정과 함께 가기로 했다.

초음파검사를 받으러 가면 태아를 보여준다는 걸 알고 있었다. 그래서 경현에게 함께 가자고 말했다. 얇은 막 하나를 제거하면 어떤 일이 일어나는지 그가 정확히 알아야 한다고 생각했다. 나는 어떤 여성을 위해 그렇게 했다. 앞으로 경현을 사랑하게 될지도 모를 여성을 위해. 하지만 효과가 있을지는 모르겠다.

*

카페에 올라온 게시물을 읽었다. 이 카페엔 임신 중지를 앞둔 여자들만 있다. 오늘은 이런 글이 올라왔다.

─병원에 갔더니 쌍둥이래요. 지금은 결혼할 수 없는 상황이라서 지워야 하는데, 쌍둥이래요. 그래서 눈이 안 떠질 정도로 울었어요.

저절로 한숨이 나왔다. 운도 없지. 왜 하필 쌍둥이냐. 나는 6주에게 말했다. 너는 쌍둥이가 아니어서 참 고맙습니다. 나는 6주에게 말할 땐 다, 나, 까 말투를 썼다.

너는 곧 죽을 텐데 그걸 알고 있습니까.

너는 나에게 아무것도 요구해선 안 됩니다.

배고픕니까.

나는 배고픔을 느끼는데, 누군가 올린 게시 글처럼 네가 느끼는 배고픔인지도 모르겠단 생각은 안 합니다. 나는 6주 너를 갖기 전에도 자주 배가 고팠던 사람입니다.

입덧은 아침에만 하고, 누군 침만 삼켜도 속이 메스껍다는데 나는 라면을 끓여서 밥까지 말아 먹었다. 몸이 건강해야 회복도 빠를 테니까. 내 몸을 돌볼 사람은 이제부터 나뿐이다. 엄마는 내가 무슨 일을 겪고 있는지 까맣게 모르고, 가장 친한 친구인 해정은 임신 중지 경험이 없는 것 같았다. 내가 해정에게 내 감정을 어떻게 설명해야 할지 모르는 것처럼, 해정 역시 나를 어떻게 도와야 할지 잘 모를 것이다.

나는 해정과 주영 씨에게 괜찮은 사람으로 보이고 싶었고, 그런 마음이 나의 상황을 세세하게 설명하는 것을 방해했다. 되도록 말을 아껴야 한다. 그래야 판단을 덜 받을 테니까. 나는 그들이 나를 판단하지 않으리라 믿지만, 혹시 모른다. 속으론 냉혹하게 판단하고 있을지.

새벽에 올라온 글은 죄책감에 시달리고 있는 여자들이 쓴 글이다. 생명을 죽인다는 죄책감. 지옥에 갈지도 모른다는 공포. 나도 그걸 부인하진 않는다. 하지만 내가 원하는 삶을 포기할 정도는 아니다. 나는 내가 느끼는 죄책감 때문에 슬퍼하지 않는다. 죄책감을 극복하든 하지 못하든 계속 잘 살아갈 것이다. 그러니까 내가 나의 온전한 결정으로 이루어진 사람이 될 수 있게 나를 좀 내버려두면 안 될까?

그런데 지금 올라온 이 글을 보면…… 하나님의 뜻에 따라 결국 아이를 낳기로 결정했다는 고백. 우리 모두 평생 죄책감에 시달릴 일을 쉽게 선택해선 안 된다는 설득. 새벽 3시 47분에 우리를 설득하고 있는 여자. 이 사람은 정말 여자가 맞을까? 임신한 여자가 맞을까? 원치 않는 임신을 한 여자가 맞을까? 이 사람은 우리 모두를 죄인으로 심판하고, 6주 너부터 시작해 주수로 구별되는 모든 생명을 구하려고 나타난 오지라퍼. 이런 사람이 너무 많다. 도처에 있다.

나는 댓글을 달았다.

—미혼맘 카페로 가셔야 할 거 같아요.

답글이 즉시 달렸다.

—저 미혼 아니에요.

컵 수프를 꺼내서 끓인 물을 붓고 기다렸다. 새벽 4시 14분. 수프가 만들어지길 기다리는 2분 동안 6주에 대해 생각했다. 처음 임신을 예감한 건 버스 안에서였다. 버스가 급정차를 했는데 나도 모르게 한 손으로 배를 감쌌다. 나의 무의식적인 행동에 내가 놀랐고, 그날 저녁에 곧바로 임테기를 샀다. 생리가 불규칙한 편이어서 늦게 알 수도 있었지만 결국 그 일 때문에 일찍 알게 되었다. 내 몸은 내가 모르는 걸 먼저 알 수도 있다.

휴대폰이 진동했다. 확인해보니 주영 씨가 보낸 톡이었다. 주영 씨는 새벽 4시 18분에 뜬금없이 장문의 톡을 보냈고, 그 내용은 더욱 뜬금없는 것⋯⋯ 인도의 어느 가족 이야기였다. 동화 같은 도입부가 나를 어리둥절하게 만들었다.

—인도의 어느 가정집입니다. 지금 막 아이가 태어나려고 합니다. 산파가 아이를 받을 때, 옆에 있는 심부름꾼은 아이 아버지에게 전할 말을 기다리고 있습니다. 사실 산파는 이미 알고 있습니다. 심부름꾼도 알고 있습니까? 그도 알고 있습니다. 산모의 배가 옆으로 퍼진 것을 보고 짐작했습니다. 그러면 어떻게 됩니까? 심부름꾼은 아이 아버지에게 뛰어가 이 사실을 알릴 준비를 합니다. 그리고 산파는 아기의 입을 틀어막을 준비를 합니다. 성기를 확인한 뒤 곧바로 아기를 침묵 속으로 떠밀 준비를 합니다. 이것은 사실 특별한 일이 아닙니다. 정말로 특별한 일이 아닙니까? 아닙니다. 왜냐하면 너무나 많은 여아가 이런 식으로 죽기 때문입니다. 이것은 살인입니까? 살인입니다. 집단 학살입니다. 하지만 지금은 그런 게 중요하지 않습니다. 이 집에 있는 사람들에게 가장 중요한 건 아기의 성기입니다. 고추가 있습니까, 없습니까.

없습니다.

이제부터 아버지는 바빠집니다. 이런 상황에 대비해 마당에서 기른 협죽도 열매를 잘라 와서 절구에 넣고 찧기 시작합니다. 부서진 희망을 마구 찧기 시작합니다. 그것은 아기에게 먹일 독입니다. 아기는 그걸 먹고 이 세상에서 지워집니다. 영원히 사라집니다. 출생은 기록되지 않고, 죽음은 추모되지 않습니다. 기억은 처음부터 존재하지도 않아야 합니다. 엄마는 아기의 얼굴을 보지 못했습니다. 이 모든 일은 엄마와 아기의 잘못입니다. 남자를 낳지 못한 엄마의 잘못과 남자로 태어나지 못한 아기의 잘못입니다.

이어지는 주영 씨의 톡 역시 나를 당황하게 만들었다.

—내가 모임에서 발표할 글이야. 이 글을 쓰다가 네가 생각났어. 우리가 격렬히 반대해야 하는 살인은 이런 살인이라고 생각해. 딸이 태어나면 막대한 결혼 지참금이 필요하기 때문에 어쩔 수 없이 죽여야 하는 구조적 살인. 그리고 네가 임신 중지를 택한 건, 살인과는 명백히 다른 문제야. 원치 않는 임신을 유지한다는 건 너의 삶을 죽이는 일이니까. 나는 너한테 이 말을 꼭 해주고 싶어. 그래야 네가 앞으로 당당하게 살아갈 수 있을 테니까.

나는 주영 씨가 보낸 톡을 읽다가 인도의 어느 가정집에서 일어난 끔찍한 살인 이야기를 다시 읽어보았고, 그 결과…… 주영 씨가 나를 상당히 오해하고 있다는 걸 깨달았다.

나는 지금도 당당하게 살아갈 자신이 있다. 주영 씨는 왜 이런 생각을 한 걸까. 나는 오로지 나의 선택으로만 괴로워할 것이고, 때로는 조금도 괴로워하지 않을 건데. 나는 그런 내용의 톡을 주영 씨에게 보냈다.

—뭐, 그렇다면 다행이고.

주영 씨는 내게서 적당히 물러나 앉는 태도를 취했다. 나는 주영 씨의 이런 태도 때문에 상처를 받다가도, 이런 태도 때문에 주영 씨에게 끌리곤 했다. 그런데 지금은 좀 아니었다. 화가 났다. 혹시 주영 씨는 나의 안티인가?

여아 살인과 임신 중지는 전혀 다른 일인데 그걸 왜 묶어서 생각하지. 나는 골이 나서 주영 씨가 보낸 톡을 노려보며 고심했다. 답장을 보낼까, 말까. 설마 주영 씨는 속으로 나의 결정을 불편해하고 있었던 걸까. 그럼에도 포경수술 운운하며 위선을 떨었다. 혼자 논리 싸움을 하다가 이 새벽에 이상한 결론을 내리고 내게 톡을 보냈다. 나를 응원한다는 최악의 말 같은 건 없었지만, 앞으로 당당하게 살아가길 바란다는 말은 차악의 말이라고 볼 수 있었다.

나는 이따위 말은 듣고 싶지 않았다. 주영 씨는 나의 선택에 대해 윤리적 판단을 내렸다. 결국 주영 씨에게 그런 내용의 톡을 보냈고, 주영 씨는 내 톡을 읽고 나서 씹었다. 아무리 기다려도 답장이 오지 않았다. 나는 기가 차서 맥주를 한 캔 땄고, 벌컥벌컥 마시다가 사레가 심하게 들려서 죽을 뻔했다. 개수대를 붙잡고 폐에 물이 들어간 사람처럼 고통스럽게 숨을 쉬려고 노력하다가, 울었다. 아파서 울었다.

나는 아직 한 번도 반대에 부딪혀본 적이 없었던 거야.

뒤늦게 그걸 깨달았다. 임신했다는 사실을 알린 사람은 세 명. 경현과 해정과 주영 씨. 그들 중 임신 중지를 반대하는 사람은 아무도 없는 줄 알았는데, 알고 보니 주영 씨는 나름대로 나를 판단하고 있었다. 저마다 생각이 다를 수는 있지만, 먼저 상처를 주고 나의 톡에 아무런 답장도 하지 않는 건 너무하단 생각이 들었다.

수술하러 갈 땐 역시 해정이 곁에 있는 편이 낫겠다. 주영 씨는, 진짜 아니지. 의자에 앉아서 잠든 나를 바라보며 무슨 생각을 할까. 미련하다고 생각할 사람은 아니고, 연민도 느끼지 않겠지만 어떤 감정이든 나는 좀 불편할 것 같았다.

새벽 6시.

이제 네 시간 뒤면 6주는 사라진다.

*

택시에서 내린 나를 발견한 해정은 두 팔을 들어 올려 크게 흔들었다. 해정이 일하는 사무소에서 그리 멀지 않은 곳이었다. 해정은 내게로 달려와 캐리어를 낚아채듯 가져가더니 조용하고 침착하게 물었다. 몸은 좀 어때?

아랫배가 당겨.

병원 가야 하는 거 아니야?

그 정도는 아니야. 누워 있으면 괜찮아져.

해정은 약간 그늘진 얼굴로 말없이 걷다가, 그 집 주방에 인스턴트 미역국을 잔뜩 사다 놨으니 전자레인지에 데워 먹기만 하라고 말했다.

냉장고, 세탁기, 에어컨 다 설치되어 있어. 젊은 사람들은 이런 게 있어야 좋아하거든. 없으면 다 사야 하는 거냐고 새삼스럽게 물어. 처음엔 어떻게 설명해야 하나 고민했는데, 이젠 딱 한마디로 말해.

뭐라고 하는데?

여긴 살림집이에요. 이 말을 하면 다들 수긍하는 표정을 지으면서 조용히 신발을 신어. 젊은 사람들이 원하는 건 살림집이 아닌 거지. 살림집이라고 말하면 엄마 집처럼 느껴지나 봐. 자기 집은 엄마 집과 달라야 한다는 거지. 다양한 옵션은 기본이고, 도배와 장판은 필수고. 집주인 마음은 생각도 안 해.

근데 너 왜 자꾸 젊은 사람들이라고 말해? 우리도 젊잖아.

……그러게. 일할 땐 내가 젊다는 생각이 안 들어. 나도 가난하면서 왜 집주인 마음으로 손님을 보게 되는지 모르겠어.

해정은 그렇게 말하더니 고개를 숙이고 걸었다. 나는 일터에서의 고충을 선선히 털어놓으며 침묵의 간극을 메우려는 해정에게 고마움을 느꼈다.

어제 오후, 마취에서 깨어나 눈을 뜨니 해정이 겁먹은 얼굴로 나를 내려다보고 있었다. 내가 입을 열자마자 얼른 내 손을 잡았다. 나는 해정의 눈가를 보았고, 저게 왜 우나, 그런 생각을 했다. 왜 울어? 그렇게 물었던 것도 같다. 마취가 덜 깨서 정신이 없을 때였다. 해정은 안 울었다고 우기더니, 내가 너무 작고 연약해 보여서 걱정이 되더라고 했다. 니가 안 깨어날까 봐 얼마나 조마조마했는데. 박경현을 찾아가서 두들겨 패주고 싶었어.

회복실에서 걸어 나와 간호사의 설명을 들을 때에도 나는 계속 어지러웠고, 벽에 한 손을 짚고 서 있었다. 해정이 나 대신 설명을 들었고, 약국에 들러 처방약을 받아 왔다. 우리는 택시를 타고 나의 집으

로 갔다. 해정은 곧바로 배달 음식을 주문했다. 나는 이튿날부터 공사
가 시작될 예정인 윗집을 노려보며, 지친 몸으로 다른 곳으로 가야 하
는 게 화가 난다고 말했다. 그러나 정확히 누구에게 화난 건지는 몰랐
다. 위층 집주인은 아니었다. 내가 집에 남자를 데려올 때마다 1층 공
용 현관에 설치한 감시 카메라로 확인한 뒤 잔소리를 했지만, 새삼스
럽게 그것 때문에 화가 나진 않았다. 경현도 아니었다. 이미 완벽히 끝
난 관계였다. 해정도 아니었다. 울지 않겠다고 약속해놓고 울었다고
해서 화를 낼 수는 없었다. 주영 씨도 아니었다. 연락이 없을 줄 알았
다. 그러면 남은 사람은 나인데, 나는 나에게만은 절대로 화를 내고 싶
지 않았다. 해정은 족발과 막국수와 미역국을 내 앞으로 자꾸 밀어주
며 많이 먹으라고 말했지만, 입맛이 너무 없었다. 억지로 입 속으로 밀
어 넣긴 했지만 입은 쓰고, 몸은 축축 처지고, 자꾸만 눕고 싶었다. 화
장실에 들어가서 거즈를 제거했는데, 피가 잔뜩 묻어 있어서 마음이
참담했다. 말 없는 나를 보더니 해정은 가방을 챙겨 들었고, 몸에 이상
이 생기면 언제든 연락하라고 했다. 나는 그렇게 말해주는 해정이 언
니처럼 느껴졌지만, 이 일 때문에 해정을 언니로 느끼고 싶진 않았다.
이 일 때문에 누군가를 나보다 낫다고 생각하고 싶지 않았다.

해정은 캐리어를 멈춰 세우더니 똑같은 빌라 세 채가 나란히 서 있
는 곳을 가리켰다.

저 집이야. 맨 앞쪽 A동 3층. 근데 너 계단 올라가다가 놀라지 마.

왜 놀라?

복도 벽이 좀 이상하거든.

어떻게 이상한데?

해정은 직접 보라고 말하며 내 팔을 습관적으로 잡아끌었다. 그러

나 곧바로 소스라치게 놀라며 손을 놓았다. 미안해. 너 지금 빨리 못 걷지?

괜찮아. 걸을 수 있어.

해정은 내 대답을 부인하는 것처럼 고개를 가로젓더니 천천히 걷자고 말했다. 그러면서 휴대폰을 수시로 확인했다. 어딘가에서 전화가 연달아 걸려왔다. 나는 내 캐리어를 끌고 가는 해정의 뒷모습을 바라보다가 해정이 타이트한 정장 바지에 가죽 구두를 신고 있다는 걸 알아챘고, 도무지 어울리지 않는다고 생각했다. 일할 땐 확실히 다른 모습이었다.

해정의 뒤를 따라 공용 현관으로 들어서니 복도 전체에 퍼진 서늘한 기운이 느껴졌다. 계단을 올라가며 누군가 복도에 내놓은 쓰레기봉투를 유심히 보았다. 일주일만 머물다가 집으로 돌아갈 거니까 이웃의 신분 따윈 알 필요가 없음에도, 나는 혼자 살 집을 구할 때마다 이웃이 누군지 무척 신경 썼던 기억을 되살리며 현관 옆에 내놓은 짐을 유심히 쳐다보았다.

3층으로 향하는 층계참에서 해정은 걸음을 멈추더니 나를 돌아보았다. 해정이 손가락으로 가리킨 것은 터질 듯 부풀어 오른 벽이었다. 가운데 부분이 곡선을 그리며 앞으로 크게 튀어나와 있었다. 안에서 뭔가가 벽을 밀고 나올 것 같은 모양새였다.

왜 저래?

부실 공사. 걱정 마. 건물이 무너질 정도는 아니니까.

주인은 왜 그냥 내버려두는 건데?

세대마다 주인이 달라. 복도는 공용 공간이니까 공사비를 분담해서 수리해야 하는데, 합의가 잘 안 되고 있어. 1, 2층 집주인들은 3층 복도니까 어차피 안 보인단 거지.

그래서 집이 안 나가나.

많이 이상하니?

나는 그렇다는 의미로 고개를 끄덕였다. 집으로 들어갈 때마다 이런 벽을 봐야 한다는 건 결코 기분 좋은 일이 아니었다. 해정은 튀어나온 벽을 한 손으로 슥 만지더니 계단을 올라갔다. 나는 어쩐지 그 벽에 몸이 닿는 게 싫어서 멀찍이 떨어져 걸었다. 내가 지나가길 기다려 벽 속에서 무언가 튀어나올 것 같았다.

해정은 도어 록 비밀번호를 천천히 누르더니 나를 돌아보았다. 나는 번호를 외웠다는 의미로 고개를 끄덕였다. 해정이 먼저 안으로 들어가 곧바로 거실 불을 켰다. 불을 켜지 않더라도 채광이 나쁘지 않은 편이었다. 해정은 분주히 방과 주방 불을 켜더니 나를 돌아보았다. 어떠냐는 의미의 표정을 짓고 있었다.

괜찮네.

며칠 지내긴 나쁘지 않지?

복도 벽만 아니면 우리 집보다 훨씬 좋은데. 방도 두 개나 되고.

하나는 거의 창고야. 너무 작아서 책상도 안 들어가.

나는 해정이 들여다보고 있는 방 앞으로 걸어갔다. 주방에 딸린 곁방이었는데, 해정의 말대로 정말 작았다. 세 사람이 나란히 누우면 꽉 찰 것 같았다. 이렇게 작은 방에 굳이 문을 달고, 방 구실을 하라고 해놓은 게 우스웠다. 주방을 돌아보니, 싱크대가 사선으로 설치되어 있었다. 오른편으로 갈수록 점점 뒤쪽으로 밀려 들어갔다. 벽이 그런 구조인 것 같았다. 싱크대를 기준으로 삼고 형광등을 설치했는지 형광등도 사선으로 달려 있었다. 뒤늦게 거실 벽도 사선이라는 걸 깨달았다.

벽이 온통 비뚤다?

그래서 잘 안 나가나 봐. 이런 집은 가구를 들여놓기도 어렵거든.

나 정말 여기 있어도 되는 거지?

집주인이 우리 부동산에만 집을 내놨는데, 이 집에 관심이 전혀 없어. 복도 벽이 저 모양이니 손님에게 보여주기도 민망하고. 내가 맡고 있는 물건이니까 편하게 있어도 돼.

해정은 계속해서 울리는 휴대폰을 손에 꼭 쥐고 서둘러 신발을 꿰신었다. 잠시 후 해정이 계단을 달려 내려가는 소리가 들렸다. 나는 베란다 창 앞에 서서 기다렸고, 해정이 사무소를 향해 뛰듯이 걸어가는 모습을 바라보았다. 문득 이 집에서 아주 오랫동안 살고 있는 사람이 된 기분이 들었다.

한숨 자고 일어나니 일몰 무렵이었다. 베란다 창을 열어놓았는데, 새들이 우짖는 소리가 날카롭게 들려왔다. 저렇게 우는 새는 직박구리라고 주영 씨가 알려주었는데. 그때 우리는 성당 벤치에 앉아 있었다. 주영 씨를 만난 지 네 번째인가 다섯 번째 되던 날이었고, 주영 씨가 먼저 성당에 가자고 제안했다. 자기는 고민이 있을 때마다 그곳에 가는데, 내가 고민이 있어 보인다고 했다. 내가 그날 내내 밝게 웃고, 수다를 멈추지 않았는데도 그녀는 그런 말을 했다. 이 사람은 나를 꿰뚫어 보는구나. 그런 마음이 들어 주영 씨에게 끌렸다. 나는 그날을 떠올리며 주영 씨가 보낸 톡을 다시 읽었다.

—먹고 싶은 게 있으면 말해.

어쩐지 명령처럼 들렸다. 나는 한참 동안 답장하지 않다가 뒤늦게, 술, 이라고 보냈다. 주영 씨는 느낌표 두 개를 보내더니 아무런 말이 없었다.

해정과 주영 씨를 기다리다가 찬물에 세수를 했다. 빈속에 약을 먹고, 시원한 생수를 마셨다. 날이 점점 더워지고 있었다. 한 달만 지나면 다들 여름휴가를 가느라 바쁘겠단 생각이 들었다. 나도 이번 여름엔 그래보고 싶었다. 인생의 가장 중요한 결정은 아니어도 기억에 남을 결정을 내린 여름이었으니 바쁘게 휴가를 준비해보고 싶었다. 벌써 다 회복된 건가…… 그런 생각을 하다가 포털 사이트에 들어가 이런저런 기사를 보았다. 관심도 없는 기사를 보다가 관심을 끄는 기사를 발견했다. 중요한 판결을 폐기하며 임신중지권을 박탈한 나라에 관한 기사였다. 나는 그 기사를 읽다가 배가 당기듯 아파서 울었다. 그리고 천장을 바라보며 눈물을 천천히 말렸다.

주영 씨와 해정이 3단으로 접힌 매트리스를 들고 왔다. 둘 다 손목에 커다란 비닐봉지가 걸려 있었다. 해정은 손을 씻고 나서 곧바로 미역국과 햇반을 데웠고, 주영 씨는 베란다 창을 활짝 열고 거실 바닥에 먹을 걸 부려놓았다. 맥주와 소주, 육포, 스낵, 포션 치즈, 과일 푸딩. 나는 그 앞에 앉아서 맥주를 가장 먼저 집어 들었는데, 주영 씨가 곧바로 낚아채 갔다.

일주일만 참아.

주영 씨의 태도가 워낙 단호해서 나는 잠자코 과일 푸딩을 집어 들었다. 해정이 미역국과 햇반을 들고 오며 말했다. 보쌈 시켰으니까 천천히 먹어. 주영 씨는 맥주 한 캔을 금세 비우고 집 안을 둘러보았다.

작은방은 너무 작고, 베란다는 지나치게 크다고 평했다. 거실엔 소파 대신 빈백을 놓는 게 낫겠다고 했다. 이 집은 전체적으로 균형이 안 맞아. 주영 씨는 그렇게 말하며 고개를 저었다. 복도 벽을 봤느냐고 물었더니, 봤다고, 그게 뭐냐고 도리어 나에게 물었다.

그 안에 뭐가 살고 있는 것 같지 않아?

뭐가?

괴물.

내 말에 주영 씨는 나를 물끄러미 보더니 이 집에 있기 싫으냐고 물었다. 나는 아니라고 답했다. 해정은 부모님과 함께 살고, 주영 씨는 사촌 동생과 원룸에 살고 있었다. 내가 기댈 수 있는 상황이 아니었다. 나는 이 집이 내 집보다 훨씬 좋다고 말했다.

그렇게 좋으면 이사를 하지?

여기 얼만데?

해정이 곧바로 답해주었다. 전세 1억 4천.

나는 입을 쩍 벌렸다. 주영 씨는 싸네, 라고 답하더니 자기 집이 얼만지 알려주었다. 원룸인데 왜 그렇게 비싸? 내 말에 주영 씨는 도리어 놀란 표정을 지었다. 해정이 나를 가리키며, 얘는 월세만 살아서 전세 시세 개념이 없어, 라고 말했다. 나는 두 사람이 나를 괜히 놀린다고 생각했고, 그런 분위기라는 게 좋았다. 나를 위로해주려고 노력하는 것보단 나았다. 괜히 '그런' 화제를 꺼내는 것보단 나았다. 그런데 주영 씨가 결국 그런 화제를 꺼내기 시작했다. 시작은 돼지였다. 죽은 돼지.

내가 어제 시장을 걷다가 뭘 봤거든. 트럭 짐칸이 활짝 열려 있었는데, 그 안에 죽은 돼지가 누워 있는 거야. 네 마리였어. 머리와 내장은 없고, 다리는 다 있고. 그걸 한 마리씩 등에 업고서 정육점으로 나르는 걸 봤어. 그걸 보고 고기 먹지 말아야지 생각했는데, 5분 정도 지났나? 그 시장에 돈가스집이 있거든. 쇼케이스에 튀긴 돈가스를 잔뜩 쌓아놔. 그 집에서 돈가스를 샀어. 너무 맛있어 보여서. 나 진짜 문제 있지 않아? 완벽한 분열이라니까.

주영 씨의 말에 해정은 아무런 대꾸 없이 보쌈만 먹었다. 나는 입맛 떨어진 표정으로 막국수를 먹었다. 어제도 족발보다 막국수를 더 많이 먹었는데, 오늘도 보쌈보다 막국수에 손이 더 갔다. 막국수는 입맛이 없어도 먹을 수 있는 음식이구나, 괜히 그런 생각을 했다. 잡생각으로 주영 씨의 말을 머릿속에서 밀어내고 싶었다. 죽음에 관한 얘기는 듣고 싶지 않았다. 돼지의 죽음으로 끝나는 건 괜찮지만 어쩐지 그럴 것 같지 않았다.

나는 나 때문에 고민이 너무 많아. 원래 사람들은 다 자기 자신 때문에 고민이 많은 건가? 주영 씨는 누구에게랄 것도 없이 그렇게 묻더니, 나를 쳐다보며 대뜸 요즘엔 너 때문에 고민이 많다고 했다. 나는 아무런 대답도 하지 않았다. 주영 씨 앞에 놓인 빈 소주병만 쳐다보았다. 언제 저걸 다 마셨지. 해정이 불안한 표정으로 주영 씨와 나를 번갈아 쳐다보았다. 주영 씨는 그 신호를 무시하고 계속 말했다.

내가 원하는 건 폭력 없는 세상인데, 가끔은 폭력과 폭력 중에서 하나를 선택해야 하는 딜레마에 빠질 때가 있어. 그때마다 또 분열을 느껴. 내가 둘로 쪼개지는 기분이야.

나는 젓가락을 내려놓았다. 해정은 한숨을 내쉬었다. 나는 주영 씨가 회사에서 안 좋은 일이 있었던 거라고 짐작했다. 그래서 괜히 내게 화풀이하는 거라고. 나는 주영 씨를 좋아했고 좋은 사람이라고 생각했지만, 가끔은 너무 싫었고 내게 적대적인 사람이라고 생각했다. 어떻게 한 사람에 대한 감정과 판단이 이렇게 유동적일 수가 있지. 정반대일 수가 있지. 나는 그게 사람의 마음이라고 결론 내린 지 오래였지만, 오늘은 주영 씨에게 그런 마음이 드는 게 싫었다. 그냥 계속 좋은 사람이면 안 될까, 주영 씨?

내 속마음을 듣지 못한 주영 씨는 자리에서 일어나더니 베란다로 걸어갔다. 그리고 천천히 담배를 피웠다. 해정이 뾰족한 목소리로 이 집에선 담배 피우지 말라니까, 라고 쏘아붙였지만 주영 씨는 거의 다 피웠다면서 해정의 말을 듣지 않았다. 해정은 화난 표정을 지었다. 나는 분위기를 전환하고 싶어서 아무 말이나 꺼냈다.

어제 병원에 갔을 때, 화장실에 들렀다가 깜짝 놀랐잖아. 변기 안에 망이 있는 거야. 연두색 망. 똥 못 누게 하려고 그런 걸 설치해놓은 거지.

해정은 놀란 얼굴이었고, 주영 씨는 큰 소리로 웃기 시작했다.

정말 치사하지 않아? 수술하기 전에 똥이 마려울 수도 있잖아. 그런 상황을 다 무시하고 자기 편의만 생각한 거지. 막힌 변기 뚫기 싫다는 거지.

거기도 누군가의 일터일 뿐이야.

주영 씨가 그렇게 말하며 나를 힐끗 돌아보았다. 나는 그런 결론이 나온 게 못마땅했다. 그래서 맥주를 집어 들었고, 두 사람이 말리기 전에 재빨리 들이켰다. 그리고 말했다. 주영 씨, 원치 않는 임신도 폭력이야. 그러니까 나를 그만 좀 판단해.

주영 씨가 나를 천천히 돌아보았다. 담배를 바닥에 비벼 끄고 꽁초를 집어 들더니 주방으로 걸어가 개수대로 획 던져 넣었다. 그리고 말했다. 내가 그걸 모를 거 같아? 난 너한테 솔직해지고 싶어서 그런 거야.

그럴 필요 없어. 나한테 공감해줄 필요도 없고.

공감해. 나였어도 같은 선택을 했을 거야.

직접 겪지 않으면 모르니까 그런 말은 하지 마.

주영 씨는 아무런 대꾸도 하지 않았다. 베란다 창을 등지고 앉아서 두 손으로 다리를 감싼 자세로 바닥만 쳐다보았다.

나 때문에 상처받았어?

주영 씨는 그렇게 묻더니 내 대답은 듣지도 않고 괴로운 듯 두 팔로 머리를 감쌌다. 나는 이 상황이 너무 불편했다. 주영 씨는 도대체 무엇 때문에 괴로워하는 걸까. 나의 선택 때문에? 자신의 판단 때문에? 그 둘은 연결될 필요가 없다. 각자 자기 자리에서 움직이지 않는 감정도 있어야 한다.

나는 윤리적인 판단을 내리려는 게 아니야.

주영 씨는 작은 목소리로 말했고, 나는 즉시 반박했다.

다들 임신 후 선택에 윤리적인 판단을 내려. 임신 자체엔 아무런 판단도 안 내리면서. 나는 그게 잘못됐다고 생각해.

주영 씨가 고개를 들더니 더 얘기해보라는 표정을 지었다.

임신 자체를 두고 윤리적인 판단을 먼저 내려야 돼. 임신은 좋은 임신이 있고, 나쁜 임신이 있어. 나는 나쁜 임신을 한 거야. 그래서 이런 선택을 한 거고. 판단을 하려면 제발 제대로 된 단계에서 하라고.

주영 씨는 아무런 대꾸도 하지 않았다. 해정 역시 마찬가지였다. 나쁜 임신이 존재한다는 걸 설명하는 일은 생각보다 어려웠다. 내가 나쁜 사람이 된 기분이었다. 만일 내가 강간을 당해 임신했다면, 나의 주장을 좀 더 쉽게 받아들였을까. 명백히 나쁜 임신이라고 말해줄 수 있었을까. 하지만 그것은 임신 이전 단계에서 윤리적 판단이 내려진 것이다. 이런 식으로 단계를 거슬러 올라가면 모든 몰이해가 풀릴 것 같지만, 실상은 아니다. 나는 더 불편해졌고, 주영 씨 역시 그런 눈치였다. 나는 내 마음을 솔직하게 표현하고도 주영 씨와 해정이 나를 차가운 사람으로 볼까 봐 불안했고, 이런 마음을 갖는 내가 싫었다.

시간이 한참 지난 다음에 만날 걸 그랬다. 그땐 이런 얘기가 화제에 오를 리 없고, 나는 끊임없이 다른 얘기를 할 텐데. 하지만 그걸 인식하는 순간 편안함은 사라질 것이다. 그러므로 솔직하게 말하고 계속 얼굴을 보기로 한 것인데, 그런 선택이 자꾸 이렇게 우리를 불편하게 만든다면 어떻게 해야 하나.

주영 씨가 한숨을 내쉬더니 말했다. 나는 너한테 솔직하고 싶어. 속이는 거 없이 만나고 싶어.

나도 그래.

……나도 그랬어. 근데 그게 좋은 건 아닌 것 같아.

해정의 말에 우리는 길게 침묵했다.

이건 나의 사건이 아니라 우리의 사건이 되어버렸다. 내가 이 상황에 대해 끊임없이 생각하듯 해정과 주영 씨 역시 그렇게 하고 있었다. 우리는 서로 연결된 촉수를 갖고 있는 걸까. 그러나 그 촉수의 탐지 기관은 지극히 주관적이어서 상대의 마음인 줄 알았던 것이 자기 마음이 되기도 하고, 자기 마음인 줄 알았던 것이 상대의 마음이 되기도 한다. 그렇게 뒤섞여버린다. 나는 그런 생각을 하다가 어느샌가 맥주를 두 캔이나 비웠다는 걸 깨달았다.

해정이 다시 보쌈을 먹기 시작했다. 주영 씨는 주머니에서 뭔가를 꺼내더니 내게 내밀었다.

뭔데?

반지. 오다가 주웠어.

빈말이 아니라 주영 씨는 정말로 이곳으로 오다가 반지를 주웠다. 반지는 내 손에 맞지 않았다. 너무 꽉 끼었다. 주영 씨한테 맞을 거 같은데? 주영 씨가 반지를 꼈다. 딱 맞았다. 주영 씨에겐 딱 맞는 반지가 내겐 꽉 낄 수 있다는 게 당연한데, 나는 그게 새삼스러웠다.

해정이 남은 음식을 처리했다. 나는 육포를 잘근잘근 씹으며 베란다에서 서성였다. 창 바로 앞에 나무가 있어서 좋았다. 이런 집에 살아본 적은 없는데. 창문을 열면 늘 벽이거나 보기 싫은 이웃의 방이었지. 주영 씨가 바닥을 물티슈로 훔쳤고, 거실은 금세 말끔해졌다.

나는 작은방으로 들어가 바닥에 누웠다. 그냥 그래보고 싶었다. 누우면 방 같은 기분이 들지 궁금했는데, 감옥 같았다. 너무 작아서 갑갑했다. 해정과 주영 씨가 방으로 들어오더니 내 옆에 누웠다. 셋이 누우니 방이 꽉 찼다. 우리는 이렇게 작은 방을 만든 사람의 터무니없는 욕심에 대해 얘기했다. 그러고 있으니 감옥 같았던 방이 텐트처럼 느껴졌다. 내가 그렇게 말하자 다들 맞장구쳐주었다.

캠핑 가자.

이번 여름엔 꼭 가자.

우리는 해마다 다짐했던 걸 다시 말하고, 어떤 장비를 렌트해야 하는지 이야기를 나누다가 점점 말수가 줄어들었다. 긴 침묵을 깨고 주영 씨가 입을 열었다.

나랑 같이 사는 사촌 있잖아. 걔도…… 수술했어, 작년에.

해정과 나는 조용히 듣고만 있었다. 계속 말해보라는 의미였다.

걔는 엄마한테 다 말하고, 병원에 같이 갔어. 근데 그 뒤로 둘 사이가 서먹해졌어. 이모가 나한테 그러더라. 어떻게 대해야 할지 모르겠다고. 속이 너무 상하고, 왜 그랬나 싶고, 자꾸 감시하게 된다고. 사촌이 그걸 안 거지. 그래서 집 나와서 나랑 같이 사는 거야. 원래 사이좋은 모녀였는데, 지금은 연락도 잘 안 해. 물론 이모는 하지. 사촌이 안 받는 거고. 나는 그런 생각이 들었어. 차라리 모르는 게 나았겠다. 사촌도 후회해. 얘기하지 말 걸 그랬다고. 나도 처음엔 그게 낫다고 생각했는데 지금은 아니야. 그냥 솔직하게 말하고, 받아들일 수 없는 문제라면 자연스럽게 멀어지는 게 낫다고 생각해. 내가 이상한가?

나는 이상하지 않다고 답했고, 해정은 아무런 대꾸도 없다가 확신 없는 어조로 말했다.

나는 모르겠어. 받아들일 수 없는 문제를 받아들여야 하는 사람의 마음도 생각해봐.

꿈결에 도어 록 비밀번호를 누르는 소리가 들려왔다. 나는 천천히 몸을 일으켰고, 주영 씨는 일어나지 않고 눈만 떴다. 해정은 벌떡 일어났다. 낯선 아주머니가 현관에 서 있었다. 그녀는 놀란 얼굴로 우리를 쳐다보았다.

아주머니는 현관문을 닫은 뒤 우리에게 먼저 가라고 말했다. 도어 록 비밀번호를 바꿀 것이고, 다른 부동산에 집을 내놓을 것이며, 우리에게 자기 집을 불법으로 사용한 값을 청구하겠다고 으름장을 놓았다. 주영 씨는 3단으로 접힌 매트리스를 안고 가만히 서 있었고, 해정은 아주머니를 설득하려다가 포기했고, 나는 캐리어 손잡이를 쥐고 터질 듯 부풀어 오른 복도 벽을 노려보았다. 아주머니가 돌아간 뒤 해정이 말했다. 그동안 한 번도 안 왔는데, 왜 하필 오늘이지?

우리는 집 앞 놀이터로 걸어갔다. 주영 씨는 머리가 아파서 눕고 싶다고 말했다. 나는 누우라고 대꾸했다. 아무 데나 누우라고. 소주를 그렇게 빨리 마셨으니 머리가 아프기도 할 거라고. 그냥 한 말이었는데, 주영 씨는 놀이터 모랫바닥에 매트리스를 펼치더니 정말로 그 위에 드러누웠다. 나와 해정은 벤치에 앉아 주영 씨를 빤히 쳐다보았다.

주영 씨, 좋아?

어. 너희도 누워봐.

나는 벤치에서 일어나 슬며시 주영 씨 옆에 누웠다. 밤하늘의 별은 보이지 않았고 온통 캄캄하기만 했다. 해정은 내게 미안해하는 눈치였지만 미안하다고 말하진 않았다. 미안해할 일이 아니었으니까. 해정은 그녀 나름대로 애썼다. 나도 알고, 주영 씨도 알았기에 아무도 이 상황에 대해 불평하지 않았다. 집주인이 우리를 나무랐을 땐 화가 났고, 우리가 불법점유를 했다느니 우겼을 땐 반박하고 싶었지만, 생각해보니 충분히 그럴 만한 상황이었다. 해정은 그네로 걸어가 줄을 붙잡고 누군가와 길게 통화하더니 돌아와 우리에게 말했다. 내가 잘 설득했으니까 걱정하지 마.

걱정 안 했어.

나도.

주영 씨와 나는 매트리스 위에 누워 밤하늘을 바라보며 대꾸했다. 집으로 돌아갈 생각을 하니 가슴이 갑갑하면서 동시에 후련했다. 해정의 제안을 선뜻 수락했던 건, 이들과 함께 내가 겪은 일을 잘 정리해보고 싶어서였다. 함께 정리할 일이 아니라고 생각하면서도 나는 해정과 주영 씨를 곁에 두고 싶었다. 그러면 암울한 기사를 봐도 울지 않을 것 같았고, 서로의 생각이 달라도 인간에 대한 희망을 완전히 잃진 않을 것 같았다. 물론 완전히 잃어버릴 수도 있지만, 주영 씨나 해정의 얼굴을 다시 못 보게 되는 것보단 덜 괴로웠다. 나는 주영 씨가 어떤 대답을 하든 상관하지 않겠다는 마음으로 입을 열었다.

집은 재산이라는 이유로 침입을 허락하지 않는데, 여자 몸은 집만도 못하다는 건가.

갑자기 무슨 소리야.

기사 못 봤어?

아…… 그 얘기구나.

내 몸이 집만도 못한 자유만 허락되는 곳이라는 거잖아. 다들 재산 좋아하고 자본주의에 순응하며 살면서, 어떤 여성이 제 몸이 저의 유일한 재산입니다, 라고 말해도 아무도 안 듣고. 누구나 자기 몸으로 살아야 하는데, 남의 몸으로 살 수 있는 게 아닌데, 왜 그게 재산보다 못하다는 거지? 여자 몸은 누구나 간섭할 수 있는 공공 자산이라는 건가. 나는 불법점유에 반대합니다. 그러므로 오늘 우리의 행동은 불법점유임을 인정하고, 사죄합니다.

나는 크게 소리 질렀다. 주영 씨가 그걸 그렇게 연결하지 말라고 했다. 그렇게 연결하면 결국 집주인한테 사죄하고 끝나는 건데, 그건 좀 아니라고 했다.

왜 아니야?

그냥 싫어.

주영 씨도 빨리 집주인이 되어야지.

그렇게 끝내지 마.

싫어. 아무렇게나 끝낼래.

마음대로 해.

주영 씨는 그렇게 말하더니 셔츠를 올려서 얼굴에 덮어썼다. 타투가 가득한 배가 보이든 말든 신경도 쓰지 않고. 나는 주영 씨의 그런 무심함이 좋았고, 또다시 감정이 변하는 걸 느꼈다. 아깐 주영 씨가 싫었는데 이젠 좋고, 해정은 원래부터 좋았고…… 고개를 드니 해정이 내 발치에 서 있었다.

그냥 우리 집으로 가자. 부모님한텐 너 몸살 났다고 할게.

밤엔 공사 안 해. 집으로 갈래.

내일 아침부터 다시 할 거 아니야. 우리 집으로 가자니까.

나는 아무런 대답도 하지 않았다. 당분간은 이들이 내게서 멀어지지 않을 것 같았다. 내 발치에, 옆에 항상 들러붙어 있을 것 같았다.

해정이 갑자기 매트리스 끄트머리를 붙잡더니 질질 끌고 가기 시작했다. 나는 웃으며 그만하라고 말했다. 그러다가 옆으로 굴러떨어질 뻔해서 주영 씨가 붙잡아주었다. 해정은 이대로 집까지 가자고 말했다. 내가 너희들을 끌고 갈 테니까 얌전히 있어. 주영 씨와 나는 쟤가 왜 저러나, 생각하면서도 웃으며 끌려갔다. 모래 먼지가 풀풀 흩날렸다.

먼지구름이 가라앉으면 보이는 우리의 얼굴은 저마다 다르게 생긴 사람들이겠지. 그러나 서로에게 뭔가를 해주려고 늘 기다리는 사람들이겠지. 자기 생각을 말하다가 상대를 다치게 하고, 자기도 다치는 사람들이겠지. 차라리, 입을 다물까. 집이든 몸이든 뭐든 그냥 다른 사람들이나 떠들라 하고 우리는 이렇게 아이처럼 장난이나 치며 살까. 하지만 자꾸 울고 싶은 일이 생기는 걸 어쩌나. 어떻게 막을 수가 있나. 시간이 흐르면 또 다른 사건이 우리 가슴에 유성처럼 떨어질 것이고, 그때마다 우리는 서로 소매가 엉킨 채로 함께 걸어갈 것이다.

6주가 사라진 지 36시간이 지났고, 나는 주영 씨의 손을 잡고 있었다. 해정은 우리를 열심히 끌고 갔다. 놀이터가 끝나는 지점을 향해.

웃음이 그치는 곳을 향해.

놀이터 입구에 도착한 우리는 옷을 탁탁 털고 나서 매트리스를 휙 뒤집었다. 그리고 세 명이서 여섯 개의 손으로 부지런히 매트리스를 털었다. 해정이 곧바로 택시를 호출했다. 주영 씨는 화단에 매트리스를 기대어놓고 휴대폰을 들여다보았다. 또 '쇼츠' 영상을 보는 것 같았다. 틈만 나면 그런 걸 보며 실없이 웃는 주영 씨는 아마도 심심한 것 같았다. 나는 별 하나 보이지 않는 밤하늘을 올려다보았다. 텅 빈 하늘도 아름다웠다. ▪

이승은

우린 정말 몰랐어요

1980년 서울 출생.
2014년 『문예중앙』 등단.
소설집 『오늘 밤에 어울리는』.

우린 정말 몰랐어요

한낮의 태양이 뜨겁게 내리쬐는 마른 흙길 위를 은색 차 한 대가 달리고 있었다. 흙길 양쪽으로 펼쳐진 들판엔 잡초가 무성했다. 선영은 한솔을 데리고 세 시간을 달려 해동에 내려왔다가 친구 재은을 만나 일을 본 후 막 해동을 벗어나려는 참이었다. 서울로 돌아가려면 다시 세 시간을 달려야 했다.

뒷좌석 주니어 카시트에 앉은 한솔이 엄마, 하고 선영을 불렀다. 한솔은 선영의 옷소매를 뚫어지게 쳐다보고 있었다.

엄마 옷에 뭐가 붙어 있어. 이거 움직여.

움직인다구?

선영이 긴장한 목소리로 물었다.

응! 엄마 어깨로 올라가!

선영은 차를 세우고 옷소매와 어깨 부분을 이리저리 살폈다.

아무것도 없잖아. 운전할 때 장난치면 안 된다고 했지.

웃음기 없는 얼굴로 선영이 뒤돌아보았다.

있었어. 진짜 있었는데 금방 저 아래로 들어갔어.

한솔이 아쉬운 표정을 지었다.

유독 벌레에 관심이 많은 한솔은 서너 살 때부터 곤충 백과사전을 보며 놀았다. 벌레 모형을 수집하고 살아 있는 벌레를 주워 왔다. 얼마 전부터는 벌레로 선영에게 장난을 쳤다. 지난달엔 운전 중 놀란 선영이 시내 한복판에서 사고를 낼 뻔했다.

엄마랑 약속한 거 기억하지? 이번 주말엔 게임 시간 없는 거야.

장난친 거 아닌데.

한솔이 억울해했지만, 선영은 말없이 차를 출발시켰다.

아빠랑 하면 돼. 아빠는 게임하게 해줄 거야.

한솔이 입을 삐죽였다.

이번 주말에는 아빠 못 오시잖아.

선영의 말에 한솔은 풀이 죽은 듯 아무 대꾸도 하지 않았다. 잠시 흐르던 침묵은 뒷좌석에 놓여 있던 유치원 가방이 툭 떨어지며 깨졌다.

아빠한테 데려다줘.

한솔이 운전석 등받이를 발로 찼다.

나 집에 안 갈 거야. 엄마 혼자 가.

한솔아, 그만.

한솔의 두 발이 등받이를 두드릴 때마다 운전대를 잡은 선영의 두 손에 힘이 빠졌다.

일곱 살이 된 한솔은 아빠와 떨어져 지낸 후로 툭하면 심통을 부렸다. 선영이 아빠를 자신에게서 떨어뜨려놓은 것처럼 굴 때도 있었다.

이직 시기를 놓친 남편은 지방에서 근무하며 자격증 시험을 준비 중이었다. 회사에서 전기 차 생산을 늘리면서 내연기관차의 엔진 제작을 대폭 줄인 탓이었다. 선영은 다시 브레이크를 밟았다. 한솔이 안쓰러웠지만, 투정을 다 받아줄 수는 없었다.

한솔아, 잠깐만 내려봐.

차에서 내린 선영은 뒷좌석 문을 열고 한솔의 안전벨트를 풀었다.

주먹 쥔 손을 무릎 위에 올려둔 채 한솔은 가만히 앉아 있었다. 임한솔, 하고 나직이 호명하자 아이는 도망치듯 뛰어나오더니 차 뒤편으로 숨었다.

한솔! 빨리 와. 엄마 옆에 타.

카시트를 조수석으로 옮긴 후 선영은 운전석에 앉아 외쳤다. 뒷바퀴 옆에 쭈그려 앉은 아이의 머리카락이 사이드미러로 보였다.

빨리 안 타면 그냥 간다!

선영은 한 번 더 외쳤다. 소리 내 다섯을 세고 난 후에는 사이드미러를 더 잘 보려고 고개를 앞으로 쭈욱 내밀었다. 그런데 한솔이 보이지 않았다. 차에서 내려 주변을 둘러보아도 한솔은 없었다. 선영은 흙길 옆의 들판으로 시선을 돌렸다. 들판을 향해 선 선영의 정수리 위로 햇빛이 쏟아졌다. 아이가 주저앉으면 보이지 않을 만큼 잡초가 삐죽이 자라 있었다. 선영은 들판으로 걸어 들어갔다. 수풀을 손으로 헤치며 한솔의 이름을 불렀다. 치맛단 아래 종아리와 발목의 살갗이 날카로운 풀에 쓸렸다. 정신없이 걷다가 사방을 둘러보니 길쭉한 잡초에 가려 은색 차도 흙길도 보이지 않았다. 구름 한 점 없는 파란 하늘과 들판뿐이었다. 심장 뛰는 소리가 북소리처럼 귓전에 울렸다. 선영은 겁이 났다. 다리에 힘이 빠지고 오줌이 마려웠다. 눈가로 흐르는 땀을 닦던 선영은 한쪽으로 고개를 획 돌렸다. 아이 울음소리가 들렸다. 선영은 뛰기 시작했다. 갈색 샌들 한 짝이 벗겨지고 나머지 한 짝도 벗겨진 후에야 차를 세워둔 흙길이 보였다. 한솔은 차 옆에 서서 울고 있었다. 한솔아! 크게 외치자 아이가 달려와 와락 선영의 품에 안겼다.

눈물 콧물로 범벅된 한솔의 얼굴을 대충 닦고 샌들을 주워 신은 후 해동을 빠져나가는 길목에 도착했을 때 굴다리는 이미 봉쇄되어 있었다. 재은은 굴다리가 물에 잠기기 전에 얼른 출발하라고 선영을 재촉했었다. 차에서 내린 선영과 한솔은 바리케이드 앞에 섰다. 바리케이드 한편에 세워진 안내 표지판에는 댐 공사로 도로 봉쇄, 통제 시간 1시부터 4시, 라고 쓰여 있었다.

엄마, 우리 집에 못 가?

기다렸다가 가면 돼. 공사 끝나면 그때 갈 수 있어.

선영이 땀에 젖어 이마에 달라붙은 한솔의 머리를 정리해주었다. 1시 12분을 지나고 있었다. 오늘 아침 한솔이 괜한 떼를 쓰지 않고 유치원에 갔다면, 조금 전 들판 한가운데에서 한솔을 찾아 헤매는 소동이 없었다면 지금쯤 서울로 향하는 국도를 달리고 있었을 것이다. 하지만 선영은 더 이상 한솔을 혼내거나 나무라지 않기로 했다. 낯선 곳에서 엄마를 잃어버린 줄 알았던 아이는 손바닥이 땀으로 축축한데도 선영의 손을 꼭 잡고 있었다.

엄마, 댐이 뭐야?

물이 폭포처럼 떨어지던 거 있잖아. 아까 해동 내려오는 길에 봤지?

못 봤는데.

이따 갈 때 보일 거야.

이따 알려줘, 꼭이야, 꼬옥, 하며 한솔은 선영의 새끼손가락에 자기

새끼손가락을 걸었다.

엄마, 나 목말라.

한솔의 두 볼은 아직도 발그레했다. 선영도 얼굴이 벌겋게 달아올라 있었다. 잠시만 밖에 있어도 숨이 턱턱 막히고 땀이 줄줄 흐르는 날씨였다. 세 시간 동안 머물 곳을 찾아야 했다. 둘은 차에 올라탔다. 상가나 공공시설이 없으니 누군가의 집 현관을 두드리는 수밖에 없었다. 선영은 다시 마을로 차를 돌렸다. 첫 번째 집과 두 번째 집은 비어 있는 것 같았고 세 번째 집 마당에서는 목줄에 매인 개가 사납게 짖었다. 선영은 네 번째 집 앞 도로에 차를 세웠다. 이 마을에서 보기 드물게 정원이 관리된 집이었다. 앞마당에 꽃나무와 정원석이 보였다.

바깥은 여전히 햇살이 뜨거웠지만 집 안은 시원했다. 스탠드형 에어컨에서 시원한 바람이 나왔다. 거실에 난 커다란 창으로 앞마당이 보였고 양쪽으로 묶인 흰색 레이스 커튼이 선풍기 바람이 닿을 때마다 조금씩 팔락였다. 선영과 한솔은 거실 식탁에 앉아 더위를 식혔다. 달아오른 얼굴이 가라앉고 땀에 젖은 옷의 등판과 겨드랑이 부분이 말라가는 동안 식탁 위에 음료와 간식이 놓였다.

60대 후반으로 보이는 부부, 명주와 태경은 더할 나위 없이 친절했다. 특히 한솔을 귀여워했다. 한솔이 사과 주스를 마시기 전에 잘 먹겠습니다, 인사를 하자 씩씩하게 잘생겼네, 하며 태경은 아이의 머리를 쓰다듬었고 명주는 한솔의 이름과 나이를 물은 후에도 아가, 라고 부르며 접시에 담긴 땅콩크림빵을 권했다.

비가 그렇게 쏟아지더니 어제부터는 햇볕이 정말 따가워요. 이런 날 발이 묶일 줄 누가 알았겠어요.

긴 원피스를 입고 머리를 올려 묶은 명주가 푸근한 미소를 지어 보였다.

시내로 나가는 산악 도로가 있는데 낙석이 정리되지 않아 위험해요. 편히 쉬었다 가요.

선영이 서울로 가는 다른 길은 없는지 묻자 태경이 설명해주었다. 염색하지 않은 태경의 은회색 머리카락이 부드러운 인상을 주었다.

주스를 마신 한솔이 화장실에 가고 싶어 하자 태경은 선영과 한솔을 욕실 앞으로 안내하며 하수구 덮개를 건드리지 말라고 당부했다. 선영과 한솔이 다시 식탁으로 돌아왔을 때 명주와 태경이 물었다.

그런데 이 외진 동네에 무슨 일로 온 거예요?

아는 사람이 있어요?

아니요, 그런 건 아니구요.

부부는 다음 말을 기다렸지만, 선영은 말없이 미소만 지었다. 잠시 후 선영의 스마트폰이 울렸다. 선영은 엄마 전화 받고 올게, 하고 자리에서 일어났다.

엄마 무슨 일 하시니?

선영이 멀어진 후에 태경이 물었다.

한솔은 엄마 친구인 재은 이모가 엄마에게 한 말을 기억했다. 혹시 누가 물어보면 환경 단체에서 일한다고 해. 그러면 귀찮게 하지 않을 거야. 재은은 한솔에게 만 원짜리 두 장을 쥐여주고 자신의 차로 돌아갔다.

우리 엄마는 환경 단체에서 일해요.

빵을 한 입 베어 문 한솔이 야무지게 대답했다.

명주와 태경은 욕실 앞에서 통화 중인 선영을 흘끔 보았다.

머리카락을 쓸어넘기며 태경은 자신의 경솔함을 후회했다. 선영과 한솔을 집 안으로 들인 건 태경이었다. 점심식사 후에 차를 마시고 있는데 창밖으로 은색 차 한 대가 보였다. 차에서 내린 여자와 아이가 물 한 잔을 청했다. 명주는 나무그늘에서 쉬어 가라며 얼음물을 챙겨주려고 했다. 옆에 서 있던 태경이 명주를 나무랐다. 무슨 소리야, 애 얼굴 익은 것 좀 봐, 안에서 쉬었다 가요, 하며 현관문을 활짝 열어젖혔다.

엄마가 좋은 일 하시는구나.

명주가 딱딱하게 굳은 얼굴로 말했다.

부부는 열흘 전 환경 단체로부터 안내 문자를 받았다. 분쟁조정위원회에서 조사차 집을 방문할 것이라는 내용이었다. 명주와 태경은 며칠 동안 창가를 지키며 초조한 마음으로 조정위원의 방문을 기다렸다. 하지만 폭우가 쏟아지는 사이 예정된 날이 지났다. 모든 걸 다 쓸어버릴 것처럼 비가 계속 내렸고 아무도 부부의 집을 찾지 않았다. 날이 개면서 두 사람은 일상으로 돌아갔다. 폭우에 넘어진 꽃나무를 세우고 파인 흙을 다졌다. 아이의 엄마가 환경 단체 직원일 수도 있다는 생각은 하지 못했다. 이런 식으로 찾아올 줄은 몰랐다.

이왕 이렇게 된 거라면…… 우리가 왜 그랬는지 설명해야지. 우리 입장을, 우리 얘기를 해야 해.

명주가 잠시 감았던 눈을 뜨고 말했다. 명주의 결정을 기다리던 태경은 입을 다문 채 고개를 끄덕였다.

부부가 눈빛을 주고받는 동안 선영은 재은과 통화했다. 서울로 향하는 국도를 달리는 중인 재은은 선영이 아직도 해동에 있다는 말에 놀라는 눈치였다.

응, 그렇게 됐어. 다행히 근처 집에 들어와 쉬고 있어. 나중에 같이 밥 먹자. 내가 제대로 살게.

선영이 통화를 끝내고 돌아와보니 한솔은 땅콩크림빵을 맛있게 먹고 있었다. 휴게소에서 점심을 일찍 먹어 출출할 시간이었지만 선영은 아이가 손에 든 빵을 내려놓게 했다.

아토피라서요. 밀가루 음식을 먹으면 바로 올라오더라구요.

선영은 붉어진 부분이 없는지 한솔의 얼굴과 목을 살폈다.

이건 괜찮을 거예요. 협동조합 햇두레 아시죠? 우리 밀 99퍼센트에 화학물 무첨가인 데다 달지도 않아요.

명주가 빵을 잘라 입에 넣으며 말했다.

아토피에 아로니아가 좋대요. 이 마을 특산물이 아로니아였잖아요. 다 옛날얘기지만요.

차를 한 모금 마신 후에 태경은 창밖을 바라보았다.

한때는 해동군 주민 대부분이 아로니아 농장을 운영했다. A사 제초제를 사용하면서 처음에는 해충이 사라지고 수확량이 늘었는데 해가 지나면서 열매가 영글기도 전에 쪼글쪼글해졌다. 8년째부터는 어떤 씨를 뿌려도 싹이 나지 않았다. 잡초만 살아남았다. 젊은 사람들이 아이들을 데리고 먼저 마을을 떠났고 나이 든 사람들도 뒤따랐다. 인구가 줄자 근교의 마트 같은 편의시설이나 병원도 문을 닫았다.

식재료나 생활용품을 사려면 차로 30분 이상 가야 해요. 앞마당을 채운 흙도 옆 마을에서 사 온 거예요.

명주가 불만을 토로했다.

불편한 점이 많지만 제일 아쉬운 건 손주들을 자주 못 보는 거예요.

맞아요. 여기서 지내다 보니 사람이 그립고 아이들 웃음소리가 그리워요.

전에는 손주들이랑 가까이 살았거든요.

명주와 태경이 애틋한 눈으로 한솔을 바라보았다.

엄마, 여기 전망이 좋아.

어른들 얘기를 듣다가 심심했는지 한솔이 끼어들었다.

전망이란 말도 알아?

그런 말은 어디서 배웠어? 너 진짜 똑똑하구나.

어른들의 칭찬에 한솔이 어깨를 으쓱했다.

맞아요. 이 동네가 좋은 점이 없는 건 아니에요. 여기 앉아 있으면 시끌벅적한 세상에서 한 발 떨어져 있는 것 같죠. 마음이 평온해져요.

태경의 말에 선영도 창가로 눈을 돌렸다. 살짝 지대가 높은 이 집의 창가에서는 들판 너머 호수와 호수를 둘러싼 숲이 한눈에 보였다.

네, 정말 그러네요. 한적하고 좋은데요. 애들 뛰어놀기도 좋겠어요.

선영이 고개를 높이 들며 말했다. 형식적인 말이 아니었다. 마을은 예상했던 것보다 더 삭막했지만, 그 순간에는 다르게 느껴졌다. 호수를 둘러싼 깔끔하고 정갈한 산책로가 보였고 적당한 간격으로 놓인 벤치와 정원석이 보였다. 꽃나무에는 아기자기한 글씨체로 나무 이름이 적힌 팻말이 걸려 있었다. 선영은 잠깐 공중에 뜬 기분이었다. 의자 등받이에 걸어둔 가방에 한 손을 얹으며 소리 없이 탄성을 내질렀다. 가방 안에는 토지 매매 계약서가 들어 있었다. 오늘 재은을 따라 집과 주변 땅을 둘러본 후에 잔금을 치르고 받은 것이었다. 굴곡 없고 반듯한 98평의 평지는 오늘 날짜로 선영의 소유가 되었다. 선영은 한솔이 먹던 빵을 입 안에 넣으며 이 부부는 임차인일까 소유주일까 잠시 생각했다. 빵은 명주의 말대로 달지 않았다. 담백하고 고소했다.

여보, 그걸 한솔이 주면 어때요?

명주가 문득 생각났다는 듯 손뼉을 치며 말했다.

아, 그럽시다, 하며 태경이 방에서 플라스틱 박스 하나를 가지고 나왔다.

손주들 놀러 오면 주려고 사둔 건데 이제야 주인을 만났네.

박스에는 슬라임과 반짝이는 종잇조각들이 한가득 들어 있었다. 와, 별도 있고 체리도 있어, 하며 한솔은 신나 했다. 명주와 태경은 한솔이 슬라임을 가지고 노는 모습을 흐뭇하게 지켜보았다.

한솔이가 노는 동안 저희 얘기 좀 들어주시겠어요?

명주가 선영의 표정을 살피며 물었다.

태경은 귀찮게 해드리지는 맙시다, 하며 훈수를 두듯 말했고 선영은 무슨 얘기를요? 하고 물었다.

선영의 말을 무슨 얘기인지 어서 들려달라는 뜻으로 이해했는지 우리는 평생 식당을 했어요, 하고 명주는 이야기를 시작했다.

첫아이가 한솔보다 어릴 때 식당을 차린 부부는 단골손님의 신뢰를 잃지 않고 재료의 신선도를 유지하며 작은 평수의 식당을 조금씩 늘려갔다. 그러다 다섯 해 전에 아들에게 식당을 물려주었는데 부부의 뜻이라기보다는 아들이 원해서였다. 일을 그만둔 명주와 태경은 활기차고 여유로운 제2의 인생을 기대했다. 하지만 상황은 그렇게 흘러가지 않았다. 아들은 가게를 맡은 초반에는 그럭저럭 매출을 유지했지만 코로나 시기를 버티지는 못했다. 손해를 보며 지내다가 결국 권리금도 받지 못하고 가게를 정리했다.

손주들이 기죽어 사는 건 못 보겠더라구요. 요즘 애들이 얼마나 눈치가 빨라요. 알 거 다 알잖아요.

아들 가족이 사는 집의 전세 만기일이 다가오고 첫째 손주가 초등학교에 들어갈 나이가 되었을 때 부부는 살던 집을 내어주고 해동으로 이사했다.

여기서 지낸 지 2년이 되어가요. 우린 정말 몰랐어요. 여기서 살게 될 줄은 꿈에도 몰랐어요.

천천히 눈을 깜빡이며 명주가 말했다.

거실의 한쪽 벽에는 아이들 사진과 스튜디오에서 찍은 가족사진, 그리고 예스러운 흑백사진이 걸려 있었다. 흑백사진 속 젊은 커플은 어느 바닷가에서 팔짱을 낀 채 환하게 웃고 있었다.

선영은 두 사람의 어깨 너머로 그 사진을 보고 있었다. 한솔이 선영의 팔을 흔들면서 엄마, 하고 크게 부른 후에야 사진에서 눈을 떼었다.

이거야. 아까 엄마 어깨에 있던 거야.

한솔이 씩씩하게 외쳤다.

식탁 쪽으로 고개를 돌리자마자 선영은 의자를 박차고 일어났다. 투명하고 말캉한 슬라임 옆에서 시커멓고 기다란 것이 움직이고 있었다. 수십 개의 다리를 바삐 놀리는 지네가 몸체를 유선형으로 틀며 식탁 위를 가로질렀다.

어디서 나온 거야?

태경이 인상을 쓰며 벌떡 일어났다. 명주가 찻잔 옆을 지나는 지네를 탁상 달력으로 내려쳤다. 지네는 몸이 두 동강 난 후에도 꿈틀거렸다.

이게 아까 차 안에 있던 것보다 더 커. 훨씬 커. 진짜 왕인가 봐.

한솔은 백과사전에서만 보던 15센티미터가 넘는 왕지네를 호기심 가득한 눈으로 관찰했다.

욕실 하수구 덮개가 열려 있었어!

집 안 구석구석을 살피고 돌아온 태경이 씩씩거렸다. 태경은 덮개

건드리지 말라고 말씀드렸잖아요, 하며 선영을 쏘아보았다.

선영은 한솔의 오줌을 누이고 손과 얼굴을 씻기고 흙먼지를 뒤집어쓴 자신의 발을 닦은 후에 덮개를 확인했는지 기억이 나지 않아 아무 말도 하지 못했다. 한솔은 선영의 팔을 잡고 흔들며 주말에 게임을 하게 해달라고 졸라댔다.

아까 우리가 열어두었을 수도 있잖아.

명주의 말에 태경은 고개를 가로저었다. 명주가 지네에게 물리는 바람에 응급실에 다녀온 이후로 태경은 지네 퇴치에 열심이었다. 창틀과 방충망 틈을 막고 싱크대와 하수구에 덮개를 씌우고 수시로 확인했다.

지네에게 물린 자국이에요.

명주는 원피스 소매를 걷어 올려 거뭇한 흉터를 보여주었다.

한밤중에 응급실에 다녀왔죠. 호흡곤란이 왔는데 병원까지 30분이나 걸렸어요. 조금만 더 지체되었다면 큰일 났을 거래요.

명주가 별일 아니라는 듯 차분히 말했다.

명주의 팔뚝을 보던 선영이 저기요! 하고 소리를 질렀다. 선풍기 옆으로 지네가 기어가고 있었다. 태경이 의자까지 넘어뜨리며 달려가 물이 든 페트병으로 내려쳤지만, 지네는 나무 벽 틈 사이로 쏙 들어가버렸다.

대체 몇 마리나 들어온 거야?

태경은 에프킬라를 들고 지네를 놓친 벽 앞에서 서성였다.

흙속에 사는 지네들이 앞으로 어떻게 되는지 알아요?

명주가 이죽거리며 물었다.

알이 다 살아남아서 성충이 되면 그 수가 어마어마한데 땅속에는 먹이가 없으니 마을로 내려와요. 지네 떼가 마을을 습격하는 거죠.

명주가 영화의 줄거리를 설명하듯 말했다.

말도 안 되는 소리야. 그 여자 말이 다 맞는 건 아니야.

태경이 얼토당토않다는 듯 얼굴을 찌푸렸다.

엄마, 습격이 뭐야?

한솔이 물었지만 선영은 적당한 설명을 찾지 못했다.

그런 말을 하고 다니니 마을 사람들이 좋아할 리가 없잖아요. 그래도 우리는 그 여자랑 잘 지내왔거든요.

그 말을 강조하려는 듯 명주는 선영의 눈을 쳐다봤다.

선영은 부부가 말하는 여자가 누구인지 궁금했지만, 그보다는 지네가 또 기어 나올까 봐 신경이 쓰였다. 차라리 차 안에서 기다리는 게 나을까, 생각하며 시계를 보았다.

단희 할머니 말은 지네가 이렇게 낮에 돌아다니는 것도 제초제 때문이라는 거예요. 특정 성분이 지네를 돌연변이로 만들었다는 거죠. 살충제도 기피하지 않고 독성이 강해져서 어른이 물려도 위험하대요.

단희 할머니요? 김단희 씨요?

통제가 풀리기 전까지 남은 시간을 계산하던 선영이 눈을 작게 뜨며 물었다.

업체가 책임을 지게 하려면, 우리 땅과 농산물을 지키려면 싸워야죠. 주민들은 피해를 보상받아야 마땅하구요. 나는 단희 할머니가 옳은 일을 했다고 생각해요.

명주가 고개를 끄덕이며 말했다.

선영은 미간에 힘을 준 채 기사로 접했던 소식과 재은에게 들었던 이야기들을 떠올렸다. 해동 주민들은 제초제 업체를 상대로 손해배상

소송에 나섰지만, 과정은 지난했고 몇 년이 흐르는 동안 대부분 합의하거나 땅을 팔고 떠났다. 일흔두 살의 단희 할머니는 제초제 업체와 건설사가 제시한 적지 않은 합의금에도 흔들리지 않고 끝까지 싸운 유일한 사람이었다. 그리고 마침내 승소했다.

우리 부부는 단희 할머니와 안부도 주고받고 가끔 서로의 집에 들러 차도 마셨어요.

태경이 넘어진 의자를 바로 세워 자리에 앉으며 말했다.

선영은 부부가 단희 할머니와 가까운 사이였다는 사실에 놀랐다.

그날 전까지는요, 보름 전이었죠, 장마가 시작되기 전이었으니까요, 하고 명주가 덧붙였다.

솔직히 다 말씀드릴게요. 그건 사고였어요. 안타까운 일이죠.

잠시 침묵이 흐른 후에 명주가 이어서 말했다.

선영은 아, 하고 입을 벌렸다가 사고였군요, 하고 중얼거렸다. 뒤편에서 위잉 하는 기계음이 들려왔다. 송풍에서 다시 냉방으로 에어컨 설정이 바뀌며 찬바람이 선영의 목뒤에 닿았다. 몸 전체가 서늘해지며 소름이 돋았고 귀 아랫부분이 세게 꼬집힌 것처럼 저릿했다.

초저녁에 잠이 들었다가 자정이 지나서 깼는데 아무리 뒤척여도 잠이 오지 않았어요.

명주는 그날의 이야기를 시작했다.

처음에 이 사람은 반대했어요. 내가 혼자라도 가겠다니까 그제야 따라나섰죠. 막상 단희 할머니 집 앞에 도착해서는 내가 그냥 돌아가자고 했더니 여기까지 왔는데 뭐라도 해야 한다고 했어요. 그래서 문을 두드렸죠.

선영의 귓가에 문을 두드리는 소리가 들려왔다. 머리카락이 희끗희끗한 단희 할머니가 막 잠에서 깬 부스스한 얼굴로 현관문을 열었다.

단희 할머니와 부부는 거실에 마주 앉았다. 명주와 태경은 단희 할머니의 승소로 토지 개발이 물 건너가게 되어 실망이 컸지만 서운함을 드러내지 않았다. 해동에서 농사를 지은 적이 없으므로 피해 보상도 받을 수 없었지만 신세 한탄을 하지도 않았다. 부부는 소송이나 재판에 대한 이야기는 하지 않았다. 그들은 마음의 평화에 대해 이야기했다.

마음의 평화요? 하고 선영이 물었다.

무엇이 마음의 평화를 뺏는 걸까요, 라고 물었더니 단희 할머니는 피식 웃었어요. 왜 웃느냐고 물어도 대답이 없었죠.

명주는 화가 났고 목소리가 높아졌지만 단희 할머니는 마음을 단단히 먹은 것인지, 졸린 것인지, 부부의 방문이 대수롭지 않은 것인지 동요 없이 차분했다. 그런 반응이 오히려 부부의 신경을 거슬렀다.

단희 할머니가 키우는 개가 한 마리 있잖아요.

명주는 선영이 그 개를 본 적이 있는 것처럼 말했지만, 선영은 신경쓰지 않았다. 부부의 말투에 어느새 익숙해졌다.

그 개가 미친 듯이 짖어댔어요. 으르렁거리며 달려들 기세였죠. 달려드는 개를 막으려고 옆에 있던 기다란 나무 마사지 봉을 집어 들었어요. 그런데 실수로 매실청을 담가놓은 병을 친 거죠.

유리병이 부서지면서 사방으로 유리 조각이 날리고 매실과 매실액이 벽지와 바닥, 나무 수납장에 흩뿌려지는 장면으로 명주의 이야기는 마무리되었다.

정당방위 같은 거였어요. 신고할 일은 아닌 거죠.

명주의 말이 끝남과 동시에 묵묵히 있던 태경이 낮은 신음을 내뱉었다.

태경은 그날의 일이 지금도 믿기지 않았다. 맹렬히 짖던 개는 주인이 부르는 소리에 꼬리를 흔들며 주방으로 가버렸다. 그런데도 명주는 사방에서 사나운 개가 달려들기라도 하는 것처럼 마사지 봉을 마구 휘둘렀다. 태경이 봉을 빼앗기 전까지 꽃병과 장식장이 부서지고 깨졌다. 그날의 모든 일이 지네 때문은 아닐까, 태경은 생각했다. 단희 할머니의 집을 찾은 건 명주가 지네에게 물려 며칠을 앓은 후였다. 태경은 안경을 벗었다가 다시 쓰며 선영과 명주의 표정을 살폈다. 폭우가 내리는 동안 부부는 말을 맞춰두었지만 선영이 제가 들은 얘기와는 다른데요, 하며 자초지종을 따질까 봐 겁이 났다.

다시 한번 말씀드리지만, 우발적인 일이었어요. 결코 그럴 의도는 없었어요.

명주의 표정은 온화하면서도 단단했다. 흔들림이 없었다. 하지만 이어지는 선영의 질문에는 말을 잇지 못했다.

그럼 어쩌다 돌아가신 거죠? 어떻게 돌아가신 거예요?

선영은 단희 할머니의 죽음에 대해 물었다. 명주의 눈동자가 흔들렸다.

세 사람은 잠시 정적 속에 있었다. 한솔도 슬라임을 손에 쥔 채 조용했다.

돌아가시다뇨? 단희 할머니가요?

명주가 잠에서 깨려는 사람처럼 머리를 흔들며 침묵을 깼다.

제가 놀라게 해드렸나요? 알고 계신 줄 알았어요.

선영이 눈을 빠르게 깜빡였다.

단희 할머니 연락으로 오신 게 아닌가요?

명주가 물었다.

환경 단체에서 오신 게 아니에요?

태경이 물었다.

제가요?

고개를 뒤로 빼며 선영이 되물었다.

여보, 이분 환경 단체에서 온 게 아닌가 봐.

명주가 선영의 얼굴에서 눈을 떼지 못한 채 말했다.

하지만 아까 아이가 분명히……

태경은 한솔에게로 시선을 옮겼다.

한솔이가요?

선영도 한솔을 쳐다보았다.

그럼 어디서 나오신 거예요?

뭐 하는 분이에요?

부부는 선영의 얼굴을 제대로 보려는 것처럼 식탁 위로 얼굴을 쑥 내밀었다.

한솔아, 엄마가 환경 단체에서 일한다고 말했어?

선영이 몸을 숙이며 물었다. 한솔은 고개를 끄덕이지도 가로젓지도 않았다.

왜 그랬어? 엄마 그런 일 하지 않잖아.

선영이 애써 다정한 목소리로 물었지만, 한솔은 대답이 없었다. 다른 엄마들처럼 직장에 다녔으면 했던 걸까, 그래서 그렇게 말했던 걸까, 하는 생각이 스치자 선영은 속이 상했다.

단희 할머니가 돌아가셨다는 건 무슨 소리예요?

어디서 그런 얘기를 들은 거예요?

부부는 묻고 또 물었다. 이 여자의 정체는 뭘까. 자신들은 지금껏 누구에게 이야기를 털어놓은 걸까. 두 사람은 묻지 않을 수 없었다.

잠시만요.

선영은 자리에서 일어나 숨을 크게 들이마시며 머리카락을 쓸어 올렸다. 어디서부터, 무슨 얘기부터 시작해야 할까. 덥지 않은데도 이마에 식은땀이 흘렀다. 선영은 가방에서 손수건을 꺼냈다.

처음 재은에게 연락받았을 때 선영은 망설였다. 공인중개사로 일하는 재은은 단희 할머니의 사망 소식이 알려지기 전에 좋은 값에 토지를 매입할 수 있다고 연락해왔다. 환경 단체 쪽에서는 기사화를 늦추고 있다고 했다.

설명해드릴게요.

선영이 명주와 태경을 향해 섰다.

원고가 사망한 경우에는 손해배상 소송을 이어갈 수 없어요. 피해 보상 요구는 무산되고 토지 개발이 진행될 거예요.

말을 마친 선영은 손수건으로 얼굴을 문지르며 고개를 숙였다. 해동에 내려오기로 마음먹은 순간, 한 사람의 갑작스러운 죽음에 안도하던 순간이 떠올랐다.

개발 허가가 난다구요? 여보, 들었어?

태경이 명주의 어깨에 손을 얹었다. 명주는 태경의 말에는 신경 쓰지 않고 네모난 종잇조각을 들여다보고 있었다. 선영이 손수건을 꺼낼 때 가방에서 떨어진 재은의 명함이었다.

여보, 이 여자 말 듣지 마.

명주가 선영을 노려보았다.

다 거짓말이야. 다 가짜야.

명주는 입을 씰룩이며 공인중개사 명함을 태경에게 건넸다.

부동산에서 나온 거예요?

명함을 받아 든 태경이 성난 얼굴로 소리 질렀다. 놀란 한솔이 선영 뒤로 숨었다.

그런 게 아니에요. 그건 친구 명함이에요.

손을 저으며 선영이 외쳤다.

애한테 거짓말을 시킨 거야.

선영에게서 고개를 돌리며 명주는 중얼거렸다.

선영의 나이였을 때 명주는 하루하루가 힘겨웠지만, 거짓말로 남을 등쳐먹으려는 생각은 한 번도 하지 않았다. 자신이 만들어낸 티끌이 눈덩이처럼 불어나 돌아올까 봐 괜한 욕심을 부리거나 남을 해코지하지 않으려 애를 썼다. 아이에게 거짓말을 시키고 단희 할머니가 죽었다는 소문을 내 이익을 챙기려는 선영을 이해할 수 없었다. 명주는 화가 났다. 아는 사람 중에 이 같은 부류가 또 있었다. 부부는 아들에게 식당을 넘기기 한 해 전에 토지 개발 허가가 날 거라는 지인의 말에 이 집과 땅을 샀다. 근면 성실하게 살아왔다고 자부하던 부부는 호재를 누려 마땅하다고 생각했었다.

당장 나가주세요.

현관을 향해 성큼성큼 걸어 나간 태경은 두 사람을 집에 들일 때처럼 문을 활짝 열어젖혔다.

잠시만요. 확인시켜드릴게요.

선영이 세차게 고개를 가로저으며 외쳤다. 선영은 오해를 풀고 싶었다. 재은에게 전화를 걸어보았지만 받지 않아 메시지 창을 열었다. 이상하게도 화면이 뿌옇게 보였다. 선영이 눈을 깜빡이며 스마트폰 화면을 들여다보는데 한솔이 팔에 매달렸다.

엄마, 피! 엄마, 피!

피가 나?

선영은 무릎을 꿇고 한솔의 몸을 살폈다. 한솔은 반항하듯 선영을 밀치고 뿌리치더니 한 손을 들어 선영의 얼굴을 가리켰다. 선영은 양손으로 자신의 머리와 얼굴을 쓸어내렸다. 오른쪽 손에 피가 묻어났다. 선영은 오랜 잠수 끝에 간신히 수면 위로 고개를 들어 올린 것 같은 얼굴로 몇 초간 손에 묻은 피를 쳐다보았다. 피가 묻지 않은 다른 손으로 무릎을 짚으며 일어나려다가 주저앉았다. 그리고 다시 일어나지 못했다.

쥐색 지프차가 굴다리 앞에 멈춰 섰다. 도로는 아직 물에 잠겨 있었다. 통제가 풀리기까지 50여 분이 남아 있었다.

전화 안 받아.

운전석에 앉은 태경이 말했다. 표지판에 쓰인 번호로 전화했지만 연결이 되지 않았다.

뒷좌석의 한솔은 선영의 옷자락을 잡고 기절할 듯 울어댔다. 명주는 한 손으로 한솔을 다독이고 다른 한 손으로는 기도가 막히지 않도록 선영의 고개를 받쳤다. 선영의 아래턱과 목이 부어올랐고 숨소리는 거칠었다. 오른쪽 귓불 아래로 지네에게 물린 이빨 자국이 선명했다. 119 구급대원은 바로 출발해도 20~30분은 소요될 테니 최대한 병원 쪽으로 이동해달라고 했다.

태경은 차에서 내려 바리케이드를 치운 후에 다시 돌아와 운전대를 잡았다. 차는 물에 잠긴 도로로 향했다. 수면이 바퀴 아래에서 위쪽으로 차올랐다. 물살을 가르던 차는 수심이 가장 깊은 곳에서 멈췄다. 아무리 액셀을 밟아도 바퀴는 헛돌기만 했다. 댐에서 물이 방류될 때 함께 쓸려 온 흙이 바닥에 두껍게 쌓여 있었다. 문틈으로는 물이 새어 들어오기 시작했다.

안 되겠어. 돌을 구해야겠어.

태경이 차문을 열자 흙탕물이 한꺼번에 밀려 들어왔다. 명주는 뒷좌석에 있던 스카프를 둘둘 말아 선영의 목뒤에 받쳤다.

한솔아, 이 스카프가 빠지면 할머니를 불러. 알겠지? 할 수 있지?

아까보다 더 큰 소리로 우는 한솔을 뒤로하고 명주는 뒷좌석 문을 열었다.

차에서 내리자마자 명주는 넘어지며 흙탕물 속으로 주저앉았다. 물이 턱까지 차올랐다. 버둥거리다가 간신히 일어난 후에도 발이 흙속으로 빠져 비틀거렸다. 한 번도 늪에 빠져본 적은 없었지만 빠진다면 분명 이런 느낌일 거라고 명주는 생각했다. 작은 터널 같은 굴다리 아래는 해가 들지 않아 냉하고 습한 기운이 가득했다. 물은 탁하고 차가웠다. 명주와 태경은 흙탕물을 휘젓고 다니며 돌을 찾았다. 넓적하고 단단한 돌을 찾아야 했다.

부부는 발에 차이는 돌을 하나씩 찾았다. 그리고 흙탕물에 몸을 담근 채 앞바퀴 아래에 돌을 하나씩 괴었다. 명주가 운전대에 올라 액셀을 밟고 태경이 돌의 위치를 한두 번 조정하자 차는 간신히 물속에서 빠져나왔다.

명주가 다시 뒷좌석에 올라탔을 때 한솔은 훌쩍이면서도 두 손으로는 선영의 목에 받친 스카프를 잡고 있었다. 굴다리를 벗어난 차는 물이 폭포처럼 쏟아지는 댐을 지나 전속력으로 달렸다. 달리는 차 위로

해가 뜨겁게 내리쬐고 잡초가 무성한 들판이 차창으로 스쳤다. 멀리 들판 너머로 빨간 불빛이 보였다. 빨간 등을 번쩍이며 흰색 차가 달려오고 있었다.

구급차야!

태경이 소리 질렀다.

구급차가 오고 있어!

명주도 외쳤다.

조금만 더 힘내요, 하고 명주는 선영의 손을 힘주어 잡았다. 돌을 괴다가 부러진 손톱 조각이 속살을 찔렀지만, 명주는 기뻤다. 기쁨의 탄성을 내지르며 한솔을 끌어안았다. 명주는 숨을 몰아쉬며 안도했다. 원피스는 찢어지고 홀딱 젖은 몸에서 물비린내가 진동했지만 차가운 물속에서 단단하고 반듯한 돌을 찾아낸 자신이 자랑스러웠다. 명주는 태경에게 다친 곳이 없는지 물었고 태경은 선영의 상태가 어떤지 물었다. 선영은 눈을 반쯤 뜬 채 힘겹게 호흡을 하고 있었다.

잠시 후에 도로를 달리던 차가 속도를 늦추었다. 댐 공사 때문인지 도로를 침범해 쌓인 토사가 둔덕을 이루고 있었다. 차는 조심스럽게 그 옆을 지났다. 차창 너머로 둔덕이 가까이 보였다. 둔덕의 그늘진 부분이 한쪽 방향으로 미끄러지듯 빠르게 움직였다.

여보, 봤어?

명주가 물었다.

뭘?

태경이 차의 속도를 높이며 되물었다. 명주는 뺨을 한 대 세게 얻어맞은 것 같은 얼굴을 하고 있었다.

명주가 본 것은 둔덕의 그늘진 부분이 아니었다. 그것은 그림자가 아니었다. 번들거리는 몸체와 수십 개의 다리를 가진 수백 수천 마리의 지네였다. 지네가 검은 흙더미에서 끊임없이 기어 나와 떼를 지어 이동하고 있었다. 헛것을 본 게 아닐까 잠시 생각했지만, 그 풍경이 생생하게 남아 있었다. 잔상을 지워보려고 명주는 눈을 감은 채 고개를 흔들었다. 헝클어진 머리카락에 맺혀 있던 물방울이 사방으로 튀었다. 감은 눈을 떴을 때 울음을 그친 한솔이 명주를 올려다보고 있었다.

왜 그래? 뭔데 그래?

태경이 룸미러로 명주를 보며 물었다.

아니야. 아무것도 아니야.

명주는 씩씩하게 외치고 나서 한솔의 가슴에 손을 얹고 부드럽게 토닥였다. 손끝에서 배어 나온 피가 아이의 옷에 붉게 번졌다. 명주는 자신의 얼굴에서 두려움이 깃든 표정을 지우며 구급차 소리가 들리는 쪽으로 고개를 돌렸다. ▪

이장욱

요루

2005년 〈문학수첩작가상〉을 받으며 작품 활동 시작.
소설집 『고백의 제왕』『기린이 아닌 모든 것』『에이프릴 마치의 사랑』『트로츠키와 야생란』,
장편소설 『칼로의 유쾌한 악마들』『천국보다 낯선』『캐럴』.
〈문지문학상〉〈김유정문학상〉 수상.

요루

케이는 술집을 나와 왼쪽으로 일곱 걸음을 걸어 옆 골목으로 들어 갔다. 어둠 속에서 담배를 한 대 피울 생각이었다. 담배를 피운 뒤에는 다시 술집으로 들어갈 것이고, 남자의 앞자리에 앉을 것이다. 케이는 모든 일이 순조롭게 흘러가리라고 예상했다. 순조롭지 않을 이유가 없 었다.

케이는 골목에 서서 담배를 꺼내 들었다. 메비우스 윈드 블루. 예전 에는 마일드 세븐이라고 불렀던 담배였다. 세계보건기구에서 '마일드' 라는 단어를 쓰지 못하게 해서 어쩔 수 없이 이름을 바꿨다지. '마일 드'가 담배에 대한 오해를 유발한다나…… 세계보건기구도 참……

케이는 연기를 깊이 들이마신 뒤에 천천히 내뿜었다. 흰 연기가 허 공에서 사람 얼굴 모양을 그렸다. 웃음 띤 얼굴처럼 보였는데 순식간 에 무정형이 되어 흩어졌다.

인생이…… 그렇지……

케이는 뜬금없이 중얼거렸다. 담배를 입에 문 채 술집 통유리 안을 들여다보았다. 통유리에는 '요루'라는 상호가 새겨져 있고 그 아래 '참치 전문점'이라고 쓰여 있었다. 참치가 신선한 데 비해 손님이 많지 않은 편이고 조도가 낮아 차분한 분위기였다. 통유리 너머로 주인장이 바쁘게 손을 놀리는 모습이 보였다. 구석 쪽 테이블에 한 남자가 등을 보인 채 앉아 있었다. 등도 어깨도 둥근 선을 그리고 있어서일까. 덩치는 큰데 뒷모습은 유순한 느낌이었다.

케이는 이제 담배를 끄고 다시 술집 안으로 들어갈 것이다. 덩치 큰 남자의 맞은편에 앉아 대화를 시작할 것이다. 긴장감 넘치는 대화 자리는 아니다. 무언가를 걸고 협상하는 자리도 아니다. 쾌활하게 노는 자리는 더더욱 아니다. 케이는 남자에게 아무런 감정이 없고 남자 역시 케이에게 특별한 용건이 없다. 당연한 일이다. 남자는 오늘 처음 만난 사이로, 수연이 사귀고 있는 사람이라고 했다.

그게 무슨 말이야? 내가 왜 그 사람을 만나?

케이가 묻자 수연은 살갑게 말했다.

아니, 내가 만나는 사람인데 안 궁금해? 한번 봐야지. 혹시 알아? 좋은 친구가 될지.

친구? 케이는 수연에게 되물었고, 수연은 그렇지, 친구, 하고 되받았다. 케이는 한참 침묵한 후에 알겠다고 말했다. 수연은, 무슨 대답이 그래? 뭘 아는데? 하고 대꾸하더니 전화 저편에서 크게 웃음을 터뜨렸다. 평소 같지 않게 호탕한 웃음이었다. 케이는 이질감을 느끼며 전화를 끊었는데, 그게 벌써 2주 전이었다.

덩치가 크고 어깨선이 둥근 저 남자는 시인이라고 했다. 수연이 저

사람과 재혼을 생각하고 있는 것이다. 저 남자가 시인이라거나 수연
과 재혼할 상대라거나 하는 것은 케이가 상관할 바는 아니다. 케이는
단지 궁금할 뿐이다. 왜 이런 자리에 수연은 안 나오고 남자만 나왔는
가? 옛 애인의 재혼 상대와는 대체 무슨 얘기를 해야 하는가?

케이는 담배를 끌 만한 곳이 없나 주위를 두리번거렸다. 휴지통이
보이지 않았고 골목 안쪽은 갓 청소한 듯 말끔했다. 한쪽에 철제문이
있었는데 아마 술집에서 쓰는 창고인 듯했다. 철제문 앞에 버려진 상
자가 몇 개 쌓여 있고 쓰레기봉투도 보였다. 케이는 그쪽으로 꽁초를
던졌다. 꽁초가 날아갈 때 빨간 선이 그어지는 것을 케이는 물끄러미
바라보았다. 모든 일은 순조롭게 흘러갈 것이다. 그렇지 않을 이유가
없다. 케이는 그렇게 생각했다.

케이는 골목을 나와 오른쪽으로 일곱 걸음을 걸어 다시 술집으로
들어갔다. 자신이 약간 비틀거리고 있다는 것을 케이는 깨달았다. 술
을 마셨으니 당연한 일이다. 하지만 꼭 그것 때문만은 아니다. 아까
부터 옆구리에서 쿡쿡 쑤시는 느낌이 들었다. 요통 같은 것은 아닌
데…… 뭔가 둔한 통증이 살 속으로 파고드는 느낌이었다.

케이는 크고 둥근 등을 가진 시인의 앞자리에 약간 과장스러운 포
즈로 앉았다. 털썩, 소리가 날 정도였다. 그렇게 앉고 싶어서는 아니었
고 옆구리 통증 때문에 순간적으로 균형을 잃었기 때문이다. 자리에
앉자 통증이 서서히 가라앉았다.

남자는 둥근 어깨선에 어울리는 유순한 얼굴을 갖고 있었다. 가만
히 있어도 웃음 띤 얼굴이었다. 표정의 기본값이 웃는 얼굴인 사람들
이 있다. 케이는 그런 표정이 부럽다고 생각했다. 그렇게 생각하자마
자 부럽군요, 하고 소리 내어 말했다. 남자는 얼근히 취한 얼굴로 케이

를 힐끗 바라보더니 잔에 술을 따라주었다. 가타부타 말이 없었다. 케이는 잔을 비운 뒤 젓가락으로 참치 한 조각을 집어 입에 넣었다. 예전보다는 맛이 덜하다는 생각이 들었다. 참치는 고소함과 담백함의 균형이 중요한데. 역시 손님이 적기 때문인가.

케이가 그렇게 생각할 때 남자가 자리에서 일어났다. 남자는 계산대로 향했다. 약간 비틀거리는 걸음새였다. 케이는 그의 커다란 등판을 물끄러미 바라보았다. 남자는 계산대 앞에 서서 주인장과 대화를 나누다가 문득 고개를 돌려 케이 쪽을 바라보았다. 저분이 이미 계산을 마쳤다고 주인장이 말했을 것이다. 남자는 아, 선수를 놓쳤군, 하고 생각하며 케이를 바라보았을 것이다.

케이는 미리 계산을 해둔 것을 잘했다고 생각했다. 아무래도 이 집은 케이의 단골이니까. 단골이 아니어도 계산은 케이가 했을 것이다. 수연이 사귄다는 사람을 만난 자리가 아닌가. 나이도 케이가 두어 살 많은 듯하고, 아마 수입도 케이가 많을 것이다. 저 사람은 시인이라지 않은가.

덩치가 커다란 시인은 무심한 표정으로 케이 쪽을 바라보다가 상체를 20도 정도 굽혔다. 그것은 인사였다. 케이 역시 자리에서 일어나서 20도 정도 상체를 굽혀 인사했다. 안녕히 가시라는 뜻이었다.

처음 자리에 앉아 통성명을 할 때 덩치 큰 남자는 이런 말을 했다. 시인은 직업이 아니고요…… 케이는 무슨 말인가 싶어 그의 입을 바라보았다. ……상태의 이름입니다. 네? 상태? 상태요? 하고 케이는 반문했다. 남자는 보일 듯 말 듯 고개를 끄덕였다. 여전히 웃는 얼굴이었다.

상태…… 시인은 상태의 이름이다…… 이런 말을 하면 좀 오글거리지 않을까…… 게다가 어디서 많이 들어본 얘기 같은데…… 이런 얘

기가, 그러니까 시인은 직업의 이름이 아니라 상태의 이름이라는 식의
얘기가 오히려 시인의 경제적 지위를 위협하는 건 아닌가, 하는 생각
이 들었다.

시인의 경제적 지위 같은 것은 물론 케이의 관심사가 아니다. 시인
이 상태의 이름이라는 것도 케이의 관심사가 아니다. 그런 토론을 하
기에 적절한 자리도 아니다. 케이는 단지 수연의 부탁으로 시인을 만
나러 나왔을 뿐이다.

그래도 케이는 약간의 감상에 빠져들었다. 케이에게도 문학청년이
던 시절이 있었다. 시를 읽고 쓰면서 시인의 꿈을 꾸던 시절이 있었다.
고학년이 되고 취업 준비를 하면서 자연스럽게 멀어지긴 했지만 지금
도 유명 시집은 챙겨 읽는다. 문학에 대한 관심 때문은 아니고 일종의
직업의식에 가깝지만.

연설은 논리가 아니라네. 보스는 그렇게 말하곤 했다. 논리, 근거,
로고스는 정치가의 연설에서 부차적이야. 청중이 가장 민감해하는 포
인트를 콱, 잡아서 감정과 감성에 호소해야 돼. 파토스를 건드려야 한
다는 얘기지. 중요한 것은 감성적 호소력이다, 오케이?

술이 한잔 들어가면 보스가 잔소리처럼 하는 말이었다. 연설문 작
성을 전담하는 보좌관이라면 이 정도는 알아야 한다는 투였다. 했던
말을 또 하는 게 보스의 특기였고, 그때마다 케이는 성실하게 고개를
끄덕였다.

시인은 따로 식당을 하고 있다고 했다. 시인은 직업이 아니라서 그
렇습니까, 하고 묻지는 않았다. 어떤 종류의 식당인지도 묻지 않았다.
남자도 더 설명하지 않았다. 한식이든 양식이든 수연과는 어울리지 않
는다. 레스토랑이든 분식집이든 마찬가지다. 수연이 서빙 카트를 밀고

음식을 나르고 손님들에게 미소 짓는 것은 상상하기 어렵다. 원래 웃음이 없는 사람이니까.

하지만 사람을 만드는 것은 상황이라는 것을 케이는 알고 있었다. 상황이나 위치가 바뀌면 사람도 바뀐다. 누굴 만나느냐, 어떤 공간에서 뭘 하느냐에 따라 사람은 변한다. 의외의 모습으로, 낯선 모습으로, 상상할 수 없는 모습으로. 케이는 수연을 보지 못한 지 꽤 오래되었다는 데 생각이 미쳤다.

시인이 술집을 떠난 후 케이는 혼자 자리에 앉아 있었다. 대리 기사를 기다리는 중이었다. 계산대에서 주인장이 케이를 향해 미소를 지어 보였다. 케이는 이 집의 꽤 오랜 단골이므로 오늘도 서비스가 좋았다. 맛난 참치를 내어준 것이다. 아, 아까는 맛이 덜하다고 생각했는데…… 케이는 그렇게 생각하며 갸우뚱하게 고개를 기울였다. 취기 때문인지 생각이 자꾸 어긋나는 느낌이었다. 옆구리에서 통증이 다시 시작되었다. 통증은 감전이라도 된 듯 전신으로 퍼져갔다. 요로결석인가…… 요로결석이면 복부나 옆구리가 아프다던데.

오늘 라디오 방송 중에 스트레스를 받았기 때문인지도 모른다. 앵커의 질문이 묘하게 악의적으로 느껴졌다. 곧 있을 선거에서 여당 쪽은 몇 석이나 예상하고 있나요? 앵커가 물었다. 케이는 구체적인 숫자로 말하는 대신 원론적이고 우회적인 내용으로 답했다. 지금은 보수의 가치가 중요한 시대다, 자유의 시대라고도 할 수 있다, 그것이 시대의 요청이라는 것을 국민 여러분이 잘 알고 있을 것이다, 그런 취지였다.

앵커는 중립을 지키지 않았다. 고개를 갸웃하더니 케이에게 다시 물었다. 채널 이름이 '케이의 정치'였던가요? 유튜브에서 30대 정치평론가로 이름을 날리시다가 이제 막 국회의원 보좌진에 합류하셨잖아요? 그러니 아무래도 답하기 어려운 질문이었겠죠. 추상적이고 원론적인 답을 주셨는데, 지금 보수의 가치라고 하셨어요. 자유라고도 하시고. 그런데 자유는 기업 하는 자유이지 노동하는 자유는 아니지 않습니까? 자유가 해고할 자유일 수는 있어도 퇴근할 자유일 수는 없죠. 그래서 자유는 제어가 필요하다, 사회적 가치나 공공의 가치와 공존해야 하기 때문에 제어가 필요하다는 주장도 있는데 어떻게 생각하십니까?

미리 받은 큐시트에는 없는 질문이었다. 질문이라기보다는 비판적 코멘트라고 느꼈지만 거기에 토를 달지는 않았다. 흔하고 기초적인 질문이었으니까. 케이는 입을 열었다. 자유란 꼭 기업 하는 자유만 뜻하는 건 아니라고 전제한 후, 우리나라는 이미 선진국 대열에 들어섰으며 공공의 가치가 충분히 지켜지고 있다는 식으로 답했다. OECD 평균 등 구체적인 숫자를 포함시켰다. 대북 관계 등 외교 분야에서 자유의 가치가 얼마나 중요한지 이해해야 한다고 덧붙이기까지 했다.

앵커는 케이를 바라보며 묘한 웃음을 흘렸다. 보기에 따라서는 비웃음이라고 해도 좋았지만 케이는 반응하지 않았다. 앵커가 마무리 멘트를 던졌다. 대북 관계에서는 한반도 긴장감이 높아지겠죠. 경제에도 악영향을 미치고요. 오늘 여기까지 하겠습니다. 나와주셔서 감사합니다.

방송을 마치고 악수를 나눌 때 앵커가 혼잣말처럼 중얼거렸다. 들릴 듯 말 듯 작은 목소리였다.

그걸 대답이라고 하나?

케이는 인상을 찌푸리면서 앵커 쪽으로 귀를 갖다 댔다. 뭐라고요? 뭐라고 하셨죠? 그런 뜻이었는데 앵커는 문득 웃음 띤 얼굴로 쾌활하게 인사를 건넸다. 수고하셨습니다, 그럼 살펴 가세요.

케이는 모든 일이 순조롭게 흘러가리라고 예상했다. 순조롭지 않을 이유가 없었다. 케이는 시계를 보았다. 자정이 지나 있었다. 계산대에 서 있던 주인장이 사람 좋은 웃음을 지어 보였다. 문 닫을 시간이 지났다는 뜻일 것이다. 그가 케이를 향해 말했다. 실내에 사람이 없기 때문인지 말소리가 웅웅거리며 크게 울렸다.

손님, 아까 그 남자분이 나가면서 전해달라고 하시네요. 오늘 술 잘 마셨다고, 감사하다고 말입니다. 그리고 손님께는 그럴 권리가 없다, 그렇게 전해달라고 하셨어요.

케이는 주인장을 바라보았다. 그럴 권리가 없다? 권리? 무슨 권리? ……아, 술값을 낼 권리가 없다는 얘기인가…… 하고 생각하는데 주인장이 무심한 표정으로 덧붙였다. 선생님 말씀에 예의가 없다, 그렇게도 전해달라고 하시네요.

네? 뭐라고요? 케이가 되물었지만 주인장은 이미 포스기를 바라보며 계산에 몰두하고 있었다. 케이는 고개를 갸우뚱하게 기울였다. 이건 무슨 말인가. 시인은 케이와 초면인데 저런 말을 했을 리가. 주인장이 뭔가 잘못 들었겠지. 귀가 안 좋다더니 정말 그런 건가. 하긴, 가끔 주문도 못 알아듣던데. 예의가 아니라 이의가 없다고 했겠지…… 이의가 없다…… 그런데 뭐에 이의가 없다는 말인가…… 참치는 고소함과 담백함의 균형이 중요하다는 것? ……웃는 얼굴이 대인 관계에 좋다는 것?

대리 기사는 곧 도착할 것이다. 아무래도 술집을 나가 차에서 기다리는 게 나을 것 같았다. 케이는 잘 먹었다고, 많이 파시라고, 또 오겠다고 주인장에게 말한 후 술집을 나섰다.

기사는 케이 또래의 남자였다. 어디서 많이 본 듯 낯익은 인상이었다. 남자는 케이에게 정중하게 인사를 하고 명함을 건넸다. 이미 어플에 신상이 나와 있는데 왜 명함을 주는지 알 수 없었다. 남자는 케이에게 키를 받아 운전석에 앉았다.

아 잠깐. 잠깐만요. 케이가 급하게 말했다. 안전벨트가 망가졌다고 케이는 설명했다. 한번 끼우면 잘 빠지지 않는다고도 덧붙였다. 남자는 룸미러로 뒷자리의 케이를 바라보다가 고개를 까딱, 하고는 시동을 걸었다. 벨트는 매지 않은 채였다. 두어 번 헛도는 소리가 나더니 이윽고 엔진 음이 실내를 채웠다. 2005년형 BMW. 오래된 데다 전국을 돌아다닌 차인지라 자주 말썽을 부렸다. 하지만 여전히 쓸 만하다. 빈티지, 앤티크까지는 아니어도 그 비슷한 느낌을 준달까. 케이는 그게 나쁘지 않았다.

차는 강변북로를 달렸다. 강물에 아파트 불빛이 도열해 있었다. 물속에 다른 도시가 있는 것 같았다. 전방에 시선을 둔 채 대리 기사가 물었다.

동호대교로 가시죠?

케이가 대답했다.

네. 동호대교.

기사가 덧붙였다.

한남대교가 빠를 듯한데요. 그쪽으로 가겠습니다.

케이는 룸미러로 기사를 바라보다가 말없이 고개를 끄덕였다. 한남대교든 동호대교든 상관없었다. 케이는 이미 취해 있었고 세상에는 중요한 일들이 많았다.

케이의 보스는 당내에서 일종의 정치적 위기를 겪고 있었다. 이런 중요한 시기에 당내 지도급 인사의 메시지가 너무 편향적이라는 지적이 있었다. 보좌관들이 문제라 물갈이가 필요하다는 디테일한 의견까지 나왔다고 했다. 보스는 유력한 차기 대선 주자였다.

케이가 운영하던 유튜브는 정치 평론을 전문으로 하고 있었지만 동시에 인문학적 수준이 높다는 평을 듣고 있었다. 젊은 정치평론가로 수준 높은 문화 예술적 감식안을 지닌 인물. 케이는 그런 평판을 바탕으로 캐스팅되어 곧바로 의원실의 중요 직책을 맡았다. 선거를 앞두고 젊은 피의 수혈이 필요하던 시기이기도 했다.

정치평론가가 명시적 당파성을 갖게 되었으니 이제 평론은 끝이다. 사람들은 그렇게 말했지만 케이는 아무런 상관이 없었다. 애초에 정치 평론을 하고 싶어서 한 것은 아니다. 어쩌다 보니…… 어쩌다 보니 그렇게 된 것일 뿐이다. 언제 그만둬도 나쁠 것은 없다. 정치 평론이든 유튜브든.

한국은 보수의 가치를 너무 폄훼한다. 그걸 바로잡아야 한다. 그런 소박한 생각이 동기가 되어 시작한 일이었다. 진보의 가치가 무조건 옳던 시대는 이미 지나갔다. 지금은 진보든 보수든 정책 경쟁을 하지 않으면 안 된다. 추상적 가치로는 아무것도 안 된다. 국민들은 이데올로기가 아니라 현실의 경제적 상황에 민감하다……

케이가 물속의 다른 도시를 바라보며 생각에 잠겨 있을 때 기사가 말했다.

한남대교에는 장점이 또 있습니다.

케이는 무슨 말인가 싶어 룸미러에 비친 남자의 얼굴을 바라보았다.

한남대교는 차도만 넓은 게 아니라 인도도 넓습니다.

기사가 말을 이었다.

그런데 동호대교는 인도가 좁아요. 인도가 좁습니다. 거기는 전철도 다니니까요.

뒷좌석에 앉은 케이가 창밖으로 시선을 돌리며 고개를 끄덕였다. 맞는 말이다. 동호대교는 인도가 좁다. 한남대교는 인도가 넓은 편이다. 버스 정류장도 있고 심지어 전망대를 겸한 카페도 있다. 카페에 앉아서 한강을 바라볼 수도 있다. 지금도 운영 중인지는 모르겠지만 어쨌든…… 그런데 그게 무슨 상관인가?

케이는 교통체증 때문에 한남대교를 선호하지 않았다. 강남대로, 올림픽대로에 고속도로까지 연계돼 있어 언제나 차가 막히는 곳이었다. 한남더힐, 나인원한남, 게다가 유엔빌리지까지, 그곳에는 기업가나 연예인뿐 아니라 케이가 알고 있는 유력 정치인도 여럿 거주하고 있었다. 기사가 다시 입을 열었다.

한남대교의 장점이죠. 인도가 넓다는 것 말입니다.

케이는 이미 주의 깊게 듣고 있지 않았다. 눈이 감기려 하고 있었다. 취기에 잠이 몰려오는 느낌이었다. 기사가 덧붙였다.

그래서 이따 한남대교를 지날 때 잠시 차를 세우겠습니다.

아, 네…… 라고 케이는 중얼거리듯 답했다. 졸음에 겨워 눈을 감은 채였다. 한남대교에 차를 세우고…… 화장실에 간다는 얘기인가…… 하는 생각이 케이의 머릿속을 느리게 흘러갔다.

……그리고 저는 사라지겠습니다.

케이는 게슴츠레하게 눈을 떴다.

……네? 뭐라고 하셨습니까?

케이가 묻자 남자가 곧바로 답했다.

사라지겠다고 했습니다. 한남대교에서요.

잠에서 깬 케이가 물었다.

그게 무슨 말입니까?

남자는 전방에 시선을 둔 채 입을 열었다.

한남대교는 인도가 넓습니다. 인도가 잘돼 있지요. 말하자면 혼자 걷다가 강물을 바라보기가 좋은 곳입니다. 그렇지 않습니까?

케이는 뭐라고 답해야 할지 알 수 없었다. 한남대교는 인도가 널찍하고 인도가 있으므로 혼자 걷기 좋은 곳이고 혼자 걷다가 강물을 바라보기 좋은 곳이다. 맞는 말이다. 맞는 말이고 아까 한 말이다. 그런데 이 사람은 왜 이런 말을 반복하는가?

한남대교는 사라지기에도 좋은 곳입니다.

사라져요? 누가 사라진다는 겁니까?

누구나 사라질 수 있지요. 저를 포함해서.

케이는 취해 있었지만 아직 사리분별이 안 될 정도는 아니었다.

아, 기사님. 지금 한남대교에 차를 세우고 사라지겠다는 말씀이신가요?

기사가 룸미러로 케이를 바라보다가 다시 전방으로 시선을 돌렸다. 대꾸가 없었다. 차는 일정한 속도로 안정감 있게 달리고 있었다. 케이가 자세를 바로잡으며 덧붙여 말했다. 짐짓 유쾌한 어조였다.

하하, 그건 곤란합니다. 그런 곳에서 사라지시면 안 됩니다. 한남대교에는 여러 장치를 해놨어요. 자살 방지 목적으로 말예요. 전화도 있고 CCTV도 있고요.

어디까지나 농담, 농담이었다. 기사는 반응이 없었다. 케이가 덧붙였다. 이번에는 항의 조였다.

무슨 생각이신지는 모르겠는데, 운전을 하다가 그런 말씀을 하시면 어떡합니까? 승객이 불안해지잖아요.

맞습니다. 그 부분은 죄송하게 생각하고 있습니다. 다만……

케이는 남자의 다음 말을 기다렸다.

……지상에서 마지막으로 만나는 분이라서…… 이 정도 말씀은 들어주시지 않을까 생각했습니다.

케이는 헛웃음이 났다. 내가 취했다고 지금 사람을 놀리는 건가. 멀쩡하게 일을 하다가 왜…… 새벽의 강변북로에서 운전을 하다가 왜…… 케이는 대꾸하지 않았다.

아니, 그런데 이 사람이 진짜 그래버리면 어떡하나. 케이는 갑자기 불길한 생각이 들었다. 어쨌든 나는 유력 국회의원의 신입 보좌관이고 지금은 중차대한 시기이므로…… 당장 차를 세워야 하는 게 아닌가. 경찰에 신고해야 하는 게 아닌가.

케이는 안주머니에서 휴대전화를 찾았다. 아무것도 손에 잡히지 않았다. 케이는 낭패감을 느꼈다. 술집에 두고 온 것인가. 테이블에 놓고 왔을 리는 없는데…… 자리를 뜨기 직전에 화장실에 들렀지…… 거기 두고 온 건가…… 케이는 눈살을 찌푸렸다.

기사는 룸미러로 케이를 관찰하고 있었다. 어둠 속에서도 눈빛이 음울하게 느껴졌다. 기사의 시선을 느끼는 순간 케이는 이상한 기시감에 사로잡혔다. 저런 눈빛, 어디선가 본 적이 있는데. 느낀 적이 있는데. 이 사람, 장난을 치는 것이 아니다. 정말 무슨 일을 벌일지도 모른다. 케이는 다시 입을 열었다. 설득하는 어조였다.

아니, 기사님. 제가 국회의원 보좌관입니다. 김형신 의원 아시죠? 유력한 차기 대통령 후보 아닙니까. 제가 그분 보좌관이라서 이런저런 도움을 드릴 수 있습니다. 생활이 곤란한 건가요? 생계비가 부족하니까? 지금은 여당도 복지에 신경을 쓰기 때문에……

케이는 갑자기 튀어나온 자신의 장광설에 스스로도 놀랄 지경이었다.

손님. 말씀은 고맙습니다만…… 손님은……

남자가 입을 열었다.

……그럴 권리가 없습니다.

케이는 말문이 막혔다. 그럴 권리가 없다…… 그럴 권리가 없다…… 케이는 기사가 더 이상 자신을 바라보지 않는다는 것을 알았다. 어쩐지 맥이 풀렸다. 차는 강변북로에서 한남대교 방향으로 접어들고 있었다.

알고 있다. 케이에게는 그럴 권리가 없다. 케이는 연설문을 작성할 뿐이다. 정책에 영향력을 발휘할 여지는 거의 없다. 게다가 케이는 이 남자에 대해 아무것도 모른다. 명함을 받았지만 거기에는 콜 번호와 김명수라는 이름뿐이었다. 김명수…… 김명수…… 어디서 들어본 이름인데. 흔한 이름이라 그런가. 케이는 다시 옆구리에 통증을 느꼈다.

차는 한남대교를 지나고 있었다. 이 사람은 지금 농담을 하고 있는 것이다. 유명 유튜버이자 정치인을 태우고 장난을 치고 싶은 것이다. 한남대교를 지나 좀 더 직진하다가 좌회전 한 번, 우회전 한 번을 하면 집에 도착할 수 있다. 짧은 거리다. 5분이면 도착할 것이다. 케이는 남자와 말을 더 섞고 싶지 않았다.

한남대교를 다 지나지 않은 지점에서 차는 갑자기 속도를 늦췄다. 자정을 넘긴 시간이었고 도로에는 과속 질주하는 차량들이 드문드문 지나갈 뿐이었다. 차는 도로변에 스르르 정차했다.

아니, 기사님, 지금……

케이가 입을 열자마자 기사는 운전석 문을 열고 차량 밖으로 나갔다. 순식간에 일어난 일이었다. 케이는 갑자기 술이 확 깨는 기분이 들었다. 차 뒷문을 열고 따라 나갔다. 기사는 벌써 저만치 앞서 걸어가고 있었다.

이봐요, 기사님!

케이는 남자를 부르며 뛰어가려다가 보도블록에 걸려 나동그라졌다. 취기 때문에 균형을 잡기 어려웠다. 케이가 겨우 몸을 추슬렀을 때는 기사가 사라진 뒤였다. 아니, 이 사람이…… 케이는 힘겹게 몸을 일으켰다. 찬바람이 케이의 뺨을 때렸다.

케이는 기사가 사라진 곳을 향해 걸어갔다. 비틀비틀 걸어갔다. 알코올이 머리끝으로 몰려오는 느낌이었다. 교량 한쪽에 통로가 나 있었다. 강변으로 내려가는 경사로인 것 같았다. 케이는 난간을 붙잡고 아래를 내려다보았다. 아무것도 보이지 않았고 아무 소리도 들리지 않았다. 어둠과 침묵뿐이었다. 강변의 나무들 사이로 가로등이 점점이 켜진 조깅 코스만이 눈에 들어왔다. 오른쪽으로는 검은 강물이 도도하게 흐르고 있었다. 케이는 난간을 짚고 한강변의 풍경을 감상하는 사람의 자세로 서 있었다. 그렇게 오래 서 있었다.

기사가…… 정말 투신을 하려는 건 아니겠지. 그럴 리가 없다. 그는 한남대교에 차를 세우고 사라진 것뿐이다. 강변에 내려간 남자가 자살을 하리라고 단정할 수는 없다. 성급한 예단이다. 강변에서 그냥 산책을 할는지도 모른다. 대리 기사로서 운전을 하다가…… 손님을 한남대교 가운데 버려두고…… 갑자기 옛 추억에 잠겨…… 어린 시절의 추억에 잠겨…… 이상한 표정으로…… 무서운 표정으로……

케이는 한남대교에 차와 함께 남았다. 내일은 회의가 있는데. 오전에 일찍 출근해서 준비를 해야 하는데. 빨리 다른 기사를 불러야 하는데. 그런데 내게는 휴대전화가 없지. 낭패감이 밀려들었다. 두통이 몰려왔다. 새벽의 한남대교 인도에는 아무도 보이지 않았다.

케이는 호주머니를 뒤져 담배를 피워 물었다. 맛이 썼다. 쓴 물을 빠는 느낌이었다. 중지로 담뱃불을 튀겼다. 빨간 불씨가 선을 그리며 허공에 잠시 머물렀다가 아스팔트 바닥으로 떨어졌다. 케이는 바닥에 떨어진 불씨를 물끄러미 바라보았다.

5분이다. 5분 거리다. 5분만 가면 집에 도착하고 집에 도착하면 일단 씻고 수면을 취할 수 있다. 음주운전에 걸리기라도 하면 선거에 부정적인 영향을 미치겠지. 향후 경력에도 심각한 걸림돌이 될 거고. 하지만 짧은 거리다. 대리 기사는 한남대교 한가운데서 갑자기 사라졌고 휴대폰은 없고 집은 5분 거리고……

케이는 운전석에 앉았다. 안전벨트를 매고 시동을 걸었다. 두어 번 덜그럭거린 끝에 겨우 엔진이 작동했다. 빈티지고 뭐고…… 이젠 정말 바꿔야 할 때가 됐군. 케이는 전방 라이트를 켜고 액셀을 천천히 밟았다. 차는 앞으로 나아갔다. 무서운 속도로 달리는 자동차들 사이로 조심스럽게 끼어들었다. 비상등을 켠 채 2차선으로 들어선 후 속도를 높였다.

차는 주차장 입구로 진입했다. 취기가 몰려오는 것을 느꼈지만 의식을 붙잡고 정신을 집중했다. 지하주차장에 지정 공간이 있다. 거기까지만 가면 된다. 오른쪽으로 턴을 할 때 케이는 날카로운 쇳소리와 함께 몸이 흔들리는 것을 느꼈다. 브레이크를 밟고 오른쪽 백미러를 바라보았다. 차량 후미가 기둥을 긁은 모양이었다. 오른쪽에 크랙이 생겼을 것이다. 상관없다. 케이는 그대로 차를 몰았다.

주차 공간은 오늘따라 비좁았다. 양옆에 주차된 차들이 선을 침범해 있었다. 케이는 45도 각도로 차를 돌렸다가 천천히 후진시켰다. 왼쪽 차에 근접한 정도로 보아 무난하게 주차할 수 있을 듯했는데, 오른쪽 백미러 쪽에서 다시 긁히는 소리가 났다. 다른 차의 백미러와 부딪힌 것 같았다. 백미러를 접어놓지 않다니. 요즘 차는 자동으로 접히는데. 저 차는 구형인가……

케이는 중얼거렸다. 어쩔 수 없다. 내일 처리하자. 일단은 올라가서 쉬어야 한다. 케이는 차를 그대로 후진시켰다. 어쨌든 목적지에 도착한 것이다. 취기가 몰려왔다. 시야가 흔들렸다. 핸들에 잠시 머리를 묻었다. 차에서 잠들어서는 곤란하다는 생각이 들었지만 자신도 모르게 눈이 조금씩 감겨왔다.

꿈속의 자동차는 미친 듯이 달렸다. 꿈을 꾸면서 이것이 꿈이라는 것을 케이는 알았다. 밤의 한남대교였다. 대리 기사가 갑자기 몸을 휙 돌려 뒷좌석의 케이를 바라보았다. 노려본다고 해도 좋았다. 기사의 입이 씰룩거리는가 싶더니 이상한 말이 튀어나왔다. 어이, 손님, 야 이 새끼야. 날 모르겠어? 날 몰라봐? 3학년 3반 김명수를 몰라? 내가 떨어지는 거 봤잖아, 이 새끼야.

케이는 멍하니 기사의 얼굴을 바라보았다. 케이는 김명수가 누구인지 모른다. 김명수를 알아도 당연히 이 김명수인 줄은 몰랐을 것이다. 김명수는 흔한 이름이고…… 자동차는 밤의 도로를 미친 듯이 달리고 있고…… 기사는 고개를 뒤로 돌린 채 운전 중이고…… 전방에는……

쾅!

격렬한 소음이 고막을 부술 듯 파고들었다. 대리 기사는 앞 유리창을 뚫고 전방으로 날아가고 있었다. 얼굴이 피범벅이었다. 그래……

저이는 안전벨트를 하지 않았지…… 그런데 나도 안전벨트를…… 케이는 그런 생각을 하다가 불현듯 눈을 떴다. 케이는 핸들에서 천천히 고개를 들었다.

케이의 차는 지하 주차장에 서 있었다. 10시 방향에…… 사람들이 있었다. 다섯 명…… 아니, 여섯 명 정도로 보였다. 여자가 둘, 나머지 넷은 남자인 것 같았다. 선캡을 쓴 남자가 야구방망이를 들고 있다가 바닥에 내리쳤다. 소음이 메아리가 되어 웅웅 울렸다.

눈을 가늘게 뜨고 보니 나이가 어려 보였다. 10대 중반…… 아무리 잘 봐줘도 10대 후반 정도. 남자 하나가 벽을 등지고 있고 선캡을 포함한 다른 셋이 에워싸고 있었다. 여자 둘은 서너 걸음 떨어진 곳에서 사태를 관망하고 있었다. 아니, 관망이 아니었다. 그들은 촬영을…… 촬영을 하고 있었다. 휴대전화로 동영상을 찍는 모양이었다.

선캡이 벽에 몰린 남자의 얼굴을 주먹으로 쳤다. 남자의 얼굴이 휙 돌아가 벽에 부딪혔다.

린치였다.

아니, 쟤들, 지금 뭐 하는 건가. 케이는 중얼거렸다. 취기가 머리끝으로 몰려드는 느낌이었다. 케이는 차에서 내리기 위해 안전벨트로 손을 가져갔다. 벨트는 풀리지 않았다. 아, 빌어먹을…… 기사에게는 고장이라고 말해놓고 정작…… 케이는 벨트를 풀어보려고 두어 번 더 애를 쓰다가 다시 전방을 바라보았다. 남자가 바닥에 쓰러져 있고 나머지가 그를 둘러싸고 있었다.

사람이 있다는 것을 알려야 한다. 케이는 클랙슨을 눌렀다. 소리가 나지 않았다. 방전인가. 그럴 리가. 방금까지 운전을 했는데…… 이번에는 꽂아놓은 키를 돌려 시동을 걸었다. 키가 헛돌았다. 엔진 역시 반응하지 않았다. 이건 대체…… 밖에서는 린치가 계속되고, 차는 아무런 반응을 보이지 않고, 안전벨트는 풀리지 않고…… 쓰러진 남자의 옆구리를 선캡이 발로 걸어찼다.

그 순간 케이는 옆구리에 강렬한 통증을 느꼈다. 옆구리를 쥐고 몸을 비틀었지만 안전벨트가 놓아주지 않았다. 케이는 옆구리를 부여잡은 채 악, 악, 소리를 질렀다. 낡았지만 소음에 강한 차였다. 실내의 소음은 밖으로 새어 나가지 않을 것이다.

케이는 손을 뻗어 글러브 박스를 열었다. 커터 칼을 꺼내 들었다. 안전벨트를 잘라버리자. 케이는 생각했다. 취기에다 옆구리 통증 때문에 몸을 가누기가 어려웠다. 손아귀에 힘이 들어가지 않았다. 그래도 케이는 끈질기게 칼질을 시작했다.

서걱서걱……

서걱서걱……

서걱서걱……

케이는 어쩐지 자신의 몸을 칼로 자르는 느낌이었다. 허리가 두 동강 나는 기분이었다. 차창 밖에서는 선캡이 쓰러진 남자의 옆구리를 걸어차는 모습이 보였다. 케이는 다시 옆구리에 격렬한 통증을 느꼈다.

으아아아아.

케이가 소리를 지르는 순간, 안전벨트가 끊어지고 몸이 자유로워졌다. 동시에 차 문을 열고 밖으로 튀어나갔다. 케이는 균형을 잃고 차 옆에 쓰러졌다. 허리가 끊어질 듯한 통증이 옆구리를 파고들었다. 케이는 바닥에 쓰러진 채 일어나지 못했다.

시간이 흐른 것일까. 선캡을 쓴 남자가 케이를 내려다보며 빙글빙글 웃는 얼굴이 떠올랐다가 희미해졌다. 옆구리 통증이 천천히 잦아들였다. 정신이 돌아오는 것이 느껴졌다. 케이는 겨우 몸을 일으켰다. 비틀비틀 몸을 움직였다. 주차장의 아이들은 사라지고 없었다. 때리던 아이도 맞던 아이도 보이지 않았다. 10시 방향의 기둥 쪽, 린치의 현장은 텅 비어 있었다. 바닥에는 핏자국이 남아 있었다. 걔들…… 칼이 아니라 야구방망이를 들고 있었는데. 이건 코피인가. 케이는 옆구리를 부여잡은 채 생각했다.

다음 날 아침, 케이는 침대에서 눈을 떴다. 머리가 깨질 듯 아파왔다. 어제는 좋은 술을 마셨는데. 일본 소주였는데. 많이 마신 것도 아닌데. 아니, 생각보다 많이 마셨던가. 케이는 머리를 감싸 쥐고 몸을 일으켰다. 어제 일들이 가물가물하게 다른 세상처럼 느껴졌다.

케이는 서둘러야 한다는 것을 깨달았다. 전자레인지에 즉석 죽을 돌려놓고 텔레비전을 틀었다. 정치 뉴스가 흘러나왔다. 보스의 어제 발언이 도마에 올라 있었다. 연설 중에 무심코 덧붙인 말이 문제가 된 모양이었다. 또 당내 비판이 쏟아질 게 뻔했다. 어쨌든 케이가 초고를 작성한 연설문과 관련된 내용이라 신경이 쓰이지 않을 수 없었다. 케이는 옆구리에서 미세한 통증을 느끼고 얼굴을 찌푸렸다. 뉴스는 정치 소식에 이어 밤사이 사건 사고 소식으로 넘어가 있었다.

지난 새벽에 일어난 화재는 참치 전문점을 모두 태우고서야 진화되었습니다. 소방 당국은 참치 전문점 옆 골목의 창고에서 불이 시작된 것으로 보고 있습니다. 화재 원인에 대해서는 누전에 의한 것인지, 방화에 의한 것인지, 그 외 다른 원인에 의한 것인지 모든 가능성을 열어놓고 조사 중입니다. 하지만 발화 현장에 CCTV가 설치돼 있지 않아 수사에 난항을 겪고 있습니다……

케이는 물끄러미 텔레비전을 바라보았다. 화면에 나오는 거리 풍경과 참치 전문점의 그을린 간판이 낯익었다. 간판에 '요루'라고 적혀 있었다. 케이의 머릿속을 하나의 이미지가 흘러갔다. 담뱃불. 어젯밤의 담뱃불. 꽁초가 날아갈 때 그어지던 빨간 선.

케이는 이미지를 떠올리다가 갑자기 소리 내어 중얼거렸다. 시인은…… 상태의 이름이다…… 황태도 먹태도 아니고 상태의 이름이다…… 케이는 자신도 모르게 웃음을 흘렸다.

케이는 주차장으로 내려가 린치의 현장을 확인했다. 핏자국이 흐릿하게 바닥에 남아 있었다. 핏자국이라고 하면 핏자국 같고, 아니라고 하면 또 아닌 것도 같았다. 일단 출근 후 관리실에 전화를 걸어 상황을 설명할 생각이었다. CCTV 사각지대라고 해도 주차된 차량들의 블랙박스를 확인하면 어렵지 않게 범인을 잡을 수 있을 것이다.

오른쪽 백미러는 각도가 어긋나 있었다. 어젯밤에 주차를 하다가 접촉이 있었던가. 그랬나. 그랬던 것 같다…… 케이는 차에 시동을 걸었다. 엔진은 의외로 부드럽게 반응했다. 운행에 무리가 없을 것 같았다. 케이는 버튼을 조작해 백미러의 각도를 맞추었다.

올림픽대로로 접어들면서 케이는 중얼거렸다. 담뱃불. 어젯밤의 담뱃불…… 시인의 크고 둥근 등…… 시인의 웃는 얼굴…… 처음부터 웃음이 새겨져 있는…… 이상한 얼굴……

시인은 얼마를 법니까?

케이는 농담 삼아 말을 건넸다. 무례한 질문은 아니었다. 맥락상 자연스러운 질문이었다. 시는 써봐야 벌이가 안 되니까…… 라고 시인이 먼저 말을 꺼냈으니까.

케이의 질문에 시인은 잠깐 생각하는 듯하더니, 한…… 100만 원쯤…… 이라고 중얼거렸다. 케이는 반사적으로 한 달에? 하고 물었고, 시인은 예의 웃는 얼굴로 대답했다. 한 달이 아니라…… 1년이죠. 케이는 웃었다. 맥락상…… 맥락상…… 무례한 웃음은 아니었다. 시인이 웃고 있었기 때문에 따라서 웃었을 뿐이니까.

하긴 시인이 웃었는지 웃지 않았는지는 확실치 않다. 원래 웃는 얼굴이 기본값인 사람이니까…… 그런 얼굴이 부러워서 나도 모르게, 부럽군요…… 하고 말을 건넸지…… 그런데 시인은 뭐가 부러우냐고 되묻지도 않았다. 설마 시인이라는 게 부럽다고 이해한 걸까…… 아니면 수연과 만난다는 것이……?

그 사람이 당신을 만나고 싶어 해.

수연은 그렇게 말했다. 왜? 왜 나를 만나고 싶어 해? 케이의 말에 수연이 대답했다. 당신은 좋은 사람이 틀림없다고, 좋은 사람이니까 친구가 될 수도 있을 거라고. 아니, 그게 무슨 말이야? 나를 어떻게 알고?

수연과는 20대 시절에 친구로 지내다 두어 달 연애를 한 적이 있다. 하지만 서로 어울리는 상대가 아니라는 것을 깨닫고 금방 친구로 돌아갔다. 친구로 돌아가자 다시 편안한 상태가 되어 지금껏 지내온 것이다. 수연은 언제나 자기주장이 강했고 그게 매력이었다. 잠깐 연애를 할 때도 매사에 케이의 의견을 묻지 않았고 케이는 그것에 별다른 불만이 없었다. 그런데 정작 헤어진 후에는 사사건건 케이의 의견을 물어왔다. 심지어 결혼 상대가 괜찮은 사람인지 만나봐달라고까지 했다. 아니, 내가 왜? 케이는 늘 그렇게 되물었다.

그런데 이번에는 재혼 상대였고 훌륭한 시인이라는 것이었다. 시인? 케이는 호기심을 느꼈다. 한참 침묵한 뒤에 케이는 알겠다고 대답했다. 무슨 대답이 그래? 뭘 아는데? 수연의 목소리가 웅웅 울리며 케이의 귀에 스며들었다. 케이는 이질감을 느꼈지만 별말 없이 전화를 끊었다.

차는 가다 서다를 반복하며 한남대교 인근을 지나고 있었다. 그나저나 차를…… 차를 빨리 바꿔야지. 안전벨트는 고장 나고…… 어제는 시동까지 안 걸렸지…… 케이는 빨간 선을 그으며 날아간 담배꽁초를 떠올렸다. 요루는 참치집이고 참치가 신선한 데 비해 손님이 많지 않아 한적한 곳이었다. 빨간 불씨는 케이의 손끝에서 먼 곳으로 날아가 케이가 알 수 없는 곳으로 떨어졌다. 작은 불씨가 그곳에 오래 남아 있었을 것이다. 케이가 일곱 걸음을 걸어 다시 술집으로 돌아간 뒤에도 불씨는 남아 있었을 것이다. 그 자리에서 조금씩 커지고 있었을 것이다.

그날 밤, 케이는 참치 전문점 앞에 혼자 서 있었다. 출입 금지를 알리는 노란 띠가 둘러져 있었다. 케이는 건너편에 서서 화재 현장을 멍하니 바라보았다. 밤이었고 어두웠고 술집이 있기에는 꽤 외진 곳이었다. 케이는 오른쪽으로 몇 걸음을 걸어 옆 골목으로 들어갔다.

골목에도 화재의 흔적이 남아 있었다. 벽이 그을려 있었다. 철제문도 검게 변색돼 있었다. 케이는 꽁초가 날아갈 때 그어지던 빨간 선을 다시 떠올렸다. 정말 그것 때문이었나. 그럴 리가 없는데…… 겨우 꽁초 하나인데…… 꽁초 하나였을 뿐인데……

케이는 담배를 입에 물고 불을 붙였다. 연기를 깊이 들이마신 뒤에 천천히 내뿜는 순간, 옆구리에서 다시 통증이 시작되었다. 통증은 약한 전류가 흐르듯 서서히 온몸으로 번져갔다. 심각한 통증은 아닌 것 같았다. 이 정도면…… 진통제를 먹으면 된다. 진통제를 먹으면 괜찮아질 것이다. 모든 일은 순조롭게 흘러갈 것이다. 그렇지 않을 이유가 없다…… 케이는 중얼거렸다. 케이가 내뿜은 흰 연기가 사람의 얼굴 모양을 그리며 흐릿하게 허공에 떠 있었다. 얼굴은 케이의 눈앞에서 영 사라지지 않았다. ▪

심사평

수상소감

퍼즐의 인상

서희원

    문학상의 심사가 시작되면 편집부로부터 한 해 발표된 단편소설의 서지사항이 빼곡하게 적힌 명단을 제공받는다. 심사위원마다 이 명단을 활용하는 방법이 다르겠지만, 나의 경우는 출력을 한 후 소설을 찾아 읽고 해당 단편에 대한 생각과 판단을 간단하게 메모한 후 제목을 명단에서 지워나간다. 한 해에 발표되는 소설이 생각보다 적지 않기 때문에 이런 일을 한 200번 이상 반복하게 되면 간결하게 잘 정돈되어 있던 명단은 어지러운 메모와 글자를 지운 검은색 밑줄들로 인해 무질서하게 변한다. 어떤 소설을 읽었는지 명확하게 기억할 수 없을 정도의 시간이 지나면 나조차도 이 메모와 낙서의 의미를 해독할 수 없기 때문에 일종의 난수표처럼 변한 명단을 다시 정리하는 일이 빠르게 진행된다. 이렇게 예심 심사에 가져갈 선별 작품의 리스트가 완성되면, 소설의 문장과 단어, 주제와 소재, 인물과 사건이 무수하게 겹

치며 만들어내는 어떤 이미지, 어떤 서사가 함께 떠오른다. 단편소설 하나하나가 마치 작은 직소 퍼즐의 조각처럼 연결되며 소설의 문장으로 재현된 시간의 형상이 되는 것이다.

정리하자면 이런 것들이다. 코로나19의 공포와 불안은 어느 정도 사라졌으나 바이러스와 함께 살아가는 일상이 그 이전에 경험한 삶과 똑같을 수는 없다. 소설의 인물들이 만나는 사회적 범위는 가족이나 친숙한 지인으로 축소되었고, 상당 기간 지속된 사회적 거리두기 때문인지 사람들의 만남은 낯설고 서투르다. 인물들은 이 과정에서 자주 몸을 상하거나, 마음의 상처를 입는다. 고립이라고 표현하긴 어렵지만 한국인의 친밀한 거리는 좁아졌고, 어느새 이는 새로운 삶의 방식으로 정착하였다. 만연된 질병의 경험 때문인지, 대중문화에서 빈번하게 활용되는 죽음, 회귀, 환생 등의 영향 때문인지 정확하게 판정하기 어렵지만, 영혼이나 유령 혹은 죽음의 유사 체험에 대한 서사가 흥미로울 정도로 많아졌다. 한국의 고령화를 보여주는 듯, 소설에 노인들의 등장은 빈번해졌고, 그들은 서서히 서사의 핵심을 담당하는 인물로 변화하고 있다. 노인과 관련된 돌봄의 문제, 노화의 경험, 사회적으로 은퇴했음에도 불구하고 지속되어야 하는 노동의 문제는 보다 많은 소설의 소재로 활용되고 있다. 코로나19 기간 동안 오를 대로 상승한 부동산 가격은 한국의 사회적 문제가 되었고, 집이 없다는 상실감과 성실하게 살았음에도 불구하고 경제적 대가를 제대로 받지 못했다는 좌절감은 다양한 소설에서 인물들의 감정과 행동을 견인하는 원동력이 된다. 소설에 재현된 한국(인)의 시간을 통해 다시금 '동시대'를 경험하게 되는 것이다.

예심을 진행했다고 한 해에 발표된 단편에 대한 품평을 할 수 있는 자격을 받은 것은 아니기에 그중 깊은 인상을 받은 몇 편에 대해서만 짧게 말해보고자 한다. 문진영의 「내 할머니의 모든 것」에 등장하는 '할머니'는 포근한 고향의 정서를 대변하는 그런 인물이 아니다. 오히려 집요할 정도의 미니멀한 삶을 살아가며 고독을 통해 자아의 내실을 표출하는 그런 인물에 가깝다. 외삼촌의 죽음을 통해 '나'는 오래전 자식들을 버리고 떠나 연락조차 없던 할머니를 만나게 된다. 할머니가 가출을 선택한 이유는 운명처럼 찾아온 새로운 사랑도, 경제적 곤궁도, 남편의 폭력도 아니었다. 할머니의 집에서 엿볼 수 있었던 삶의 흔적을 통해 말하자면, 그녀는 평생 혼자 살며, 자기 몫의 노동을 하고, 여가 시간엔 문학 전집을 그대로 필사하며 살았던 것이다. 한 줄의 일기도 쓰지 않고, 다른 사람의 문장만을 한평생 필사하며 살아오는 삶. 이를 행복과 불행으로 평가하는 것은 적당하지 않다. 외롭고 높고 쓸쓸한, 그래서 고고孤高, 孤苦하다고 표현할 수밖에 없는 삶의 형상을 이 소설은 말하고 있다.

박지영의 「쿠쿠, 나의 반려밥솥에게」는 치매를 앓고 있는 아버지를 돌보고 있는 아들의 이야기를 담고 있다. 하지만 박지영은 이를 신파, 서러움, 억울함, 동정 등과 연계된 서사로 진행하지 않는다. 단편은 시종일관 경쾌하고, 유머러스하다. 하지만 이 유머는 사람의 표정에서 드러나는 것이 아니라 깊게 감춘 속내가 짓는 웃음에 가깝기에 이것이 전달하는 최종적 감정은 쓸쓸함이다. 코로나바이러스의 확산으로 깨어진 노인 돌봄의 사회적 시스템으로 인해 가족 중 누군가 아버지를 돌봐야 하는 상황이 발생하고, 시급 이하의 값싼 노동력을 가진 막내아들 강선동이 이를 자청한다. 강선동에게 아버지를 돌보는 일은 새로운 노동의 현장이 되는 것이다. 적당한 보수를 위해 선동은 가족들과 돌봄의 가치를 협상하고, 자신의 노동 가치를 증대하기 위해 유튜브를 시작한다. 이러한 과정을 담아내는 박지영의 솜씨는 동시대 소설가 중에서 거의 찾지 못했던 것이기에 경탄을 하며 읽을 수밖에 없었다.

윤보인의 「압구정 현대를 사지 못해서」는 제목에서도 즉각적으로 읽을 수 있는 것처럼 부동산에 대한 이야기를 담고 있다. 많은 한국 소설이 세입자나 무주택자의 딱한 사정을 서사의 전면에 내세웠다면 윤보인은 부동산을 통해 표출되는 한국인의 욕망과 분노, 그 경제적 정념을 전경화한다. 올해 발표한 윤보인의 다른 단편 「부동산은 끝났다는 그 말」과 함께 읽자면, 윤보인에게 부동산은 동시대 한국인의 욕망, 감정, 희망 등을 가장 잘 보여줄 수 있는 소재인 것이다. 이러한 작업이 지속적으로 진행되어 연작으로도 읽을 수 있는 소설집으로 완성되기를 독자의 한 사람으로 기대한다.

안보윤의 「어떤 진심」은 한국 사회의 오래된 문제이지만 소설적으로 접근한 경우가 아주 희소한 사이비 종교의 문제를 다루고 있다. 안보윤이 서사화한 교회에서 신도들은 합숙을 하고, 노동을 하며, 끊임없이 주변에 믿음을 전파하며 살아가고 있다. 이 과정을 통해 교회는 외적으로 성장하고, 목사의 가족만이 부유해지지만 신도들은 이를 종교적 신념의 확장과 풍요로움으로 맹신한다. 주인공이 과외를 미끼로 외로운 학생에게 접근해 친교를 쌓고 이를 통해 자신의 교회로 이끄는 과정은 너무나도 친절한 외양을 띠고 있기에 서늘하고 두렵기까지 했다. 안보윤이 '어떤 진심'이라고 호칭하는, 순진무구한 것처럼 포장된 종교적 신념을 통해 타인의 삶은 철저하게 붕괴되고, 이성적 사고는 마비되며, 자각하지 못하는 경제적 착취는 진행된다. 「어떤 진심」의 서사는, 마치 따뜻한 손길로 어루만지며 예금통장의 비밀번호를 다정하게 묻는, 돈에 대한 '어떤 진심'을 가진 납치범의 목소리를 듣는 것처럼 소름 끼쳤다.

원고를 마감하기 전에 본심의 결과를 듣게 되었다. 2023년 〈현대문학상〉의 수상자가 된 안보윤 소설가에게 진심으로 축하를 보낸다. ▪

소설은 VR처럼

정소현

〈현대문학상〉 예심을 위해 올해 발표된 130편가량 되는 단편소설을 읽으면서 나는 이 소설들이 아주 먼 훗날 이 시대를 연구하는 미시사 연구자들에게 아주 좋은 유산이 되리라 생각했다. 이 소설들이 다루고 있는 소재와 문제의식은 일정한 경향성을 띠고 있었다. 팬데믹이 장기화되면서 생긴 개인 간의 거리감과 생존에 대한 불안감이 통주저음처럼 소설 전반에 깔려 있고, 젠더 문제와 여성 서사는 내재화되어 있었다. 아파트값의 비정상적인 상승, 주식과 코인으로 인한 상대적 박탈감, 계층 간의 갈등, 돌봄 문제, 낙태 문제, 전쟁 등 현시대의 문제를 골고루 다루고 있었다. 여기서 끝난다면 뉴스나 다큐멘터리를 보는 편이 더 효과적이겠지만 소설은 다른 차원에서 유용하다. 소설들은 각각의 인물들이 겪는 갈등을 통해 VR처럼 생생한 체험을 선사한다. 소설의 주제와 소재는 한계가 있지만, 각각의 소설이 우리에게 줄 수 있는 정서적 체험은 소설의 편수만큼이며, 그것이 개인의 상상력을 통해 재현된다는 것을 감안할 때 독자의 인원수만큼으로 확장된다. 처음에 나는 이 소설들이 미학적 완성도를 갖추고 있긴 하지만 다루고 있는 주제나 소재가 한정적이고 편협한 것이 아닌가 하는 생각을 했으나 소설 속으로 깊이 들어가고 나서야 편협한 것은 나였음을 깨달았다.

좋은 소설은 독자를 안으로 끌어들인 뒤 어디로 갈지 예측하지 못하게 하고, 최대한 소설 속에서 헤매게 하면서 다채로운 정서적 체험을 제공한다. 그리고 종국에는 마음에 깊은 상흔을 남긴다. 심사 대상작들을 읽는 동안 여러 번 그런 경험을 했기에 단 열 편만을 선택해야 한다는 것이 안타까웠다. 심사위원들 모두 나와 비슷한 마음이었는지 선택하지 못한 다른 소설에 대해서도 이야기를 나누었다. 다행히 세 명의 심사위원이 추천한 소설들의 교집합이 적지 않았고, 각자가 추천한 소설이 가진 미덕과 성취에 대해 서로 동의했기에 예심과정이 매우 순조로웠다.

박지영의 「쿠쿠, 나의 반려밥솥에게」는 돌봄의 문제를 다룬 블랙코미디이다. 치매 노인인 아버지를 돌보는 일에서 시작해 유튜버가 되고 구독자 수를 늘이기 위해 고군분투하는 인물의 행보는 번번이 예상을 벗어난다. 착한 아이 연기를 하며 타인의 관심을 구걸하는 인물이 입체적으로 그려져 있어 그의 신선하다 못해 기괴한 행보도 수긍이 간다. 소설 전체에 흐르는 유머와 페이소스는 이 소설의 백미이다.

윤보인의 「압구정 현대를 사지 못해서」는 갭투자로 부를 일군 가난했던 주인공이 옛사랑의 아들에게 투자를 가르쳐주는 이야기인데, 아무리 발버둥 쳐도 결국 압구정 현대 하나 사지 못해 한탄하는 인물을 통해 현대인의 충족되지 않는 욕망을 유머러스하게 풍자하고 있다. 이

소설의 강점은 마치 부동산 커뮤니티에서 갓 튀어나온 듯한 세속적 인물의 생생함과 입체성이다. 주인공의 날것 그대로인 목소리로 이야기하는 자신의 성장과 사랑, 성공 스토리를 좇다 보면 그의 욕심과 허세를 이해하게 되고 그의 개똥철학에도 동조하게 되며, 마지막 혼자의 로망에 취해 읊조리는 자기 고백을 듣고도 비위 상함 없이 순수한 연민을 느낄 수 있게 된다.

이승은의 「우린 정말 몰랐어요」는 인간의 이기심이 어떻게 개인에게로 돌아오는지 보여주는 소설이다. 재개발 예정인 땅을 보러 갔다가 사고를 당하게 되는 단순한 스토리 안에 제초제로 인한 재해의 보상을 받기 위해 투쟁하는 사람과 재개발을 원하는 사람의 갈등, 제값에 토지를 구매한 사람과 헐값에 구매하려는 사람의 갈등이 얽혀 있다. 많은 대화와 암시와 복선으로 이루어진 이 소설은 서스펜스와 불길한 정서로 가득한 매력적인 작품이다.

안보윤의 「어떤 진심」은 도입부만으로 전체의 그림을 그릴 수 없는 소설이다. 다음 장으로 넘어갈 때마다 뜻밖의 전개에 당황하게 된다. 과외를 구하는 학생에서 시작한 이야기는 사이비 종교로 전개되고, 은폐된 진실을 조금씩 헤치고 앞으로 나가다 보면 어느새 주인공의 아프고 슬픈 내면에 당도해 있다. 진심을 기만당한 자가 타인을 기만하기 위해 자기기만을 하는 이 이야기에 빠져들지 않을 재간이 내겐 없었다. 낯선 세계의 어떤 진심을 체험하게 해준 당선자에게 누구보다 기쁘게 축하의 마음을 보낸다.

그리고 그동안 외롭고 치열한 시간을 보냈을 작가들에게 모두 함께 쓰고 있다고, 계속 쓸 수 있어 다행이라고 위로와 감사를 전한다. ■

대부분의 문학

조대한

일전에 어느 심사평에서 좋은 작품은 대부분의 사람들에게 좋게 읽힌다는 식의 문구를 썼던 기억이 난다. 수많은 공모전 내 심사자들 간의 합의는 불분명하게 공유되는 그 미학의 감각 덕분에 가능한 것 같다는 내용의 글이었다. 하지만 '대부분'이라는 표현이 이미 적지 않은 반례를 암시하고 있듯 서로 의견이 갈리거나 소수의 옹호만을 받는 작품들도 늘 존재한다. 때로 다른 이가 지적하는 작품의 아쉬움만큼이나 선명한 매혹을 지닌 텍스트들이 있다. 그 편파적 사랑을 보편의 방식으로 논증해나가는 것이 비평의 한 책무이겠지만, 공정한 합의가 전제되어야 하는 공모전의 룰 내에서는 미처 다 드러나지 않는 장점을 지닌 작품들도 있어 종종 아쉬울 때가 있다. 그런 단독적인 매혹을 지닌 작품들에 다정한 응원과 지지의 마음을 보낸다. 그리고 무엇보다 개인의 낯선 발화를 아름다운 공통감각으로 연성해낸 수상후보작들의 뛰어난 성취에는 친애와 진심이 담긴 축하를 전한다. 제한된 분량 탓에 여기서는 몇 후보작들에 대해서만 짤막하게 기록을 남겨두기로 한다.

박지영의 「쿠쿠, 나의 반려밥솥에게」는 여러 의미로 강렬한 인상을 남긴 작품이었다. 치매를 앓아 '염병'이라는 단어를 틱처럼 반복하는 아버지와 주기적으로 메시지 및 증기를 내뿜는 밥솥을 등위에 놓는 장면부터, 주인공 강선동이 각 돌봄 노동에 필요한 감정의 강도와 세목을 계량화해서 가족들에게 제시하는 장면들까지 모두 인상적이었다. 그는 유튜브의 반응을 얻기 위해 아버지에게 폭식을 강요하거나 심지어 아버지가 배변하는 장면을 라이브로 송출하기도 한다. 강선동에게 선행이란 사후 얻게 되는 포도알 스티커처럼 분명한 반대급부가 필요한 행위이다. 그런 소설 속 인물들의 모습이 다소 위악적이거나 작위적으로 여겨질 수도 있겠으나, 그럴수록 거짓말 같은 현실이 더욱 선명히 환기된다는 점에서 이는 의도적으로 잘 짜인 블랙코미디처럼 느껴졌다.

윤보인의 「압구정 현대를 사지 못해서」는 흥미로운 소설 제목처럼 과거 압구정 현대아파트를 사놓지 못한 것이 평생 한으로 남은 '나'의 이야기이다. 땅과 인연이 있다는 유명 관상가의 말이 예언이 되었던 것인지 나는 부동산 갭투자를 통해 어느 정도 가시적인 성공을 이루어내지만, 과거에 대한 안타까움은 사라지지 않는다. 그것은 투자와 관련된 물질적인 아쉬움이겠으나 한편으로는 철없던 시절에 대한 정서적 결핍이기도 한 것 같다. 나는 텅 빈 세월과 흘러간 마음을 일부나마 보충하기 위해 사랑했던 이의 아들을 만나 조언과 함께 값비싼 선물을 건넨다. 부동산과 관련된 여러 디테일들과 문장의 속도감이 읽는 재미를 느끼게 하는 작품이었으나, 태생적으로 주어진 자본 계급에서 벗어나기 위해 그 시스템의 병폐를 선점해왔던 인간이자 다음 세대에게 물려줄 것이라고는 그러한 기이한 자본소득의 노하우밖에 없는 한 어른의 슬픈 잔상이 더욱 오래도록 기억에 남는 작품이었다.

안보윤의 「어떤 진심」에 등장하는 '유란'은 종교 단체의 에이스이다. 지금에 이르러서는 그 농도가 살짝 옅어지긴 했지만 그녀는 한때 진심으로 친구들의 얼룩진 영혼을 걱정했고 약속된 심판과 구원을 맹신했다. 유란은 황 목사가 공언한 첫 번째 열매였고 그녀가 포착한 신규 씨앗은 장기적으로 늘 좋은 평가를 받는 신도가 되었다. 가족의 영혼을 홍보는 일을 계기로 유란과 급속도로 가까워진 '문주'는 진심 어린 교회의 일원이 되어 성가대의 한 축을 맡게 되었고, 무료 과외를 시작으로 유란과 의존적인 관계를 맺게 된 '이서' 또한 결말부를 통해 짐작건대 교회의 훌륭한 열매로 자라날 것처럼 보인다. 유란이 충성도 높은 핵심 열매의 인재를 포섭할 수 있었던 것은 이처럼 그들이 유란에게 보인 열의와 교감이 그만큼 뜨거웠기 때문인 듯싶다. 제삼자가 바라보기에 그들의 관계와 교회 커뮤니티 모두 허위와 맹목으로 이루어진 것처럼 느껴진다 할지라도, 그녀와 관계를 맺은 이들의 마음에 생겨났던 어떤 따스함만은 실체를 부정할 수 없는 진심의 한 모습이 아닐까. 그 거짓과 진실 사이를 태연하게 전시하고 있는 이 작품을 읽으며 심사자들은 거듭 감탄을 금치 못했다. 수상을 축하드린다. ■

진심의 쓸모

편혜영

　뉴스에서 들려오는 말들이 워낙 소란하여 도대체 곡진하고 거짓 없
는 마음을 어디에 쓸까 싶은 나날이지만, 이번 심사는 이런 시대에도
진심이 어디론가 가닿고 있다는 걸 소설을 통해 확인하는 자리였다.

　무엇보다 새롭게 발견한 작가들의 목소리가 반가웠다. 박지영과 윤
보인의 소설이 그랬다. 박지영의 「쿠쿠, 나의 반려밥솥에게」는 치매
아버지의 돌봄 노동에 헌신하는 아들의 이야기이다. '헌신'이라고 거
칠게 요약하였으나, 이 영리한 아들의 간병은 생계유지 수단이자 치매
아버지를 이용한 유튜브 개설을 목적으로 한다. 돌봄 비용을 산정하는
장면이나 이후 아버지에게 찰리 채플린 복장을 입혀 유튜버로 거듭나
는 장면에 닿기까지의 입담이 압권이었고, 부양이나 돌봄, 노인 문제
에 대한 새로운 접근이 인상적이었다. 윤보인은 이전과 완전히 달라진
스타일로 나타났다. 그로테스크한 묘사와 밀도 높게 몰아붙이는 문체

를 구사했던 작가는 활달하고 걸쭉한 입담을 지닌 문제적 인물을 만들어냈다. 「압구정 현대를 사지 못해서」는 부동산 투기꾼이 되기까지의 한 사내의 독기와 배짱 어린 삶의 여정을 되짚는데, 인물의 속물성을 때로는 애틋하게 때로는 비열하게 묘파하며 가장 현재적인 소재를 남다르게 다루었다.

이장욱의 「요루」는 밤의 착란에 관한 소설이다. 케이가 술집을 나와 옆 골목으로 들어서는 장면으로 시작하는 이 소설은 케이의 걸음 수까지 밝히며 정교한 디테일을 쌓아나가지만, 이후 불가해한 착오 상태가 가속화되면서 소설의 마지막에 이르면 케이의 동선을 그저 '몇 걸음'이라는 불확실한 묘사로 마무리한다. 「요루」는 이런 정교함과 계산된 모호함이 절묘하게 뒤섞인 작품이었다. 특히 한남대교에서 사라진 대리기사의 이미지가 오랫동안 잔상에 남았다.

이승은의 「우린 정말 몰랐어요」는 연극적인 상황을 활용하는 이 작가의 특장점이 잘 드러난 작품이었다. 뜻밖의 방문객에게 내키지 않는 정보를 주었을지도 모른다는 조바심과 방문객에 대한 의심이 맞붙으면서 결국 닫힌 댐의 수문을 향해 질주하게 만드는데, 인물들을 이토록 급박하게 몰아붙이는 리듬감이 인상적이었다.

이서수의 「엉킨 소매」에서 해정과 주영이 아파트 놀이터 모랫바닥의 매트리스에 올라타 모래 먼지를 날리며 노는 장면이 좋았다. '저마다 다르게 생긴 사람들'이 어깨를 맞대고 옹송거리며 누우면 '감옥' 같던 방도 '텐트'처럼 아늑해진다는 것을 이토록 실감 나게 보여주는 장면은 없을 것이다. 결국 인간이란 서로 다른 의견을 가진 존재임에도 엉킨 채로 함께 걸어갈 수밖에 없는 것 아닌가. 주영이라는 인물의 다면적이고 복잡한 생동감이 임신 중지를 소재로 한 이 소설의 메시지를 다층적으로 만들었다.

안보윤의 「어떤 진심」에 나오는 인물에게는 누구나 진심이 있다. 하지만 어떤 진심은 꿈을 짓밟고 어떤 진심은 모멸감을 준다. 어떤 진심은 효용을 감지한 후에야 위로의 말을 건넨다. 잘못을 저지르고 사과하는 마음도 진심이고 속이는 마음도 진심이라면, 그때의 진심이란 얼마나 섬뜩하고 무서운가. 무엇보다 누군가를 외면할 때의 진심과 이후 그 순간이 야기한 죄책감을 되새기는 마음은 얼마나 가까운가. 안보윤은 이처럼 여러 겹의 진심으로 다양한 마음의 결과 행방을 되새기며 진심의 쓸모를 캐묻는다. 좋은 소설은 인간의 얼굴을 사면상처럼 묘사하기 마련이다. 각도에 따라 한 사람의 안색이 달라 보이게 마련인데, 안보윤이 「어떤 진심」에서 그려낸 인물의 얼굴이 그러했다. 수상을 축하드린다. 누구보다 꾸준하고 성실히 소설을 써온 이 작가에게 진심으로 합당한 결과라고 생각한다. ▪

연기와 진심

황종연

본심 대상 작품 열두 편 중 최종 판단을 내리기 직전까지 내 마음의 저울 위에 계속 남아 있던 작품은 두 편이다. 그중 하나는 박지영의 「쿠쿠, 나의 반려밥솥에게」. 작중인물 강선동은 근래 한국 소설이 채취한 인간 광물 중 흔치 않은 보석이다. 그는 개인의 자기 이익 추구가 무서울 만큼 노골적인 수준에 달한 동시대 한국 사회의 도덕적 특징을 범속한 듯한 행위 속에서 극명하게 보여준다. "착한 아이"라는 뜻의 한자를 그 이름에 가지고 있는 그는 착하다고 인정된 뭔가를 연기하는 일이 자신에게 가져다주는 물질적, 사회적 이익을 기민하게, 집요하게 쫓는다. 작중 이야기의 대부분을 차지하는 그의 치매 환자 아버지를 위한 "돌봄 노동"은 "케어 등급"을 정해 형제들로부터 "부양료"를 받아내는 술수에서부터 자신의 돌봄 활동을 재료로 유튜브 채널을 운영해서 수익을 올리려는 모략에 이르기까지 모두 영악하게 영리적이다. 중요한 것은 그의 행위를 서술하는 방식이다. 서술자는 그를 움직이는 위선적인 동기와 배덕한 계산을 가차 없이 들춰내면서 또한 그가 하는 행위 중의 부딪힘과 뒤집힘을 종종 희극적인 어조로 전달한다. 서술 전반에 보이는 그의 일상 중의 연기하는 자아에 대한 관찰과 자기기만 심리 분석은 과거 한국의 어떤 명민한 모럴리스트의 작업에 견주어봐도 손색이 없다. 박지영이 단편 작가로서의 실력을 지금까지 좀 더 자주 발휘했었더라면 좋았겠다는 생각이 든다.

안보윤의 「어떤 진심」은 악의 구조에 갇힌 개인의 이야기처럼 읽힌다. 주인공 오유란은 아홉 살 때 엄마를 따라 들어간 교회를 자신의 집이라고 여기도록 배웠고, 그 교회 공동체 내에서 자라, 그 지도자인 황 목사가 영혼의 구원자라는 신념을 한때 가졌다. 그러나 교회 생활은 황 목사와 내연관계였던 엄마를 그녀에게서 앗아 갔음은 물론, 학교의 또래들로부터 그녀 자신을 고립시키고 말았다. 그녀는 황 목사의 선교 사업이 아동 착취의 요소를 가지고 있다는 것을 알고 있으나 외로움에서 벗어나려는 목적에서 시작한 아이들 상대의 전도사 노릇을 스물네 살인 현재도 그만두지 못하고 있다. 그러나 「어떤 진심」은 종교 집단들의 비리에 관한 폭로 저널리즘을 답습하고 있지 않다. 사실, 이 작품의 핵심은 어떤 수상쩍은 교회의 악에 관한 것이라기보다 살고 있다는 확신 혹은 살고자 하는 용기를 주는 열렬한 믿음, 제목의 어휘를 빌리면, "진심"의 행로에 관한 것이다. 그래서 읽고 나면 믿음을 이용해서 서로 사욕을 채우는 사람들이 떠오르는 한편으로, 어떤 경우 믿음의 동기를 이루는 무지 혹은 광기를 생각하게 된다. 오유란의 유혹에 넘어가는 소녀 이서는 어린 시절의 오유란과 마찬가지로 무지 혹은 광기 때문에 망가지기 쉬운 영혼을 예시하는 듯하다. 영혼의 병을 먹고 자라는 교회라는 역설! 안보윤은 주제 면에서나 기술 면에서나 저력 있는 작품을 최근 잇따라 내놓고 있다. 〈현대문학상〉 수상을 계기로 안보윤의 소설이 더욱 힘차게 나아가리라 기대한다. ▪

내가 아는 모든 것

안보윤

부서진 것들에 대해 자주 생각한다.

부서진 말과 부서진 계절, 부서진 마음 같은 것들을 떠올리다 보면 외로워진다. 그것들은 대개 가닿은 곳 없이 부서진 채로 남아 있기 때문이다. 부서진 것과 남겨진 것, 억울하거나 서럽기보다 다만 쓸쓸한 것. 부서진 진심에 대한 소설을 쓴 건 그래서였다. 닫힌 문 안에 남겨진 진심이 가엾고 쓸쓸해 견디기 어려웠다.

견디기 어렵다, 라는 감정을 나는 소설을 통해 배웠다.

스무 살 무렵만 해도 나는 세계와 무관하게 살아갈 자신이 있었다. 적절히 갈무리된 마음과 표정으로 매일을 살았다. 손 편지를 쓰지 않으면 답장을 기다릴 필요가 없었다. 나는 타인을 곁눈질하고 닥쳐온 불행은 적당한 크기로 잘라 삼켰다. 이상하리만치 쉬운 날들이었다. 소설을 쓰지 않았더라면 나는 아직도 그렇게 살고 있을 것이다. 감탄

을 흉내 내고 실수를 떠넘기면서 의심도 연민도 없이. 그런 삶이 나쁜
가 하면. 모르겠다. 다만 쓸쓸했을 것이다. 누구에게도 전할 수 없는
진심을 불행과 함께 조금씩 찢어 삼켜야 했을 테니까 말이다.

소설을 쓰는 동안 나는 자주 비루해진다. 간혹 평온했다가 끝내 외
로워진다. 선물이 될 수 없는 누군가의 삶이 나를 비루하게 만들고 그
럼에도 눈 감지 않는 누군가의 의지가 나를 평온하게 만든다. 거울 속
일그러진 얼굴은 화가 난 게 아니라 고독해서다. 사람에게 사람이 필
요하다는 당연한 사실 역시, 나는 소설을 통해 배웠다.

그럼에도 아무것도 고이지 않는다는 불안감이 있었다. 기어코 써버
린 문장이 당혹스러워 온몸으로 문질러 지우던 날들이 있었다. 수상
소식은 내게, 그런 시간조차 헛된 것이 아니라고 일러주는 것만 같았
다. 부족함 많은 작품을 지지해주신 심사위원 선생님들께 깊이 감사드
린다. 『현대문학』 관계자분들의 다정한 응원에도 꼭 감사드리고 싶다.

부서진 진심에 대해 쓰고 나서야 진심을 믿게 되었다.

그것이 내가 아는 모든 것이다. ■

2023 現代文學賞 수상소설집
어떤 진심 외

지은이 | 안보윤 외
펴낸이 | 김영정

초판 1쇄 펴낸날 | 2022년 12월 10일
초판 2쇄 펴낸날 | 2023년 12월 11일

펴낸곳 | ㈜현대문학
등록번호 | 제1-452호
주소 | 06532 서울시 서초구 신반포로 321(잠원동, 미래엔)
전화 | 02-2017-0280
팩스 | 02-516-5433
홈페이지 | www.hdmh.co.kr

ISBN 979-11-6790-147-7 03810